나는 될 놈이다

나는 될 놈이다 21

글쓰는기계 게임 판타지 장편소설

초판 1쇄 찍은 날 | 2020년 9월 16일
초판 1쇄 펴낸 날 | 2020년 9월 23일

지은이 | 글쓰는기계
펴낸이 | 예경원

기획 | 위시북스
편집책임 | 이은송
편집 | 위시북스

펴낸곳 | 예원북스
등록번호 | 제396-2012-000132호
등록일자 | 2012. 7. 25
KFN | 제1-557호

주소 | 경기도 고양시 일산동구 호수로 646-24 위너스21 II 빌딩 206A호 (우)10401
전화 | 031-819-9431 팩스 | 031-817-9432
E-mail | yewonbooks@naver.com

ISBN 979-11-365-4078-2 04810
979-11-6424-237-5 (Set)

※ 이 도서의 국립중앙도서관 출판시도서목록(CIP)은 서지정보유통지원시스템 홈페이지(http://seoji.go.kr)와 국가자료공동목록시스템(http://www.nl.go.kr/kolisnet)에서 이용하실 수 있습니다.

Wish Books

나는 될 놈이다

21

글쓰는기계 게임 판타지 장편소설

WISHBOOKS GAME FANTASY STORY

CONTENTS

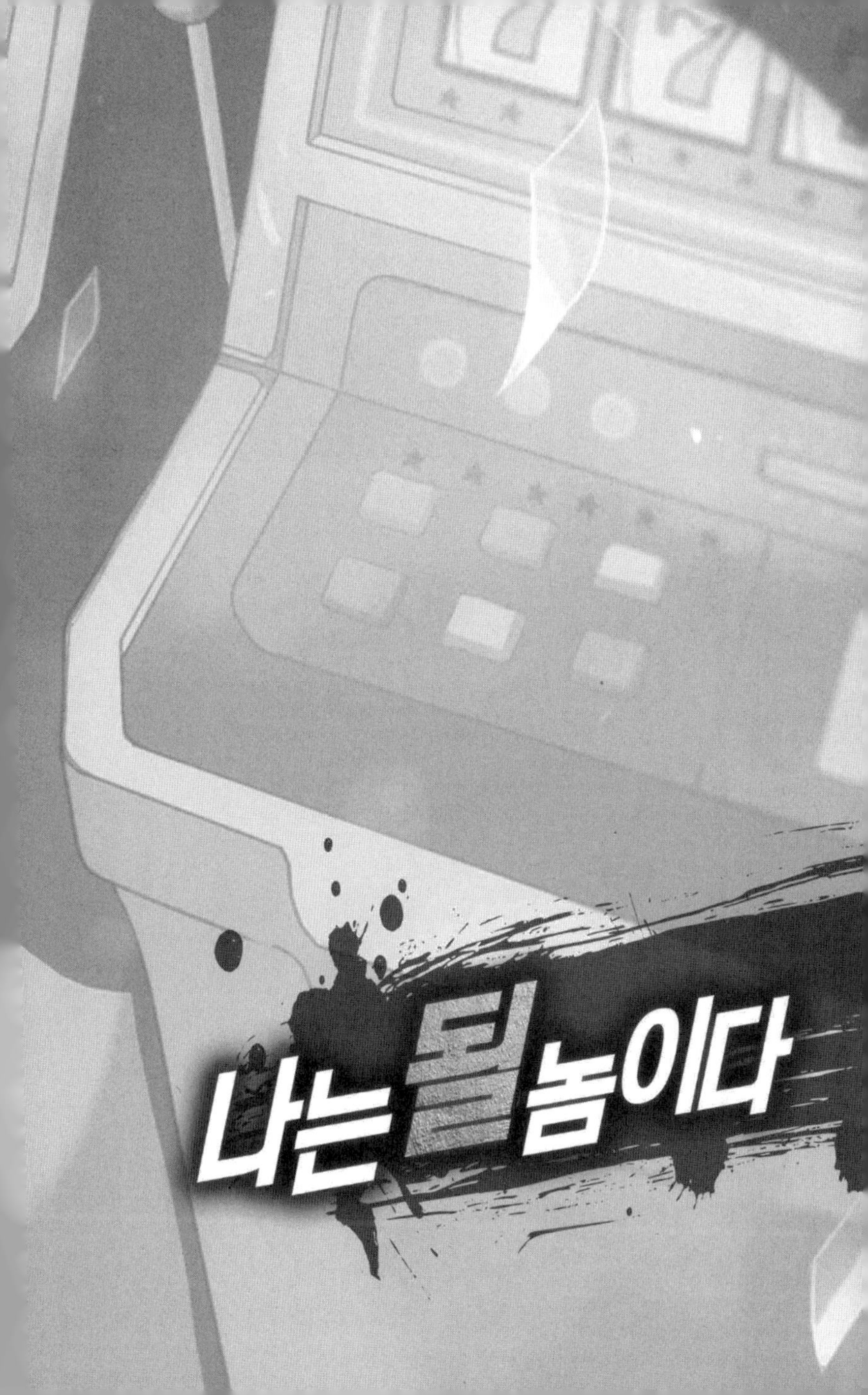
나는 될 놈이다

CHAPTER 1

〈해골 섬을 사수해라-붉은 바다 무법자 퀘스트〉

대해적 갈르두의 침공! 아무리 무서워하는 게 없는 붉은 바다의 무법자들이라고 할지라도 이번 공격에는 무사하지 못할 것이다. 그러나 붉은 바다의 무법자들에게 있는 건 뜨거운 심장과 불타는 용기! 그들과 손을 잡고 공격을 물리쳐라! 뜨거운 해적들의 영혼을 보여줘라!

보상: ?, ??, 붉은 바다 무법자 내 평판, 칭호: 해적들의 동료.

"아니, 이걸 우리가 왜 해?"

크로포드는 퀘스트창을 보고 당황했다. 유 회장을 빼내려고 온 거지, 갈르두와 정면에서 맞붙으려고 온 게 아니었던 것이다.

"저기, 김태현. 내가 널 평소에 좋게 생각하긴 했는데 이건 좀 아니다. 이 퀘스트에는 참가할 수 없어."

크로포드는 냉정했다. 랭커인 이상 끼어야 할 퀘스트와 끼어야 하지 말아야 할 퀘스트 구분은 엄격하게!

"뭐, 그러면 어쩔 수 없지. 잘 가라. 마중은 안 나갈게."

"……너 설마 타고 나갈 배 없다고 이러는 거 아니겠지?"

크로포드는 어이가 없어서 물었다. 설마 그 김태현이 이런 얕은 수작을?

"아, 아닌데?"

"내 직업이 마법사인데 설마 배 없다고 여기서 못 빠져나가겠냐? 아깝지만 여기서 더 있다가는 정말……."

[저주받은 갈르두가 마법을 방해합니다. 공간이동 스크롤을 사용할 수가 없습니다.]

착착착-

아무리 스크롤을 당겨봤자 써지지 않았다. 태현은 크로포드를 빤히 쳐다보았다.

"간다며?"

"어, 음, 그게, 그러니까……."

"그러면 내리지 그래?"

"참가할게……."

"역시. 뭘 좀 아는군."

태현은 기분 좋은 얼굴로 크로포드의 어깨를 두드렸다. 마치 사기꾼이 사기를 성공시키고 나서 짓는 표정 같았다.

"너희들도 다 참가하겠지?"

"랭커들은 떨떠름한 얼굴로 고개를 끄덕였다. 원래라면 그냥 돌아갔어야 하는 일인데 어쩌다가 이렇게 안 맞는 퀘스트에 참가하게 됐단 말인가.

'욕심을 부려서인가? 아냐. 아무리 생각해도 그냥 김태현 때문 같아.'

에반젤린은 속으로 그렇게 생각했다.

쾅, 콰앙, 콰아앙!

멀리서 다가오는 갈르두의 대함대. 그 대함대를 향해 해골섬의 해적들은 마법 대포를 발사했다. 불덩어리가 날아가 수면을 때리자 물기둥이 연신 솟구쳤다.

"조금 더 위로! 마법탄 아껴라!"

"어차피 저놈들은 미로를 뚫지 못한다! 마음껏 쏴붙여!"

'아, 되게 불안하네.'

해적들이 자신만만할수록 태현은 불안해졌다. 태현은 뒤를 돌아보았다. 해골섬은 거의 왕국의 도시 수준으로 커다란 섬이었지만, 방어력은 별로였다. 커다란 성벽이 있는 것도 아니고, 항구가 요새화되어 있는 것도 아니고…….

마법의 안개 하나만 너무 믿고 있는 것 같았다. 그리고 이런 방어일수록 한 번 뚫리면 대책 없이 무너지게 마련!

-끓어오르는 용암의 분노!

"잘한다, 잘한다! 크로포드!"

"크로포드 파이팅!"

현재 태현의 배 위에는 랭커들과 파워 워리어 길드원, 그리고 해적 NPC들이 타고 있었다. 랭커들 덕분에 전력만 따지면 다른 배에 결코 밀리지 않았다.

"……그냥 조용히 해라."

"넵."

"죄송합니다."

크로포드를 응원하던 파워 워리어 길드원들은 조용히 입을 다물었다.

콰직, 콰직!

마법 대포를 맞아가면서 전진하는 갈르두의 함대. 배 몇 척이 너덜너덜해지고 부하들이 바다로 날아갔지만 갈르두는 아랑곳하지 않았다.

-이깟 안개를 믿고 내 앞에서 건방지게 굴었다는 것이냐. 치워라!

[갈르두가 <마법 흡수의 저주받은 선수상>을 사용합니다! 마법의 안개가 약해집니다!]

갈르두의 배 앞에 달려 있던 조각상이 사악한 빛을 뿜어내며 안개를 빨아들이기 시작했다.

"설, 설마……!"

"말도 안 돼! 안개를 뚫을 수 있는 놈들은 아무도 없어!"

'이것들 해적 맞아?'

케인은 해적들의 모습에 어이가 없었다. 해적들 주제에 명예 따지고 원칙 따지고 대비책도 없고……. 아무리 봐도 태현 쪽이 훨씬 더 해적다웠다!

"왜 날 쳐다보냐?"

"아, 아무것도."

케인은 태현의 시선을 피했다. 지금 다른 것에 신경 쓸 때가 아니었다. 안개가 약해진다!

-배를…… 붙여라!

촤아아아악!

갈르두의 함대 근처에 파도가 거대하게 솟구치더니 모습을 가렸다. 그걸 본 유 회장이 깜짝 놀라서 외쳤다.

"저거! 저건 순간이동하는 스킬이다!"

"뭐 그런 사기 스킬이……."

말도 끝나기 전에, 갈르두의 함대가 다시 나타나기 시작했다. 안개를 뚫고 해적들 함선 앞에서!

-와아아아아아아아아!

-붉은 바다 놈들을 모두 쓸어버려라! 영원한 저주를 받게 해줘라!

[붉은 바다 무법자들의 사기가 급하락합니다. 갈르두의 해적들이 돌격해 옵니다!]

"이런 미친……."

갈르두는 손쉽게 장애물을 제거한 다음 바로 배를 붙여왔다. 배 숫자는 대충 비슷해 보였지만, 아무리 봐도 배를 붙여서 싸우면 갈르두의 해적들이 강해 보였다.

딱 봐도 저주받아서 강해 보이지 않는가.

"크아악!"

"컥! 후퇴! 후퇴!"

"해골 섬으로 올라가라!"

해적들은 기겁하며 뒤로 물러섰다. 닥치는 대로 포탄을 쏘아대며 배를 뒤로 움직였다.

"그렇군. 육지로 못 올라가니까 일단 해골 섬으로 올라가는 건가?"

바다 위에서 공격을 퍼부으면 해골 섬의 건물들이야 박살 나겠지만, 그래도 목숨은 구할 수 있을 것이다.

"김태현! 너도 같이 좀 싸워!"

"응? 알아서 잘하는데 왜. 열심히 해."

"야!"

갈르두의 함대는 태현이 있는 배를 가장 먼저 노리고 덤벼들어 왔다.

-지도…… 지도를 내놔라!

-네깟 놈에게 있을 지도가 아니다!

"……??"

"뭔 지도?"

에반젤린과 앨콧은 무심코 고개를 돌려 태현을 쳐다보았다. 이 상황에서 의심 가는 건 한 명밖에 없었다.

그러나 태현은 어깨를 으쓱거리며 대답했다.

"난 모르겠는데?"

-죽어라, 이 살아 있는 놈!

[저주받은 해적 전사가 <촉수 휘감기> 스킬을 사용했습니다.]

"으악. 더러워!"

앨콧은 기겁하며 해적 전사의 촉수를 잘라냈다. 무슨 문어 같은 공격이었다.

"앨콧 씨. 조심하십시오. 이놈들 만만치 않습니다."

"누구한테 그런 소리를 하는 거야?"

스미스가 걱정을 해주자 앨콧은 어이가 없다는 듯이 대꾸했다. 아무리 숫자가 많고 레벨이 높아도 그가 랭커인데 이런 잡몹들한테…….

휘리릭-

[<촉수 휘감기> 스킬에 당했습니다! 움직일 수 없습니다. 끌려갑니다!]

갑자기 배 위로 기어오른 놈한테 당한 앨콧! 기가 막혔지만 몸이 먼저 움직였다.

-포박 탈출, 이중 베기, 삼중 베기, 분노의 질주!

좌좌좌좍!

앨콧 주변에 오러가 솟구치더니 검이 날카롭게 휘둘러졌다. 앨콧을 끌고 내려가려던 해적 전사들이 그대로 회색으로 변했다.

"앨콧 씨! 제가 그러니까 주의하라고……."

"닥쳐! 닥…… 어?!"

스미스의 말에 대꾸하던 앨콧은 실수로 발을 잘못 디뎠다.

원래라면 절대 하지 않을 실수! 그 결과…….

풍덩!

"뭐야. 누구 빠졌어?"

태현은 당황해서 고개를 돌렸다. 설마 여기 중에 바다에 빠질 정도로 어설픈 놈이 있다니.

"파워 워리어 길드원인가?"

"저희는 전원 무사합니다!"

"저희는 애초에 뒤에서 숨어 있어요!"

"아. 그래……."

"앨콧 씨가 빠졌습니다. 구해줘야……."

"그래? 안 됐군. 앨콧의 명복을 빌며 후퇴하자!"

"……."

"크로포드! 불 좀 질러줘!"

"좀 고상하게 말할 수 없냐?"

크로포드는 투덜거리면서도 바로 화염 마법을 앞에 쏟아붓기 시작했다. 그 서슬에 몰려들던 해적들이 멈칫했다.

-김태현…… 김태현……!

갈르두가 이를 가는 소리가 여기까지 들렸다. 저 멀리 있는데도 소름이 돋았다.

끼이익-

태현의 배를 향해 방향을 돌리는 갈르두의 본함!

크로포드는 이 와중에 문득 생각이 나서 물었다.

"예전에 프리카 대륙 가다가 갈르두가 갑자기 습격을 한 적이 있었거든? 갈르두가 나타나는 항로가 아니었는데. 설마 그거 너 때문……."

"후퇴! 후퇴! 전속력으로!"

해적들의 배는 생각보다 빨랐다. 덕분에 그렇게 많이 잡히지 않고 해골 섬으로 후퇴할 수 있었다. 재빨리 육지로 기어오른 해적들은 고함을 지르며 수비를 준비했다.

"놈들은 육지로 올라오지 못한다! 여기서 쏘아서 격퇴할 준비를 해라!"

"마법 대포를 끌고 와! 궁수들, 마법사들 전부 모여라!"

에반젤린이 불안하다는 듯이 태현에게 물었다.

"잠깐만. 여기 포위당하면 우리 계속 여기 갇혀 있는 거 아니야?"

"하하. 그럴 리가. 그러기 전에 어떻게든 방법이 나겠지. 걱정 말라고."

"어떤 방법?"

"그거야……."

생각 안 해놨고 대충 넘어가려고 말한 것이었기에 방법이 있을 리가 없었다.

-쥐새끼처럼 땅 위로 올라가면 무사할 줄 알았느냐? 내가 올라간다!

"뭐?"

"못 올라온다며?!"

당황한 해적들은 무시하고, 갈르두의 대함대는 천천히 전진했다.

-땅으로 올라가는 건 미친 듯이 고통스럽지만…… 네놈의 심장을 터뜨릴 수만 있다면 참을 만하지!

에반젤린은 태현을 빤히 쳐다보았다.

'그냥 이 자식을 바치면 안 되나…….'

"우리 그런 눈으로 쳐다보지 말자."

"이거 너 때문이잖아! 아무리 봐도 그렇잖아! 대체 뭔 짓을 하고 다녔길래 저런 보스 몬스터가 저렇게 원한을 품고 살아?!"

"원래 판온을 좀 정의롭게 하다 보면 저런 악당 보스 몬스터가 꼬이는 법이지. 너도 뱀파이어면서 너무 그러지 말자."

"난 저런 보스 몬스터 안 끌고 와!"

둘이 떠드는 사이 해골섬 해안가에서는 혈투가 시작되고 있었다.

쾅! 콰앙!

"막아라! 올라오게 두면 안 된다!"

해적들은 급하게 공격을 퍼부었지만 역시 급하게 한 탓인지 갈르두 함대에게 별 피해를 입히지 못했다.

퍼퍼퍼퍽!

공격을 받아내며 결국 상륙에 성공한 갈르두의 함대!

-막고 전진해라! 붙어서 놈들의 목을 따버려라!

[갈르두의 함대가 육지로 올라왔습니다! 저주받은 갈르두의 함대는 육지로 올라오면 급격하게 약해집니다. 그 틈을 노리십시오!]

"헉, 헉…… 죽는 줄 알았다."

앨콧은 간신히 헤엄쳐서 해골섬 해안가로 도착했다. 바다로 떨어졌을 때는 정말 죽는 줄 알았다. 그보다 훨씬 더 수영에 능숙한 저주받은 해적 전사들이 덤벼들었던 것이다.

살아남을 수 있었던 건 그의 실력 덕분이었다.

'치사한 새끼들…… 아무도 안 도와주고 그냥 가다니…… 어?'

올라온 앨콧에게 메시지창이 보였다. 갈르두의 함대가 육지로 올라와서 약해졌다는 메시지창.

'기회다!'

앨콧 같은 암살자 플레이어에게는 정면대결보다는 이런 기습이 더 익숙했다. 탱커들이 정면에서 시선을 끌어주는 사이 기습!

'이 새끼들…… 나 앨콧을 무시한 걸 후회하게 만들어주마! 뭔가 보여주겠어!'

"모두 이쪽으로 모이십시오. 제가 스킬을 써드리겠습니다."

스미스는 모두에게 각종 버프 스킬을 걸기 시작했다. 에반젤린 빼고.

"아. 난 됐으니까……."

에반젤린은 버프 받으면 대미지 들어가는 종족!

"너 그러면 신은 다 못 믿나?"

"악신 계열은 믿어도 될걸. 흡혈귀 신이나 그런 신들."

"그렇군."

말하던 태현은 뭔가 이상하다는 걸 깨달았다.

'응? 걔 아키서스 축복은 잘 받지 않았나?'

태현은 깊게 생각하려다가 말았다. 앞에서 수십, 수백 명의 저주받은 해적 전사들이 몰려오고 있었던 것.

"방어선을 구축하라! 해골섬을 지켜라!"

"음. 도망치면 안 되나?"

"후퇴하지 마라! 후퇴는 없다! 우리는 피로서 이 섬을 지킬 것이다!"

마치 태현의 말을 들은 것 같은 반응!

에반젤린은 태현에게 말했다.

"도망치지 말라는데?"

"얘네 좀 이상해."

태현은 투덜거리면서 싸울 준비를 했다. 물론 기회만 만들어지면 바로 도망칠 생각이었다.

'일단 공격을 몇 번 막아야 기회든 뭐든 나오겠지…….'

"모두 내 명령을 따라라!"

-냉정한 지휘, 가혹한 채찍질, 직감과 행운의 지휘, 화신의 함성!

고급 전술 스킬을 갖고 있는 태현에게 이런 대규모 전장은 활약하기 좋은 장소였다. 태현을 중심으로 우렁찬 함성이 터져 나오자 해적들은 함성을 지르며 화답했다.

[고급 전술 스킬을 갖고 있습니다. 해적들을 지휘하는 데 추가로 보너스를 받습니다. <화신의 함성> 스킬이 해적들의 모든 상태 이상을 해제합니다! 해적들이 정신을 차리고 방어에 집중합니다!]

[<직감과 행운의 지휘> 스킬이 행운 스탯에 따른 지휘 방법을 보여줍니다. 뛰어난 지휘력을 보여준 당신의 인상이 해적들에게 깊숙이 남습니다! 해적들 사이에서 아키서스 교단 신앙이 퍼져나갑니다!]

생각지도 못한 보너스. 일단 해적들을 모으기 위해 쓴 스킬이었는데 훨씬 효과가 좋았다.

"저기 카다 해적단의 부선장의 지휘를 따라라!"

"카다 해적단에도 쓸 만한 놈이 있구만! 크하핫!"

갈르두 때문에 상태이상에 빠졌던 해적들이 하나둘씩 모이기 시작했다. 태현 주변으로 스킬 이펙트가 뿜어져 나오자 해적들은 질서정연하게 움직였다.

"저게 해적이야 왕국 병사야?"

"김태현 전술 스킬이 대체……? 스미스, 너 중급 아니었냐? 방송에서 그렇게 말했던 것 같은데."

"네. 저 중급입니다. 그런데 태현 씨는 보니까 고급인 것 같은데……."

"뭐?! 전술 스킬 고급을 어떻게 찍어? 기사나 지휘관 계열 직업도 아닌데?"

랭커들이 그러거나 말거나 해적들은 갈르두의 저주받은 전사들에게 포화를 퍼붓고 있었다.

"놈들이 쓰러진다!"

"와! 붉은 바다 해적 만세!"

해적들이 정신을 차리고 원거리 공격을 퍼붓자 그대로 녹아내리는 저주받은 전사들! 육지로 올라온 탓에 전사들이 저주 페널티를 받은 데다가, 태현의 전술 스킬과 화신의 함성 스킬로 해적들의 상태 이상이 풀리고 버프를 받자 순간적으로 힘이 확 차이 나게 된 것이다.

'아무리 그래도 그렇지 이렇게 녹아내리다니?'

마법사인 크로포드는 눈치 못 챘지만, 스미스나 로이 같은 랭커들은 이게 얼마나 대단한 건지 깨달았다. 지금 붉은 바다 해적들의 평균적인 레벨은 160에서 180 정도. 그에 비해 갈르두의 부하들은 기본적으로 200을 넘기고 있었다.

일반 전사들이 200을 넘기니 지휘관 같은 경우 얼마나 더 높을지 알 수 없었다. 그런데도 레벨 몇십 차이를 넘겨서 녹여 버리다니. 아무리 저주 페널티를 받았어도 그렇지!

새삼스럽게 태현이 대단하단 걸 깨달았다.

'이런 변수 많은 상황에서 저 정도로 다 대응 가능한 랭커가 있기나 할까?'

-일어나라…… 저주받은 자들이여!

랭커들이 놀랄 시간도 주지 않고, 갈르두는 바로 칼을 뽑아서 휘둘렀다. 그러자 땅에서 쓰러진 전사들이 다시 일어서기 시작했다. 박살 난 몸들이 다시 굴러들어와 척척 붙고, 문어 같은 촉수들이 자라났다.

[<화신의 함성>으로 해적들이 공포에 저항하는 데 성공합니다! 해적들 사이에서 아키서스 교단 신앙이 퍼져 나갑니다!]

"이런 미친……."

아키서스 교단이 퍼져 나간다고 좋아할 때가 아니었다. 1초의 쿨타임도 없이 바로바로 부활해 버리는 갈르두의 저주받은 해적 전사들!

[갈르두는 저주받은 전사들을 무한히 일으켜 세울 힘을 가지고 있습니다. 갈르두를 쓰러뜨리지 않으면 그는 계속해서 그의 부하들을 불러올 겁니다!]

"갈르두를 공격해야 해!"
"해적들아, 모여라! 나, 선장 드트룩이 간다!"
"드트룩! 너만 보낼 순 없지. 나도 간다!"
"잠깐, 아무리 봐도 너희들은……."
태현이 말리기도 전에 해적단 선장 몇 명이 갈르두에게 덤벼들었다. 다른 NPC들에게서는 찾아볼 수 없는 헌신과 용기! 물론…….

-바닥에서 끓어오르는 저주!

콰직! 콰직!
"으헉!"
"크헉!"
갈르두는 스킬 한 번으로 선장들을 붙잡고 무장 해제시킨 후.

-심해의 원한!

"크아아아악!"

그대로 선장들을 해치웠다. 그래도 나름 네임드 NPC들을 단 스킬 2개로 끝내 버리는 살벌한 모습!

'약해진 게 저 정도라면……!'

태현의 머릿속에서는 자동으로 계산이 시작됐다.

그리고 나온 결과는……. 레이드 불가능!

'젠장. 지금 그렇다고 빠질 수도 없고!'

타타탓!

태현은 갈르두에게 덤벼들었다. 후퇴를 하든 뭘 하든 간에 일단 틈을 만들어야 뭘 할 것 아닌가. 지금 저렇게 갈르두가 쌩쌩하게 부하들을 이끌고 있으면 튀려고 해도 튈 수가 없었다.

'폭딜 스킬을 갈르두에게 꽂아 넣으면 최소한 시간은 벌 수 있을 거다. 다른 부하들을 못 일으킬 정도로만 대미지를 주고 물러선다!'

"앗! 태현 씨! 혼자 들어가시면 위험합니다!"

스미스가 태현이 달려가는 걸 보고 지원해 주기 위해 따라 들어갔다. 그걸 본 에반젤린이 대경실색해서 외쳤다.

"너희 왜 들어가?! 야! 돌아와! 돌아오라니까?! 아, 정말!"

결국 투덜거리면서도 뒤쫓아서 들어가는 에반젤린!

남은 로이는 당황해서 두리번거리다가 결국 그들의 뒤를 쫓았다. 혼자 남은 크로포드는 벙쪄서 중얼거렸다.

"쟤네 단체로 왜 저래?"

-행운 부여, 행운의 일격, 행운의 일격, 행운의 일격, 행운의 일격, 신의 예지, 사디크의 화염 부여, 완벽에 가까운 연격, 치명타 폭발!

퍼버버버벅!

눈이 쫓아갈 수 없을 정도로 빠르게 스킬 콤보를 쏟아붓는 태현! 근처에 있던 모든 플레이어들이 감탄의 눈빛으로 쳐다볼 정도로 완벽한 스킬 연계였다.

현재 태현이 넣을 수 있는 거의 한계 수준의 폭딜!

그러나 태현의 얼굴은 좋지 않았다.

[갈르두가 <끓어오르는 살덩이>로 대미지의 90%를 막아냅니다. <끈질긴 촉수>로 대미지의 90%를 막아냅니다. <저주받은 피>로 최대 HP를 300%……]

'좋지 않다!'

태현은 입술을 깨물었다. 그렇게 두들겨 팼는데, 갈르두는 거대한 고무 덩어리처럼 탄력 있는 몸으로 대미지를 전부 다 받아냈다. 피하지도 않고 그냥 받아냈다는 게 더 절망적!

"피하십시오! 태현 씨!"

쾅!!

[<해적식 머리 강타> 스킬에 맞았습니다!]

[스킬이 방어를 뚫고 대미지를 입힙니다.]

-태양의 집중!

“이놈! 못 간다! 태현 씨! 어서 뒤로 후퇴를!”

“아니, 스미스. 난 피할 수 있으니까 맞아줄 필요 없거든. 평소처럼 탱킹할 필요 없어.”

“앗. 그렇군요.”

스미스가 민망한 얼굴로 방패를 내리고 물러섰다. 괜히 태현을 걱정해 주다가 혼자 앞에 나서서 두들겨 맞은 것이다.

‘그래도 더 두들겨 패면…….’

[갈르두가 <영원한 불사의 목걸이>를 사용합니다. HP가 전부 회복됩니다.]

‘××…….’

태현은 암담한 기분을 느꼈다. 상대가 딱히 피하거나 하지 않고 다 맞아준다는 점에서 더더욱 막막했다. 이건 마치…….

‘그래, 스미스 상위호환이군.’

태현과 상성이 안 좋은 캐릭터. 즉, 컨트롤이고 뭐고 없이 무식한 최대 HP 양과 회복 스킬로 버틸 수 있는 캐릭터!

스미스가 그런 성기사 류 캐릭터였다. 그런 식으로 무식하게 버티면 태현은 공략하기가 까다로워졌다.

스미스도 까다로웠는데 그 상위호환인 갈르두는 더더욱 그랬다. 차라리 자기 컨트롤이나 다양한 스킬 셋을 믿고 날뛰는 적이라면 컨트롤로 맞붙어서 압도하거나 빈틈을 노려 폭딜을 넣어 끝장내겠지만……. 이런 식의 적은 진짜 정석적인 레이드 방식처럼 버티고 버티면서 계속 딜을 넣어갈 수밖에 없었다.

문제는 이런 정석적인 레이드는 보통 플레이어 수준에 맞는 보스 몬스터만 잡을 수 있다는 것이었다. 즉 지금 갈르두처럼 레벨 차이가 압도적인 보스 몬스터는 그런 식으로 싸웠다가는…….

-크하하하하하! 어디 한번 계속해 봐라!

[갈르두가 <심해의 포효>를 사용했습니다!]

쾅!!

"윽!"

갈르두 근처에서 거칠게 파도가 일어나고, 스미스와 에반젤린, 로이가 그대로 날아갔다.

[계속해서 <심해의 포효> 안에 있으면 HP가 깎여 나갑니다!]

"젠장!"

에반젤린은 욕설을 하며 파도에서 거리를 벌렸다. 일단 거리를 벌려야…….

"김태현! 나와! 뭐 해!"

그러나 태현은 갈르두 앞에 버티고 서 있었다.

-특이한 가호를 받고 있군. 그렇다면 저주는 어떠냐?

'누가 보스 몬스터 아니랄까 봐 눈치는 더럽게 빠르군…….'

태현은 입맛을 다시며 신경을 집중했다. 갈르두의 동작 하나하나를 놓치지 않아야 했다. 그래야 스킬을 피할 수 있었다. 다른 보스 몬스터와 달리 이번에는 실수 한 번에 정말로 훅 갈 수 있었다.

스킬이나 스탯의 가호가 아닌 순수한 컨트롤의 영역!

'온다!'

갈르두의 손끝이 태현을 향하고, 그 순간 태현은 <그림자 도약>으로 거리를 벌릴 준비를 했다.

"죽어, 이 자식아!!"

앨콧이 뒤에서 튀어나와 갈르두에게 스킬을 꽂아 넣었다.

"봐라! 김태현! 이게 내 실력이다! 내가 이런 놈이다!"

"메시지창이나 읽어라……."

태현은 한숨을 쉬었다. 순간 앨콧이 나타나서 기대한 스스로가 바보 같았다. 갈르두 상대로는 일격에 목숨 끊는 게 아니라면 어떤 폭딜도 의미가 없었다.

"응? 어?"

휘리릭-

갈르두가 목에서 뻗어 나온 촉수로 그대로 앨콧을 붙잡았다.

-죽어라. 쓰레기.

"잠……!"

앨콧은 죽지 않았다. 순간 태현이 이상하게 생긴 창을 꺼내서 갈르두를 푹 찌른 것이다.

-뭔 허튼짓을…… 어헉?!

[갈르두가 넘어집니다! 수백 년 넘게 바다를 돌아다니는 괴물, 갈르두를 카르바노그의 창으로 찔렀습니다. 카르바노그가 당신의 위업에 기뻐합니다!]

<전설 직업-카르바노그의 화신 전직 퀘스트>

토끼 신 카르바노그는…….

[아키서스의 화신이기 때문에 전직할 수 없습니다.]

[카르바노그가 슬퍼합니다.]

한 번 보기도 힘든 전설 직업 퀘스트창을 또 보는 태현!

거절되자마자 다음 퀘스트창이 떴다.

〈칭호-카르바노그의 친구 퀘스트〉

토끼 신 카르바노그는 당신이 아키서스의 화신이기에 카르바노그의 화신이 될 수 없다는 걸 깨달았다. 슬프지만 카르바노그는 관대한 신. 대신 당신의 교단 신전 한구석에 카르바노그의 상을 놓는 것으로 만족하기로 했다.

이 제안마저 거절한다면 카르바노그는 정말로 슬퍼할 것이다.

보상: 〈카르바노그의 친구〉 칭호 획득. ?, ??, ??

'……신이 뭐 이리 질척거려?!'

수락! 안 그래도 지금 갈르두가 앞에서 눈을 시퍼렇게 뜨고 있는데 이런 퀘스트를 고민하느라 시간을 낭비할 수는 없었다. 태현은 일단 수락했다. 이건 별로 어렵지도 않은 퀘스트였으니까.

[카르바노그가 매우 기뻐합니다.]

[카르바노그가 사악하게 웃습니다.]

'……응?'

뭔가 잘못 봤나 싶었지만, 지금은 시간이 없었다. 갈르두가 넘어진 지금이 바로 기회!

"갈르두가! 죽었다! 내가 갈르두를 쓰러뜨렸다!"

-뭔 말 같지도 않은 소리를…….

-으아악! 갈르두 님이 쓰러지셨다니! 말도 안 돼!

[고급 화술 스킬을 가지고 있습니다! 위압 스킬을 갖고 있습니다. 추가 보너스를 받습니다. 혼신의 협박 스킬을 갖고 있습니다. 추가 보너스를 받습니다. 대중 선동 스킬을 갖고 있습니다. 추가 보너스를 받습니다.]

[갈르두의 부하들이 패닉 상태에 빠집니다!]

[칭호: 거짓 선동의 달인을 얻습니다!]

[화술 스킬이 크게 오릅니다! 고급 화술 스킬이 레벨 10에 도달합니다. 최고급 화술 스킬로 변합니다!]

[대륙에서 최초로 최고급 화술 스킬을 손에 넣었습니다. 칭호: 혀의 달인을 얻습니다!]

칭호: 혀의 달인

대륙 모험가 최초로 최고급 화술 스킬을 얻었습니다. 언령 스킬을 사용할 수 있습니다.

<언령>

간단한 말을 하는 것으로 스킬 효과를 만들어냅니다. 스킬 레벨이 올라갈수록 더 많은 말을 더 강하게 쓸 수 있게 됩니다.

태현은 정말로 놀랐다. 고급 화술 스킬이 최고급 화술 스킬을 찍어서 놀란 게 아니었다. 조금 더 걸릴 줄 알았지만 갈르두를 상대로 화술 스킬을 성공시켰으니 이만큼 오르는 것도 이해는 갔다.

플레이어 중 최초로 최고급 화술을 찍어서 놀란 것도 아니었다. 애초에 화술 스킬을 이만큼 올리는 건 태현 정도밖에 없었다. 태현이 놀란 건, 그건…….

최고급 화술 스킬의 보상이 너무 좋아서였다.

'화술 스킬 보상이 〈언령〉 스킬이라고? 이거 마법사 랭커들도 아직 못 배운 스킬 아닌가?'

태현이 알기로 아직 마법사 플레이어 중에서 언령 스킬을 배운 플레이어는 없는 걸로 알았다. 그런데 이게 화술 스킬에서 갑자기 튀어나온 것이다. 놀랄 수밖에 없는 상황!

솔직히 태현도 화술 스킬을 키우고 싶어서 키우는 건 아니었다. 어쩌다 보니 자기가 알아서 키워진 거지.

그만큼 화술 스킬은 판온 스킬들 중에서 안 좋은 스킬에 속했다. 화술 스킬을 올리려는 사람이 없는 데에는 이유가 있는 것이다. 태현이 빠르게 스킬창을 훑는 도중, 갈르두에게서 풀려난 앨콧이 외쳤다.

"김, 김태현……!"

"고마워할 필요는 없다. 나중에 빚을 갚으면 되지. 안 그래?"

"아니. 그게 아니라 그 창……!"

-이 쥐새끼가!

쓰러진 갈르두가 저주받은 몸뚱이를 다시 일으키고 뭔가 사악한 스킬을 쓰는 것 같자, 태현은 재빨리 움직였다.

"프렌드 쉴드!"

"그건 뭔 스킬 어헉?!"

태현은 앨콧을 갈르두에게 밀치고 거리를 벌렸다.

뭔지는 몰라도 저건 맞아주면 안 되겠다!

-심해로부터의 속박!

"미친! <저주 절단기>!"

태현만 랭커가 아니었다. 앨콧도 지금 날아오는 저주가 보통 저주가 아니라는 걸 깨달았다. 맞았다가 재수 없으면 여기서 로그아웃 당한다!

앨콧은 바로 갖고 있던 저주 대비용 반지를 꺼내서 사용했다. 일회용 스킬이지만 지금 아낄 때가 아니었다.

파아아아앗!

[<저주 절단기> 반지가 파괴됩니다. <심해로부터 속박> 스킬을 튕겨냅니다!]

멀리서 태현을 도와주기 위해 달려가던 케인은 태현이 앨콧을 밀어버리는 걸 보고 입을 벌렸다.

'저 자리에 있지 않아서 정말 다행이다!'

저주가 실패한 갈르두는 이를 갈며 태현을 노려보았다.

-이 하찮은 쥐새끼. 저주 한 번 피했다고 좋아하지 마라. 다시 한번 저주를 걸어 네 영혼을 묶어버릴 테니까. 혓바닥을 놀려서 내 부하들을 속였다고 의기양양해하지도 마라. 어차피 내 부하들은 죽지도 않고 곧 정신을 차릴 테니 억!

푹!

"시끄러, 인마."

다시 한번 카르바노그의 창을 휘둘러 갈르두를 넘어뜨린 태현!

상대방의 HP가 얼마나 많든 적든 무조건 넘어뜨린다는 점에서 카르바노그의 창은 그 값어치를 했다. 그리고 태현은 갈르두를 잡으려는 게 아니라, 시간을 벌려는 것이었다.
갈르두가 다시 쓰러지고 부하들이 혼란에 빠진 지금이 바로 그때!

-아키서스의 신성 영역! 아키서스의 축복!

"그리고, 또, 음…… 아. 〈행운의 바람 소환〉!"
뭐 더 쓸 스킬이 없나 고민하던 태현은 이번에 새로 얻은 스킬도 사용하기로 마음먹었다. 무슨 방법을 써서라도 지금 상황을 흔들어야 했던 것이다.

[지역에 무작위 속성을 가진 바람이 소환됩니다.]
[폭풍 속성의 바람이 해골섬을 뒤흔듭니다!]

쿠르르릉…….
순식간에 하늘이 어두워지더니, 엄청나게 거센 바람이 불기 시작했다.
콰릉! 콰르릉! 콰릉!
번쩍거리는 번개가 치더니…….
갈르두 근처로 미친 듯이 내리치기 시작했다.

[저주받은 해적 전사가 행운 저항에 실패합니다! 번개가 내려칩니다!]

엄청나게 쏟아붓는 번개 세례! 번개 마법사 랭커들이 모여서 쏟아부어도 이렇게 많이 쏟아부을 수는 없었다.

자연 현상은 스케일이 다른 것이다.

-크악! 무슨! 짓을! 한 거냐!

"와. 생각했던 것보다 효과가 너무 좋은데?"

폭풍도 폭풍이지만, 거기에 아키서스의 신성 영역이 선포된 덕분에 적들만 일방적으로 폭풍의 피해를 보고 있었다.

휘이이이잉! 쾅! 쾅! 콰앙!

엄청난 바람이 불어오더니 해안가에 정박한 갈르두의 배를 휩쓸기 시작했다.

-갈르두 님! 배가 박살 납니다!

-배를 지켜야 합니다! 갈르두 님!

-알고 있다, 이 머저리들! 돌아가라! 돌아가서 배를 지켜라!

갈르두 뒤에 있던 정예 부하들이 서둘러 배로 돌아가기 시작했다. 태현은 안도의 한숨을 내쉬었다. 목적의 절반은 달성한 셈.

-모 여 라! 내 부 하 들 아!

[갈르두가 <대해적의 함성>을 사용합니다.]

[해적들의 상태이상이 해제됩니다!]

'젠장.'

태현만 저런 스킬을 쓸 수 있는 게 아니었다. 생각해 보니 해적 함대를 이끄는 보스 몬스터라면 저 정도는 있어야 정상이었다.

-갈르두 님! 돌아가신 게 아니었군요!

-갈르두 님!!

-이 머! 저! 리! 들아! 정신 차리고 똑바로 듣지 못해! 이딴 하찮은 놈이 나를 죽일 수 있을 것 같냔 말이다!

휙!

태현은 그 틈을 타 다시 한번 카르바노그의 창을 휘두르려고 했다. 그러나 갈르두는 케인이 아니었다. 이번에는 오기도 전에 피해냈다.

"쳇."

-어디 한번 계속 까불어봐라. 이 섬 자체를 무너뜨려 주마. 심해의 마수 소환!

펑!

갈르두의 손이 터져 나가고, 스킬이 취소되었다.

태현은 싱글벙글 웃으며 말했다.

"평소에 좀 착하게 사시지."

-갈르두 님! 배로 올라오셔야 합니다! 위험합니다!

-함선이 무너지면 우리는 여기에 갇히게 될 겁니다!

-크으으…….

갈르두는 태현을 노려보았다. 점점 더 폭풍은 심해지는데, 아키서스의 신성 영역 때문에 태현을 바로 잡는 건 무리 같았다. 정말 죽이고 싶은 놈을 그냥 두고 떠나야 하는 것에 대한 괴로움!

-크으으으…… 좋아하지 마라, 김태현. 다음으로 불타는 건 네놈의 영지가 될 테니까.

이제까지는 귓등으로 흘렸던 태현도 움찔하게 만드는 협박!

-가자!

"야! 잠깐! 그냥 여기서 끝을 보자!"

태현의 말은 무시하고, 갈르두는 부하들과 함께 배에 올라타기 시작했다. 저주받은 해적 전사들도 마치 썰물처럼 빠져나갔다.

콰르릉! 콰릉!

태풍은 점점 심해지더니 해골섬 근처를 닥치는 대로 할퀴기 시작했다. 붉은 바다 무법자들의 해적선은 닿기만 해도 그 서슬에 산산조각이 났고, 갈르두의 함대도 마찬가지였다.

그러나 거기까지였다.

-모두 바닷속으로 들어가라!

촤아아악!

갈르두의 함대가 바닷속으로 들어가기 시작한 것이다.

태현은 갈르두의 뒤에 대고 애타게 외쳤다.

"야! 갈르두! 여기서 그냥 끝장을 보자니까!"

"……?"

카다가 와서 태현의 어깨 위에 손을 올렸다.

"정말 대단하군!"

"……?"

"갈르두를 상대로 혼자 당당히 맞서는 그 용기! 여기 붉은 바다의 무법자들을 불러 모아서 지휘하는 능력! 게다가 그 갈르두가 도망치는데도 다시 싸우자고 맞서는 그 당당함까지……! 나는 감동했다. 그리고 깨달았다! 카다 해적단의 선장으로 걸맞은 건 너라는 것을!"

[갈르두가 후퇴했습니다. 퀘스트를 완료했습니다.]

[카다가 해적단의 선장 자리를 양보했습니다. 카다 해적단의 선장은 이제 당신입니다!]

"그딴 거 필요 없……."

"김태현! 김태현! 김태현!"

주변에 있던 해적들이 박수를 치며 함성을 질렀다.

[성공적으로 퀘스트를 완료한 것으로 붉은 바다 무법자 내 아키서스 교단의 평판이 크게 오릅니다!]

[붉은 바다 무법자들이 아키서스 교단에 들어옵니다.]

[우르크 지역이 아키서스의 이름에 속합니다.]

[신성이 크게 오릅니다!]

[다른 교단들이 이 사실을 깨닫고 움직이기 시작합니다.]

"김태현 부선장, 아니, 김태현 선장은 우리들의 지도자 자격이 충분하다!"

"맞다! 김태현을 우리의 지도자로 뽑자!"
"갈르두 같은 적이 있는 이상 우리에게는 뛰어난 지도자가 필요하다!"

[붉은 바다 무법자 부족들이 당신을 <해적 지도자>로 선출하려고 합니다. <해적 지도자>는 해적들 사이에서 매우 명예롭고 책임이 막중한 직위로서, 커다란 일이 닥쳤을 때 해적들을 이끌고 거기에 맞서야 하는 직위입니다.]

한마디로 얻는 건 별로 없고 해야 하는 일은 많은 직위란 것! 태현은 질색을 했다. 이 머리가 꽃밭인 해적들이 뭐가 예쁘다고 이런 걸 받는단 말인가.
에반젤린은 이 희한한 광경을 보며 옆에서 중얼거렸다.
"정말 잘 어울리긴 하네……."
다른 플레이어들도 무심코 고개를 끄덕였다.
물론 거기에 태현이 동의하는 건 아니었다.
"누구 마음대로 지도자를……."
"태현 님, 태현 님."
"……?"
"여기 해적들의 지도자가 되면 뭘 뜯어낼 수 있지 않을까요? 이 해골섬의 규모를 봤을 때……."
이다비가 손가락으로 동그라미를 만들며 말했다. 태현은 그걸 깨닫고 전율했다.

"좋아! 받아들이겠다. 내가 너희들의 지도자가 됐으니……."

[<해적 지도자> 직위를 받아들였습니다.]
[명성, 악명이 크게 오릅니다!]

쿠르르르릉! 콰콰쾅!
"어, 김태현 지도자님. 이 폭풍은 언제 사라집니까?"
그들이 떠드는 사이, 갈르두의 함대를 찢어발긴 폭풍이 점점 해골섬 위로 올라오려고 하고 있었다.
"음…… 내가 너희들의 지도자가 됐으니…… 명령을 내려도 되겠지?"
"탈출하자! 배 더 부서지기 전에!"
갈르두는 '이 해골섬을 바다 밑으로 무너뜨려 버리겠다!'라고 말했었다. 물론 그건 말 그대로의 의미는 아니었다. 그런 건 보스 몬스터 중에서도 마법사나 드래곤 같은 존재만이 가능한 일이었다.
갈르두는 강력한 전사였고, 강력한 해적이었으며, 온갖 아티팩트까지 갖고 있었지만 마법사는 아니었다. 당연히 해골섬을 바다 밑으로 무너뜨릴 수는 없었다. 그럴 능력도 없었고.
그렇지만 지금, 해골섬은 거의 반쯤 바다 밑으로 무너지기 직전이었다.
다행히 남은 해적선을 타고 빠져나가는 데에는 성공했지만, 분위기를 바꿀 필요가 있었다.

태현은 헛기침을 몇 번 하고 일어섰다.

"사악한 갈르두의 공격으로 해골섬이 부서졌지만, 그렇다고 해적들은 죽지 않는다!"

플레이어들은 태현의 외침에 고개를 갸웃거렸다. 지금 해골섬을 감싸고 있는 저 폭풍은 네가 불러냈잖아?

"붉은 바다 무법자들아! 들어라! 우리에게는 뜨거운 심장과 피가 있다!"

벌떡!

해골섬이 박살 나는 모습에 얼이 빠져 있던 해적들은 고개를 들었다.

"우리는 지지 않는다! 우리는 갈르두를 찾아내서 이 피의 대가를 받아낼 것이다!"

"오오……!"

"오오! 해적 지도자! 오오!"

"김태현! 김태현! 김태현!"

[최고급 화술 스킬을 갖고 있습니다. 해적들은 누가 이 태풍을 불러냈는지 잊어버리고, 갈르두가 원흉이라는 것만 기억하게 될 겁니다.]

고급 화술 스킬을 넘어서 최고급 화술 스킬로!

태현은 이제 자신감이 붙었다. 이제 어떤 놈을 만나도 사기를 칠 수 있을 것 같아!

"해적들아! 이 사태가 일어난 이유가 뭐냐!"
"갈르두!"
"이 섬을 무너뜨린 게 누구냐!"
"갈르두!"
"우리가 죽여야 할 게 누구냐!"
"갈르두! 갈르두!"
"나를 따라와라! 내가 너희들의 명예를 지켜줄 테니까!"
"와아아아아아!"
배 갑판 뒤에서 태현의 연설을 구경하고 있던 플레이어들은 입을 떡 벌렸다.
"와, 저런 미친……."
"김태현은 매번 저렇게 퀘스트 깬 거냐?"
크로포드는 기가 막히다는 목소리로 물었다. 그로서는 도저히 상상도 못 할 퀘스트 깨는 방식!
퀘스트란 건, 사전에 정보를 모은 다음 적당한 수준의 플레이어들과 파티를 맺어 차근차근 단계를 밟아가는…… 그런 거였다. 그런데 태현은…….
'뭐라고 표현하기도 힘들군!'
표현하기 힘들 정도로 괴상한 방식!
"야, 야, 넌 왜 그래?"
"어? 어. 어? 잠깐 생각할 게 있어서."
"이 자식도 홀렸나? 야! 정신 차려!"
앨콧이 아까부터 해적 NPC들처럼 얼빠진 얼굴로 있었던 것이다. 크로포드가 앨콧을 앞뒤로 흔들자 앨콧은 짜증을 내며 밀어냈다.

"아, 멀쩡하다고!"

"멀쩡한 놈이 그래?"

"생각할 게 있어서 그렇다니까!"

그랬다. 앨콧이 이러고 있는 이유는 물론 태현 때문이었다. 정확히는 태현이 갈르두에게서 구해줄 때 쓴 창!

그때는 정신이 없어서 몰랐는데, 아무리 생각해 봐도 그거…….

'카르바노그의 창 아니냐!?'

처음에는 잘못 본 게 아닌가 싶었다. 앨콧은 비장하게 고개를 끄덕였다. 그건 카르바노그의 창이 맞았다.

찾기 위해 판온 안의 책을 얼마나 뒤지고 읽었던가. 그 모습을 헷갈릴 리 없었다. 게다가 갈르두를 일격에 제압하는 강력함까지!

괜히 전설 무기가 아니었다.

'아무리 생각해도…… 그게 맞아.'

사실 잘못 본 거였으면 했다. 그게 카르바노그의 창이라면 앨콧에게는 절망적인 일이었으니까. 그 김태현 손에서 어떻게 뺏는단 말인가!

'아, 아니. 그래도…… 다른 방법이 있을지도…… 잘 말하면…….'

잘 말하면? 정말 이번에는 영혼까지 탈탈 털려서 부려먹힐지도 몰랐다.

'음…… 은근슬쩍 속여서 뺏으면…….'

속여서 뺏으면? 뒷감당이 두려웠다. 앨콧은 아직도 판온 1에서 태현이 얼마나 뒤끝 심한 놈이었는지를 잘 기억하고 있었다. 그리고 애초에 태현 같은 놈을 상대로 속여서 뺏을 자신도 없었다.

'……그렇다면 남은 방법은 하나뿐이군.'

앨콧은 퀘스트창을 켰다. 그리고 '포기'를 눌렀다.

'안 해! 개××들아!'

앨콧은 반성했다. 멀쩡한 직업 퀘스트를 내버려 두고 이상한 교단 스킬에 눈이 멀어서 퀘스트에 매달리니 이 꼴이 된 거지. 앞으로 교단 관련해서는 어떤 짓도 하지 않을 것이다!

"저기, 김태현. 이번에는 어디로 가는 거지?"

"걱정 마라. 아탈리 왕국으로 가는 거니까. 너희들도 거기서 내리면 되겠네."

"휴. 다행이야."

크로포드는 안도의 한숨을 내쉬었다. 그러다가 문득 깨닫고 의심의 눈빛을 보냈다.

"설마 그렇게 말해놓고 또 이상한 곳으로 가는 건 아니겠지?!"

"무슨 소리야? 난 거짓말을 안 한다고. 해골섬으로 갔을 때 내가 아탈리 왕국으로 간다고 한 적 있냐?"

뒤에서 에반젤린과 케인은 싱글벙글 웃었다. 다른 놈들이 태현에게 당하는 것만큼 즐거운 일도 없었다.

너도 좀 당해봐라!

"그, 그래. 어쨌든 스크롤은 안 써도 되겠군."

"안 썼으니 그에 대한 대가를 지불할 생각은……."

호다닥!

크로포드는 재빨리 돌아서서 못 들은 척하고 도망쳤다. 태현과 그렇게 많이 대화하지는 않았지만, 몇 가지는 알 수 있었다. 약점 한번 잡히면 골수까지 빨아 먹힌다!

에반젤린이 왜 학을 떼고, 스미스가 왜 대단하다고 하는지 알 것 같았다. 앨콧이 왜 그렇게 겁을 먹는지는 아직 잘 모르겠지만.

사실 겁을 먹은 건지는 좀 의문스러웠다. 크로포드 생각에 앨콧은 누구한테 겁먹을 사람이 아니었던 것이다.

"괜찮아. 나는 틀리지 않았어. 매몰 비용에 아까워하면 안 돼……."

앨콧은 옆에서 혼자 뭐라고 중얼대고 있었다.

'저 자식 점점 볼 때마다 이상해지는 거 같단 말이야…….'

"그런데 태현 씨."

"……?"

"어르신은 어디 계십니까?"

"아. 다른 배에 타고 오고 있지."

"그렇군요. 다행입니다."

구출대 랭커들은 다들 유 회장을 잊고 있었다. 그럴 만했다. 갈르두 같은 보스 몬스터를 만나서 죽을 뻔했으니까. 그래도 스미스는 성격답게 가장 먼저 떠올리고 물어본 것이다.

연락을 들은 김 전무는 접속해서 해안가로 달려왔다. 아탈리 왕국의 잘 만들어진 항구가 아닌, 태현의 영지에 가까운 해안가였다.

“힉!”

김 전무는 멀리서 나타난 해적선을 보고 깜짝 놀랐다. 해적 깃발을 안 달고 있긴 했지만, 그래도 저기 타고 있는 건 해적들 아닌가?

“적 아니니까 안심하셔도 됩니다.”

“그, 그렇군…… 미안하네. 해적들에 대해 안 좋은 기억이 있어서.”

“……?”

“화물이 해적들한테 납치당한 적이 있어서 그래.”

뭐라고 반응하기 힘든, 현실적인 말! 태현은 떨떠름한 표정으로 고개를 끄덕였다.

김 전무는 일을 맡긴 랭커들을 발견하고서 물었다.

“어르신은?”

“저기 배에 타고 계신다네요.”

“뭐라는 건가! 직접 모시고 와야지!”

“아, 죄송합니다.”

김 전무는 후다닥 달려갔다. 태현은 그 뒷모습을 보며 생각했다.

‘참 힘들게 사는군.’

권력을 위해 사람은 어디까지 할 수 있는가! 게다가 저렇게 한다고 유 회장이 딱히 김 전무를 더 좋아하지는 않을 것 같았다. 실제로 태현은 배에서 유 회장이 '김 전무 그 친구는 능력은 있는데 쓸데없는 데 너무 신경을 쓴단 말이야……'라고 투덜거리는 걸 들은 적이 있었다.

그사이 파워 워리어 길드원들이 유 회장을 배에서 데리고 내렸다.

"회장님! 회장님! 아이고, 회장님! 얼마나 고생이 많으셨습니까! 납치된 걸 들었을 때 제 가슴이 다 찢어지는……."

"김 전무. 이거 게임인 건 알고 있지?"

"그래도 얼마나 제 가슴이 미어졌는지 아십니까!"

둘의 대화를 듣던 파워 워리어 길드원들이 고개를 갸웃거렸다.

"응? 회장님?"

"뭐 저 정도 나이면 어떤 곳이든 회장 자리 하나 정도는 맡고 있겠지. 우리 할아버지도 경로원 조기축구회 회장이시라고."

"근데 전무라고 했잖아?"

"좀 규모가 큰 조기축구회겠지."

파워 워리어 길드원은 친구의 말이 뭔가 이상하게 들렸지만, 거기서 더 넘어가지는 못했다. 중요한 게 있었으니까!

탁-

파워 워리어 길드원들은 행복한 미소와 함께 손을 내밀었다.

"보상 주세요!"

"아…… 어? 자네들이 데리고 온 건가?"

"저희가 데리고 왔잖습니까?"

파워 워리어 길드원들이 당당하게 내미는 모습에 김 전무는 당황했다.

"저기 사람들이 한 게 아니라?"

"아닌데요. 물어보세요!"

"뭐야? 무슨 일이야?"

랭커들도 소란을 듣고 다가왔다. 그리고 그들은 황당한 표정이 되었다. 지금 장난하나?

"아니, 지금 장난해? 마지막에 같이 배 타고 왔다고 데리고 온 거야?"

"데리고 온 거 맞지 않습니까! 섬에서 그 난리 일어난 동안 어르신 챙긴 건 우린데!"

"애초에 누가 구출했는데!"

"김태현 님이 구출했잖아요!"

"……윽!"

그제야 랭커들은 파워 워리어 길드원들이 왜 이러는지 깨달았다. 생각해 보니 그들도 유 회장을 구출했다고 말하기에는 어려운 상황이었던 것이다.

"그렇게 나온다면…… 김태현!"

앨콧이 그를 부르자 태현은 고개를 갸웃거렸다.

지금 영지 방어할 계획 짜느라 정신없는데 왜 부르지?

"뭔데?"

"내 말 좀 들어봐!"

앨콧은 방금 있었던 일들을 설명했다. 설명을 들으면 들을수록 태현의 얼굴은 험악해졌다.

"그래서 네가 말을 좀…… 그, 근데 왜 그렇게 노려봐? 무섭게?"

"지금 바쁜 거 안 보이냐? 응?"

"나, 나야 몰랐지."

"후…… 바빠 죽겠는데 이것들이…… 간단하게 해결해 주지. 갇혀 있는 어르신을 너희 힘으로 구해서 데리고 나왔냐?"

"그랬……! 아니, 안 그랬네."

그랬다고 우기려다가 앨콧은 급히 말을 바꿨다. 태현에게 한 대 맞을 것 같았던 것이다.

"그다음에 계속 모시고 다녔냐?"

"그건 아닌데…… 갈르두가 있었는데 어떻게 모시고 다녔……."

"올 때 같이 왔냐?"

"아니, 그것도 아니지만 갈르두가……."

"아, 변명은 그만하고!"

"힉!"

크로포드는 차갑게 식은 눈빛으로 앨콧을 쳐다보았다.

이제 확신할 수 있었다. 저놈. 김태현 무서워하는 거 맞네!

"그러면 얘네가 너희보다 한 일 많네."

"……!!"

"난 간다. 쓸데없는 걸로 나 부르지 말고. 이것들이 진짜 지네 영지 아니라고……."

"잠깐만요."

"……?"

"그렇게 따지면 어르신을 구한 건 태현 님 아닌가요?"

"길마님?!"

이다비의 말에 파워 워리어 길드원들은 사색이 되어 쳐다보았다. 다 된 떡에 무슨!

그러나 피도 눈물도 없는 길마는 아랑곳하지 않았다. 길드원들은 마음속으로 울었다.

'저희가 조금 숨겼다고 너무한 거 아닙니까!'

'그냥 두시면 상금이 다 우리 건데!'

이다비의 말에 스미스는 고개를 끄덕였다.

"듣고 보니 그 말이 맞는 것 같습니다. 태현 씨가 상금을 받으셔야겠군요."

태현은 갑자기 궁금해져서 물었다.

"상금을 얼마나 걸었길래?"

"성공하면 10억."

태현과 유 회장은 한심하다는 눈빛으로 김 전무를 쳐다보았다. 순간 둘은 서로가 똑같은 생각을 하고 있다는 걸 느낄 수 있었다.

파워 워리어 길드원들의 눈물, 에반젤린의 투덜거림, 크로포드의 앨콧을 향한 의심 섞인 눈빛…… 을 다 겪고 나서야 일

은 일단락되었다.

"김, 김태현 님. 김태현 님은 푼돈에 신경 안 쓰는 부자시니까 이런 것도 신경 안 쓰시겠……."

"아닌데? 꽁돈인데 받아야지. 잘 쓰겠습니다. 하하."

구출 퀘스트가 거의 대회 우승 상금에 맞먹는 수준!

물론 이걸 랭커들이 나눠야 하는 거였지만, 태현은 혼자 독식할 수 있었다.

이다비는 흐뭇한 얼굴로 웃었다. 얄미운 길드원들이 나눠 먹는 것보다는 태현이 독식하는 게 훨씬 더 기쁜 결과였다.

길마로서의 위엄도 보여주고, 말 안 듣고 혼자 먹으려고 한 길드원들을 응징하고, 덤으로 태현에게 상금까지 줬으니…….

"이다비. 이다비."

"네?"

"상금은 반으로 나눠 갖자."

그걸 옆에서 들은 길드원들은 깨달았다.

사회생활이란 저렇게 하는 거구나!

붉은 바다 해적들을 전부 이끌고 왔지만, 솔직히 갈르두를 상대하기에는 아직 모자라 보였다. 태현은 방어를 뚫고 해골섬에 당당히 올라온 갈르두의 강력함을 아직도 기억하고 있었다. 게다가 이제 육지로 올라오지 못한다는 저주도 의미가 없었다.

갈르두는 약해지는 페널티를 감안하고서라도 태현을 죽이고 싶어 했던 것이다.

'동원할 수 있는 건 전부 동원해야…… 젠장. 아농 백작의 기사단을 써야겠군.'

아농 백작의 기사단. 사용 기회가 한 번 남은, 태현의 영지에 있는 비장의 카드 중 하나였다.

귀족들의 기사단은 현재 플레이어들의 수준을 훨씬 뛰어넘는 NPC들이었고, 보통 방법으로는 빌릴 수도 없었다.

쓰게 된다면 분명 다른 플레이어들과 공성전을 할 때 쓰게 될 줄 알았는데…….

'어쩔 수 없지. 지금 수단과 방법을 가릴 때가 아니니까.'

솔직히 갈르두와 정면으로 맞붙게 된다면 아농 백작 기사단으로 이길 수 있을지도 의문이었다. 아무래도 아농 백작 기사단보다는 갈르두가 더 레벨이 높아 보였으니까.

'백작 기사단이 대충 잡아서 레벨 300 안팎이라고 쳐도 갈르두는 그걸 훨씬 넘긴 것 같으니…… 그리고 이놈들은 못 써먹겠지?'

태현은 랭커들을 힐끗 쳐다보았다. 김 전무에게 선금을 두둑하게 받은 덕분에 엄청 손해를 보지는 않았지만, 역시 기분이 좋을 리는 없었다.

그래도 한번 말은 꺼내봐야지.

"혹시……."

"안 해."
"저, 저도 좀……."
"난 가봐야 해서. 바쁜 일이 있거든. 미안!"
에반젤린, 로이, 크로포드는 즉각 반응이 튀어나왔다. 그들은 남은 둘을 쳐다보았다. 저들도 당연히 비슷한 반응을 보이겠지?
"전 같이 싸우고 싶습니다."
"스미스?!"
"아니…… 스미스 씨라면 충분히 가능한……."
다른 랭커들은 깜짝 놀랐다가, 로이의 말에 수긍했다. 랭커 중에서 스미스만큼 성격 좋고 친절한 랭커는 드물었던 것이다.
그러나 스미스는 고개를 저으며 말했다.
"태현 씨를 도와드리려고 하는 게 아닙니다. 애초에 제 도움이 필요하신 분도 아니시고요."
"아니, 많이 필요한데……."
"하하. 겸손도."
"필요하다니ㄲ……."
"어쨌든 제가 받은 건 다른 이유입니다."
스미스는 태현의 말을 농담으로 알아듣고 잘라냈다. 태현은 살짝 시무룩해졌다.
"갈르두를 잡을 수 있지 않을까 싶어서 말입니다."
"아니, 진짜로 잡으려고?"
크로포드는 깜짝 놀라 태현을 쳐다보았다. 그도 랭커이니 갈르두와 한 번 싸우고 나서 바로 견적을 냈던 것이다. 결론은

'지금 잡는 건 무리'였다.

당연히 태현도 잡을 생각은 안 할 줄 알았는데, 지금 보니 아닌 것 같았다. 정말로 잡으려고?

태현은 어깨를 으쓱거리며 대답했다.

"잡아보려고."

태현의 말에 랭커들 사이에 조용한 파문이 번졌다. 그들은 서로 눈빛을 교환했다. 확실하게 달라진 분위기!

"잠깐 생각 좀 해볼게."

태현과 그나마 가장 많은 시간을 보낸 에반젤린이 먼저 손을 들었다. 그녀가 생각하기에, 태현은 이런 일을 허투루 하는 사람이 아니었다. 철두철미의 대명사! 바늘로 찔러도 피 한 방울 안 나올 사람!

"너 나 쳐다보는 눈빛이 뭔가 이상한데."

"생각하고 있는 거야! 그리고 이상한 소리 좀 하지 마! 다른 사람들이 오해하잖아!"

크로포드나 로이가 '둘이 뭔 사이길래?' 하는 표정으로 듣고 있었던 것이다.

"……좋아! 한다!"

"나도 낄게."

"저도……."

한 명이 한다고 하자 그 뒤는 쉬웠다. 다른 랭커들은 모두 손을 들었다. 그러자 태현이 말했다.

"흠. 이제 내가 잠깐 생각 좀 해본다."

스미스를 제외한 랭커들의 얼굴이 일그러졌다.

"야……."

"뭘? 야. 이 스미스를 봐라. 그리고 너희들을 봐라. 내가 고민을 안 하게 됐냐? 스미스는 자기가 알아서 순수한 선의로 도와주겠다고 했는데……."

"그런 건 아닙니다만……."

"조용히 하고 있어."

"앗, 네."

"그런데 너희는 설명을 다 듣고 나서야 할까 말까 고민하다가 참가하겠다고 말했지. 너희의 계산적인 행동이 날 불안하게 만든다고."

'이런 치사한 자식……'

'갈르두 잡을 때 우리 도움이 분명 필요할 텐데……'

랭커들은 속으로 투덜거렸다. 스스로의 캐릭터에 대한 자부심이 넘쳐나는 그들이었다. 분명 태현이 갈르두 레이드를 할 때 도움이 될 거라고 생각했다.

그런데 태현은 알면서도 저런 태도를 취하고 있었다.

'약점 한번 잡으면 절대 놓치지 않는 놈 같으니!'

"흐음…… 흐으음……."

"아! 그만하고 필요한 거 있으면 말해!"

"어허. 누굴 너희처럼 계산적인 사람으로 아나. 원하는 건 없고, 레이드할 때 내가 시키는 대로만 해줬으면 좋겠군. 까딱했다가는 내 영지가 날아가거든."

"알겠다."

"알겠어."

앨콧 혼자 조용했다. 사실, 앨콧은 그냥 여기서 빠져서 행복한 오스턴 왕국으로 돌아가고 싶었다. 거기는 태현도 없고 카르바노그 퀘스트도 없는 곳!

탁-

"앨콧, 너도 할 거지?"

"어? 어? 나, 나는 급한 일이 있어서……."

"에이. 우리 친하잖아?"

"하면 되잖아……."

태현이 해적선들을 이끌고 내린 해안가에서, 절망과 슬픔의 골짜기까지 가려면 반나절이면 충분했다. 물론 매우 빠르게 이동해야 했지만 갈르두에게 그 정도 능력은 있을 것이다. 그렇다면 역시 해안가에서 막는 게 가장 좋았다.

영지 근처에서 싸우면 싸울수록 영지에 피해가 갈 확률이 높아질 것이고, 태현의 눈에서는 피눈물이 날 것이다. 특히 거의 완성 직전인 투기장이 부서지기라도 한다면……!

"다른 곳으로 내리지는 않겠죠?"

"육지로 올라오면 저주로 페널티 입는 놈인데 굳이 다른 곳으로 올라가서 빙 우회하지는 않겠지. 게다가 자기 실력에 자부심이 넘치는 놈이고."

태현은 해안가를 훑으며 어떻게 엿을 먹일지 고민했다. 일단 가장 먼저 시작한 건, 영지의 대장장이들을 부른 것이었다.

"오늘 너희들을 부른 이유는……."

대장장이 플레이어들은 엄숙한 얼굴로 태현의 말에 집중했다.

"폭탄을 설치하라고 하기 위해서……."

"와아아아아아아아아아아아아아!!"

"깜짝이야! 뭐야?! 뭐야?!"

랭커들은 갑자기 미친 듯이 소리 질러대는 대장장이들을 보고 깜짝 놀랐다. 무슨 콘서트라도 온 사람 같은 모습!

"폭탄! 폭탄! 폭탄! 폭탄! 폭탄!"

"폭탄! 폭탄! 폭탄! 폭탄! 폭탄!"

광기에 찬 폭탄 환호성!

"……생, 생각보다 훨씬 더 미친놈들이었잖아?"

"자폭하고 다니던 대장장이들이 있다고 들었는데…… 진짜였나……."

그러거나 말거나 대장장이들은 눈빛을 빛내며 어떤 폭탄을 설치할지, 어떤 함정을 만들지 이야기를 나눴다.

몇몇 말들은 랭커들도 섬뜩하게 만들 정도!

"……그러니까…… 여기에…… 역병을……."

"아니…… 그보다는 좀 더 심플하게…… 위력적인 걸……."

"방금 역병이라고 하지 않았나?"

"잘못 들었겠지."

대장장이들이 해안가 근처에 폭탄을 쫙 까는 동안, 태현은 다음 작업에 돌입했다. 우르크 지역에서 갖고 나온, 골렘들을 배치하는 일이었다. 이제는 태현이 수리한 덕분에 <김태현의 추적 파괴 골렘> 등으로 이름이 바뀌었지만.

"음…… 이다비. 혹시 파워 워리어 길드원들 불러서 이 골렘 타고 다닐 생각 있니?"

"네? 상관은 없지만, 그래도 다른 사람들 시키는 게 낫지 않을까요?"

길드원에 대한 기본적인 불신! 이다비는 기본적으로 파워 워리어 길드원들의 능력에 기대를 하지 않았다. 그게 길드를 유지하는 비법이었다.

"다른 사람들은 다 각자 싸워야 하거든. 그리고 이 골렘 타고 다니는 건 스킬이랑 별 상관없어. 기껏해야 영향받는 건 운전 스킬 정도일걸. 운전 스킬 올린 놈은 없을 테니 파워 워리어 길드원들이 타나 다른 놈들이 타나 마찬가지겠지."

"그러면 그렇게 할게요. 지금부터 연습시킬까요?"

"부탁할게."

그러는 동안 가브리엘은 미친놈처럼 이리 뛰고 저리 뛰면서 폭탄을 땅바닥에 설치하고 있었다. 악마 대장장이, 사루온은 그 모습을 흐뭇하게 보며 말했다.

"훌륭한 녀석들이야. 인간 주제에 저렇게 잘 배우다니."

"저렇게 대놓고 폭탄을 바닥에 깔면 안 되지 않나?"

"크흐흐…… 아직 뭘 모르는군. 저건 <모래 잠입 폭탄>이다. <그림자 잠입 폭탄>처럼 내 비장의 기술이지. 저렇게 놓으면 땅바닥으로 들어가 터뜨릴 때까지 잠자고 있을 거다."

"……이번 기회에 나도 배우자."

"뭐? 너 정도 되는 녀석에게 이런 게 필요할까 싶지만……."

[악마 대장장이, 사루온에게 <모래 잠입 폭탄>과 <그림자 잠입 폭탄> 제작법을 배웠습니다. 기계공학 스킬이 오릅니다.]

재료가 많고 까다롭긴 했지만 이런 건 많이 익혀놓을수록 좋았다. 태현은 이런 폭탄들을 많이 만들어서 길드 동맹의 영지에 잘 심어두는 행복한 상상을 했다.

무럭무럭 자라거라!

그러는 사이 사루온이 태현에게 말을 걸었다.

"그보다 영지에 하도 모험가들이 많아서 짜증 나는데, 어떻게 할 수 없나?"

"참아. 없는 것보단 낫지."

영지에 사람들 모으려고 어떤 짓을 했는지 생각하면, 영지에 사람이 많아서 나오는 불평은 배부른 소리로밖에 들리지 않았다.

'아직도 무료로 음식 파티를 벌이고 있겠지……'

태현은 지금 여기서 갈르두를 막기 위해 고생 중인데, 영지에 있는 플레이어들은 신이 나서 놀고 있을 생각을 하니 배가 아팠다.

"아무리 그래도 너무 심하다고. 평소 수준이면 나도 불평을 안 하겠는데 이건 뭐 제대로 연구를 할 수 없을 수준이니……."

"그래, 그래. 나중에 가면 조용히 좀 하게 할…… 잠깐만. 평소 수준이라니. 평소보다 더 많다는 건가?"

태현은 뭔가 위화감을 느꼈다.

"그렇다니까. 몇 배는 된다고."

등골을 타고 올라오는 섬뜩한 불안감!

태현은 바보가 아니었다. 다른 사람이었다면 '와! 영지에 사람이 그렇게 늘다니! 착하게 산 보람이 있어! 역시 사람은 진심이야!'라고 좋아했겠지만, 태현은 의심부터 먼저 했다.

갑자기 영지에 사람이 늘 리 없었다. 결과에는 언제나 원인이 있게 마련. 그렇다면, 설마……!

'또 이벤트냐?!'

저번 무료 음식 이벤트처럼 새로 퍼주는 이벤트가 영지에서 열린 게 분명하다! 태현은 그렇게 생각했다.

'아니. 잠깐. 말이 안 되는데.'

사고를 칠 만한 놈들은 전부 다 데리고 나왔다. 펠마스도 갈락파드도 다 같이 바다를 떠돌지 않았던가.

그런데 누가 그런 이벤트를 열지? 맥크레니 상단 NPC들은 기본 관리만 할 거고, 교단 사제들은 펠마스처럼 간덩어리가 크지 않았고…….

"가브리엘. 지금 영지에 사람들이 많나?"

"네? 네. 다 태현 님이 놓고 가신 것 덕분이죠."

"……내, 내가 뭘 놓고 갔는데?"

태현은 자신도 모르게 말을 더듬었다. 물어보기가 매우 두려웠던 것이다.

"그야 <고블린 만능 제작기> 말고 더 있겠습니까?"

고블린 만능 제작기. 처음에는 사람들은 이 강력하고 위대한 기계 장치에 별로 관심을 가지지 않았다. 왜냐하면 <절망과 슬픔의 골짜기>에는 그것보다 관심을 가질 게 훨씬 더 많았기 때문이었다.

보통 <절망과 슬픔의 골짜기>에 오는 사람들은 여기가 어떤 곳인지 잘 알고 오는 편이었고, 당연히 뭘 할 수 있는지도 잘 알았다.

전투 직업이라면? 공짜로 주는 요리를 먹고, 거의 공짜나 다름없이 주는 축복을 잔뜩 받은 다음 근처로 사냥을 가면 됐다. 아직 절망과 슬픔의 골짜기 뒤쪽에는 몬스터들이 들끓었던 것. 영지에 전투 직업 플레이어들이 늘어나자 이제 몇 가지 정석 사냥법들이 공개적으로 돌아다닐 정도였다.

[골드에 쪼들리는 사람을 위한 사냥 방법 소개]

아키서스의 하급 축복 물약(똑같은 물약이라도 어느 곳에 있는 사제가 만드느냐에 따라 효과가 다름. 무조건 동쪽 광장에 있는 사제한테 받아야 함!)을 복용하고 나면 드랍률이 엄청 오름. 다른 건 모르겠고 무조건 동쪽 광장에 있는 사제임. 그걸 먹고 요리 먹을 수 있는 것만큼 먹고(먹어야 하는 요리 리스트는 따로 정리함) 제한 시간 동안 최대한 사냥을…….

[골드보다는 경험치다! 레벨 업을 위한 던전 공략법]

일단 물약보다는 사제한테 축복받는 게 낫다. 축복 물약이 아무래도 오래 가니까 물약 받으려는 사람들이 많은데, 효과가 떨어지고 훨씬 더 랜덤임. 사제한테 축복받고 빡세게 도는 게 나은데…….

농부 직업이라면 영지 주변에 넘쳐나는 게 빈 땅이었다. 요리사 직업이라면 지금도 재료를 퍼주고 있었기에 아무 데나 참여하면 공짜로 요리 스킬을 올릴 수 있었고.

건축가 직업은 영지에 건설할 게 너무 많아서 쉴 틈 없이 바빴고, 화가, 조각가 같은 직업도 마찬가지였다.

대장장이 직업이라면? 광장 근처에 새로 생긴 대장간 골목에서 다른 대장장이 플레이어들과 각종 강화 스킬(불안정하지만 훨씬 더 강력한)에 대해 연습할 수 있었다.

-대장간 골목에 새로 건물 생겼는데 여기서 같이 장사하실 분? 매달 1골드만 내면 돼요. 저랑 반반씩 나눠서 내요.

-무기 앞에 〈매우 뛰어난〉 붙이고 싶은 사람 필독!

-악마의 대장간은 뭐 하는 건물인가요?

ㄴ절대 가지 마세요.

ㄴ거긴 절대 가지 마세요. 미친놈들 소굴이에요.

하여튼 절망과 슬픔의 골짜기는 없는 것도 많았지만, 있는 건 플레이어들을 만족시킬 만큼 충분했다. 그렇기에 <고블린 만능 제작기>가 나타났을 때도 사람들은 '이게 뭐지?' 하고 지나갔다.

달칵, 달칵-

"뭐 하냐?"

"어? 이거 재밌어서. 돌 넣었더니 실버 나왔다?"

"뭐?! 진짜?!"

둘 다 초보자였기에, 돌멩이로 실버를 만들 수 있다면 그보다 더 좋은 건 없었다. 친구가 눈을 부릅뜨자 남자는 당황해서 손을 흔들었다.

"아, 아니. 계속 그러는 건 아니고. 랜덤이더라고. 봐."

"……썩은 사과 조각?"

"계속 넣어서 돌리다 보니까 이렇게 되네. 그래도 재밌지 않냐?"

"……재밌네!!"

돌리는 데 돈이 드는 것도 아니고, 둘은 <고블린 만능 제작기>에 푹 빠졌다. 밖에 나가서 채집을 하거나 스킬 훈련을 하는 것보다는 이게 훨씬 더 재밌었다. 길가에 있는 돌멩이 하나만 주워도 돌릴 수 있는 무한한 재미의 세계!

얼마쯤 돌렸을까. 하루 종일 돌린 것 같았다.

[<굴러다니는 돌멩이>를 집어넣었습니다. 가동 중……]

[짜잔! <황금 대장장이의 오래된 망치>를 얻었습니다.]

길가에 굴러다니는 돌멩이가, 레벨 제한 120짜리의 영웅 등급 대장장이 장비로 변하는 기적!

"기, 기, 기적이야……!"

"이건…… 신이야!"

둘이 조금 더 똑똑했다면, 입을 싹 다물고 이 제작기를 좀 더 잘 이용했을 것이다. 쓰는 시간도 줄이고, 안 좋은 소문도 퍼뜨리고…….

물론 둘은 그러지 않았다.

-대박! 대박! 대박!! 〈고블린 만능 제작기〉의 숨겨진 기능 발견!

-돌멩이를 영웅 장비로 만들었다!

판온의 숨겨진 정보를 찾아낸 초보자들이 가장 많이 하는 건 공개! 고수들은 경쟁을 위해 혼자 독점하려고 숨겼지만 초보자들은 그러지 않았다.

-뭐라고? 그거 그냥 쓰레기만 나오는 장난감 아니었어?

-구라 아냐?

-믿기 싫으면 믿지 말든가! 사진 올린다.

-이건…… 진짜 같은데?

-그게 쓰레기가 아니었다고?

글이 올라온 지 30분도 되지 않아, <고블린 만능 제작기>에는 사람이 미친듯이 몰리기 시작했다. 그제서야 둘은 그들이 무슨 실수를 했는지 깨달았다.

"잠, 잠깐! 우리가 공개했는데!"

"잘했네. 짝짝짝."

"덕분에 우리도 쓸 수 있게 됐네!"

정보를 공개했다고 '우리 모두 저 둘에게 빚을 졌으니까 저 둘에게 우선권을 주자!'라고 할 정도로 친절한 사람들은 없었다. 애초에 저걸 놓고 간 건 태현이었지 저 둘도 아니었고!

"줄 서! 줄 서라고! 여기 사람들 기다리고 있는 거 안 보이냐?"

"흥. 여기 내 친구가 자리 맡아놓았잖아."

새치기하려는 사람의 전형적인 논리! 당연히 안 통하겠지만 그는 믿고 있는 게 있었다.

"뭔 헛소리야? 그렇게 따지면 누가 줄을 서?"

"꼬우면 PK 하던가."

상대는 딱 봐도 제작 직업. 그에 비해 그는 전투 직업. 이런 식으로 협박을 하면 어지간하면 상대는 꼬리를 내렸다.

여기는 다른 왕국 도시만큼 치안이 빡빡하지도 않을 테니…….

"뭐? PK? 너 여기 온 지 얼마 안 됐구나?"

그런데 돌아온 건 전혀 예상치 못한 반응이었다.

"PK? 어디 한번 해보자. 야. 깃발 꽂아봐."

"너…… 너 미쳤냐?"

"왜? 갑자기 쫄리냐?"

"이게 미쳤구만. 좋아. 어디 한번…… 잠, 잠깐. 그거 뭐냐?"

전사는 상대방이 손에 뭔가 크고 검은 걸 들고 있다는 걸 깨달았다. 제대로 본 게 맞다면 저건 폭탄……!

"……!"

주변을 보니 플레이어들이 벌써 저만치 거리를 벌리고 있었다. 영지에서 오래 있던 사람들은 시비 붙은 대장장이가 <악마의 대장간>에서 일하는 기계공학 대장장이 플레이어라는 걸 바로 알아차린 것이다.

"폭, 폭탄은 반칙이지!"

"뭔 개소리야? 전사가 칼 쓰는 것처럼 난 대장장이라 폭탄 쓰는 건데. 야. 덤벼. 덤벼."

"그, 그걸 쓰면 너도 죽을 거다! 여기 거리가……!"

"아. 상관없어. 덤벼. 안 덤벼? 내가 간다?"

"으헉!"

대장장이가 다가오자 전사는 겁에 질려 물러섰다. 새치기하려고 했다가 같이 죽는 건 사양이었다.

"거기! 무슨 일이냐!"

"싸움을 멈춰라!"

상단의 용병들과 아키서스교 성기사들이 달려왔다.

전사는 안도의 한숨을 내쉬었다. 살았구나!

"너! 추방이다!"

"어? 네? 아니, 상황 설명을 듣고 공적치 포인트 까거나 벌금 내거나 잠깐 갇혀 있거나가 아니라요?"

"우린 그런 거 없다. 추방이다!"

보통 왕국 도시와는 확실하게 다른 절망과 슬픔의 골짜기!

전사의 귀에 다른 플레이어들이 혀를 차며 말하는 소리가 들렸다.

"쯧쯧. 온 지 얼마 안 되는 놈이군."

"영지에서 소란 일으키면 무조건 추방인데."

"검색도 안 했나 봐."

전사는 끌려가면서 억울함에 소리쳤다.

"저놈은! 저놈도 소란 일으켰는데!"

"꼬우면 너도 악마의 대장간으로 오던가."

<고블린 만능 제작기>에 사람들이 너무 많이 몰리고, 시도 때도 없이 싸움이 붙자, 교단 NPC들은 자연스럽게 대응했다.

무조건 기회는 한 번! 한 번 하면 나와야 한다!

새치기나 자리 맡기를 금지한다!

<고블린 만능 제작기>는 수십, 수백 번을 돌려야 효과를 볼 수 있을까 말까 했다. 그런데 그걸 한 번 돌리고 나가야 한다니. 줄의 길이를 봤을 때 한 번 돌리고 하루는 줄 서 있어야 할 지경이었다. 그런데도 사람이 미친 듯이 몰렸다.

이제까지 행운의 힘을 빌린 제작, 강화, 상자 까기…… 등등 이런 것들은 모두 맛보기에 불과했다.

이것이 진정한 일확천금!

타타탁-

"어? 뭐야? 왜 새치기해!"

"성기사님! 저기 새치기 한 놈 있어요!"

못 보던 얼굴이 사람들을 밀치고 고블린 만능 제작기 앞으로 다가가자, 플레이어들은 항의했다. 그러나 성기사들은 움직이지 않았다.

"성기사님! 저기 새치기했다니까요!"

"영주님이시다."

"영주님이면 새치기해도 되는…… 어…… 영주님?"

"김, 김태현이다!"

"김태현! 김태현!"

마치 스타라도 온 것 같은 환호성! 고블린 만능 제작기 앞에서 있던 줄은 순식간에 사인회 같은 분위기로 바뀌었다.

태현은 제작기 앞에 섰다. 그리고 한숨을 내쉬었다.

이 인간들을 어떻게 부려먹어야 하는가?

오기 전에 이미 결정을 내린 상태였다.

CHAPTER 2

"……그런 일이 있었다고?"

"덕분에 지금 다들 거기 앞에……."

상황 설명을 들은 태현은 골치가 아파 오는 걸 느꼈다.

이놈의 영지는 멀쩡하게 굴러가는 때가 없어!

펠마스와 갈락파드를 끌고 갔는데도 이렇게 되다니, 이건 정말 땅에 무슨 저주받은 기운이……. 정말 사디크의 저주 아닐까?

"멍청한 놈들!!"

옆에서 펠마스가 보기 드물게 분노한 목소리로 외쳤다. 태현은 그걸 보고 살짝 감동했다. 자식, 그래도 교단 최고 간부답게 영지 상황이 이렇게 돌아가는 것에 관심을…….

"돈도 안 받고 그냥 기회를 주다니! 한 회 돌릴 때마다 돈을 받아야지!!"

"……갈락파드. 쟤 닥치게 해라."

"으으으읍!"

"후…… 어쨌든…… 써먹긴 해야겠지."

"어떻게 말입니까?"

"보고 있어라."

"이제까지 이거 가지고 잘 놀았겠지!"

"네!!"

"너무 재밌었어요!"

"돌리게 해주셔서 감사합니다!!"

천둥처럼 쏟아져 나오는 대답! 도중에 '아니, 그냥 한 번이라도 더 돌리게 비켜! 네 자랑은 나중에 하고!'라고 외치는 놈들도 있었지만 그런 놈들은 금세 제압당했다.

"그래. 내가 이걸 무료로 공개한 이유는……."

쓰레기라고 생각했기 때문!

"……너희들이 이 고블린 만능 제작기가 얼마나 대단한지 알았으면 해서다. 봐라. 이 고블린 만능 제작기가 얼마나 대단하냐면……."

태현은 돌멩이를 고블린 만능 제작기에 집어넣었다. 그리고 다른 손으로는 골드 하나를 집었다. 사기를 칠 생각 100%!

태현은 이성을 잃은 플레이어들과 달리 제정신이었다. 돌멩이를 넣어서 좋은 걸 뽑아내려면 한 몇천 번은 돌려야 할 것이다. 여기서 돌멩이를 넣었다가 썩은 빵 같은 게 나오면 체면 구기는 일! 그냥 골드 금화 하나 들고 있다가 바꿔치기하는 게 나았다.

“응? 태현 님 왼손에 골드 들고 있네.”

“설마 바꿔치려는 거 아니겠지?”

“하하하. 넌 농담도 뭘 그렇게 하냐.”

“하하하하. 그렇지? 농담 한번 해봤어.”

태현은 당황했다. 이 자식들 뭐 이리 눈이 좋아?

그러나 멈출 수는 없었다. 태현은 재빨리 다음 속임수를 생각…….

[<굴러다니는 돌멩이>를 집어넣었습니다.]

[가동 중…….]

[짜잔! <순금으로 만들어진 아름다운 전사의 조각상>을 얻었습니다.]

“헉.”

“응? 방금 ‘헉’이라고 하신 건가?”

“‘헉’이라고 하신 것 같은데?”

“에이. 태현 님은 그런 소리 안 해. 절대 안 놀라신다고.”

“그보다 돌멩이 넣고 뭐 뽑으신 거야?”

놀란 마음을 수습한 태현은 재빨리 조각상을 들어 올렸다.

번쩍! 눈부신 순금의 빛이 자리에 있던 플레이어들의 눈에 강하게 인상을 남겼다.

"저, 저건……."

"봐라! 이게 제작기의 힘이다."

"……와아아아아아아아아아아!"

아까까지의 함성보다 몇 배는 더 커다란 함성이 광장을 쩌렁쩌렁하게 울렸다.

"이걸 쓰고 싶냐!"

"네!!"

"이걸 쓰고 싶다면 쓰게 해줄 수 있다!"

"와아아아아아!"

"날 따라와라! 영지를 지키는 싸움에 참가해라!"

"와아아…… 어?"

순간 뭔 소린가 멈칫하는 플레이어들!

"공적치 포인트에 따라 이 제작기를 돌릴 수 있는 티켓을 주겠다!"

"와아아아아아아아아아!"

"싸우겠습니다! 싸울게요!"

다시 환호성을 지르는 플레이어들! 태현은 안도의 한숨을 내쉬었다.

'쉬워서 좋군.'

<고블린 만능 제작기>의 사용이 일시 중단되었고, 사용 티켓을 앞으로 있을 영지 방어전에 참가한 사람들에게 뿌린다는

사실은 순식간에 퍼져 나갔다. 그리고 사람들의 반응은 매우 뜨거웠다. 영지에 없던 사람들도 접속해서 방어전에 참가할 준비를 하는 수준!

잘 모르는 사람들도 '어? 뭔가 좋은 건가?' 싶어서 몰리는 수준! 게다가 한 가지 더. 태현이 돌멩이로 순금 조각상을 뽑았다는 사실이 있었다. 자리에 있던 수백 명이 직접 두 눈으로 본 사실! 그 사실이 플레이어들의 가슴에 불을 질렀다.

"이렇게 욕망에 노골적인 놈들은 처음 본다."

"흥. 멍청하기는."

크로포드의 말에 앨콧은 비웃음을 흘렸다. 그렇지만 속으로는 내심 찜찜했다. 그도 〈카르바노그의 창〉 때문에 하지 않아도 될 고생을 미친 듯이 하지 않았는가. 태현이 갖고 있다는 걸 알았으면 애초에 가지도 않았을 텐데…….

"김태현은 왜 이런 놈들을 모으려고 하는 거지? 레벨 100도 안 되는 놈들이 수두룩한데."

몇백 명이 넘는 플레이어들이 레벨 100도 안 되는 것 같았다. 심지어 전투 직업도 아니었다!

"숫자가 부족하니까 그렇겠지. 김태현은 길드가 없잖아."

"네 그 '길드 동맹'처럼?"

크로포드의 말에는 약간의 비웃음이 담겨 있었다. 크로포드는 길드 동맹을 별로 좋아하지 않았다. 그런 식의 대형 길드는 커지면 커질수록 다른 랭커들을 위협할 게 분명했다.

"그래. 길드 동맹처럼."

"길드 동맹 요즘 꼬라지 아주 잘 돌아가던데. 쑤닝이 미친 듯이 날뛴다며?"

"그 자식 뭐 잘못 먹은 게 분명해."

쑤닝은 길드 동맹 내에서 적극적으로 세력을 불려 나가고 있었고, 실제로 성과를 보고 있었다. 오스턴 왕국에서 끊임없이 영지전을 벌이며 영지를 늘려 나가고, 동시에 내부에서 세력 다툼까지. 밖에서 들으면 너무 무모한 짓 아닌가 싶었지만, 길드 동맹은 의외로 잘 굴러갔다. 그만큼 덩치가 커다란 것이다.

"어쨌든 김태현은 길드 동맹 같은 게 없으니까 저렇게라도 사람을 불러 모아야겠지. 그리고 저렙만 있는 것도 아니잖아. 고렙 플레이어들도 많구만."

"저게 많은 거냐?"

몇백 명이 넘는 저렙 플레이어들에 비해, 전투 직업의 고렙 플레이어는 다 모아봤자 몇십 명이었다. 파티 대여섯 개 수준! 만만한 던전 하나 깨는 데에는 충분할지는 몰라도 이런 대규모 전투에는 많이 부족했다.

뚝딱뚝딱-

해안가 근처에는 빠르게 요새가 만들어지고 있었다. 건축가 플레이어들의 주도로, 플레이어들은 근처에서 닥치는 대로 재료를 끌어와 요새를 만들고 있었던 것이다.

"그래도 손이 많으니 건설은 빨리 되는군."

"그래. 그거 하나는 쓸 만하네."

태현이 둘의 대화를 들었다면 '아무것도 모르는 놈들' 하고 비웃었을 것이다. 고렙 플레이어에게는 고렙 플레이어만의 장점이 있듯이, 저렙 플레이어에게는 저렙 플레이어만의 장점이 있었다. 그런 당연한 걸 모르니까 앨콧이 판온 1이나 2에서나 태현한테 매번 당하는 것이다.

순금으로 만들어진 아름다운 전사의 조각상. 태현은 이 조각상을 어떻게 쓸지 고민했다. 황금 조각상은 비싸고 희귀한 아이템이었지만, 지금 태현에게는 별로 쓸모가 없었다.

태현은 조각가, 화가, 등등의 스킬은 별로 키우지 않고 있었으니까. 그래서…….

"부르셨습니까!"

태현의 부름에, 영지에 있던 조각사 플레이어 몇 명이 달려왔다.

"응. 잘 왔어. 부탁할 게 있는데, 조각상 하나 만들어줄 수 있을까? 보수는 톡톡히 쳐줄게."

"조각상…… 말씀이십니까? 물론입니다!"

"맡, 맡겨주셔서 영광입니다!"

"뭘 영광까지야."

"그런데 조각상은 뭘로 만들까요? 나무? 청동? 철? 황동? 보석이 있으시면 몇 개 박아 넣어도 좋습니다."

조각사들은 반짝이는 눈빛으로 기대했다.

태현은 최상위권 랭커. 훌륭한 재료들을 많이 갖고 있을 게 분명했다. 그런 재료로 조각상을 만들 수 있다는 것 자체가 어마어마한 기회!

"아니. 이걸 녹여서 만들어줘."

[<순금으로 만들어진 아름다운 전사의 조각상>을 발견했습니다. 명성이 크게 오릅니다.]

[조각 스킬이 오릅니다.]

[금속 조각 스킬이……]

보는 것만으로도 스킬들이 쫙쫙 오르는 조각상이라니!

"이걸 어디서…… 아! 이게 설마 그 고블린 만능 제작기에서 뽑은!"

"응. 쓸 일도 없어서 이걸 녹여서……."

"히익!"

"허어억!"

"왜?"

"이걸 녹이시다니! 이렇게 아름다운 작품을!"

"이건 범죄예요, 범죄!"

"쓸 곳도 없는데 녹여서 재료로 써야지. 순금이잖아."

"으헝헝! 그러지 마십쇼!"

마치 자기 자식처럼 조각상을 껴안고 보호하려는 조각사들! 태현은 황당하다는 듯이 그들을 쳐다보았다. 이런 상황은 전혀 예상하지 못한 상황이었다.

"하기 싫으면 가라."

"크윽! 다른 사람들이 해야 한다면 저희가…… 할 수밖에…… 없겠지요……."

"그런데 뭘 만드실 생각이십니까?"

"카르바노그의 조각상을 만들어줄 생각인데."

호화로운 순금으로 만들어줄 조각상! 지금 태현의 동상이나 아키서스 조각상도 황금으로 만들어지지 않았으니, 이 정도면 어마어마한 배려였다.

태현이 이러는 데에는 이유가 있었다. 카르바노그가 계속 메시지창으로 귀찮게 하는 것도 이유 중 하나였고, 또 다른 하나는……. 기왕 퀘스트 깨는 김에 좀 확실하게 하면 더 좋은 보상이 나오지 않을까 싶어서였다.

물론 〈토끼 지배〉 같은 스킬을 주는 카르바노그였기에 크게 기대하지 않았지만, 〈카르바노그의 창〉은 의외로 강력한 무기였다. 그 갈르두를 제대로 엿 먹이지 않았던가!

"카르바노그…… 가 누구죠?"

"이렇게 생긴 애 있잖아."

"저, 실례지만, 이건 토끼 같습니다만."

"응. 토끼 신."

"……이렇게 아름다운 걸 녹여서 기껏 토끼를 만들라고요?!"

[카르바노그가 화를 냅니다!]

"토끼가 아니라 토끼 신. 너희 자꾸 딴소리할 거면 다른 놈들 부른다."

"아, 아니에요! 저희가 하게 해주십쇼!"

"저희보다 더 잘할 수 있는 사람은 이 도시에 없을 겁니다!"

조각사들은 허겁지겁 나섰다. 이렇게 아름다운 걸 녹여서 기껏 만든다는 게 토끼라는 게 가슴 아팠지만, 그래도 그들이 안 할 수는 없었다.

"아. 그런데 이걸 녹이려면 대장장이가 필요한데요……."

황금 같은 귀금속은 어느 정도 실력 있는 대장장이만이 다룰 수 있었다.

"황금? 내가 녹여주지."

사디크의 화염도 쓸 수 있는 데다가 대장장이 고급을 찍은 태현은 물론 다룰 수 있었고.

조각사들은 놀랐지만, 태현이 정말로 용광로에 불을 피우고 황금을 녹이기 시작하자 그 말이 진짜라는 걸 깨달았다.

"자. 됐지? 만들기 시작하자."

"아, 혹시 보수는……."

"맞다. 보수를 이야기하는 걸 잊었군. 뭘 주면 좋을까?"

태현이 말하자마자, 조각사들은 눈빛을 빛내며 입을 모아 외쳤다.

"……고블린 만능 제작기 이용권을 더 주십쇼!"

태현이 압도될 정도로 단호하고 재빠른 대답이었다.

"그, 그래."

<순금으로 만들어진 토끼…… 아니, 카르바노그의 조각상>

'이름이 왜 이래?'
"완성했습니다! 보십시오!"
"귀엽고 탐스럽지 않습니까?"

[카르바노그가 미묘해합니다.]

"음…… 어쨌든 고맙다. 자, 여기 티켓."
"오오옷!"
"돌리러 가야지!"
조각사들이 '이용권'이라고 쓰여 있는 종이 쪼가리를 받고 신이 나가서 밖으로 뛰쳐나가는 걸 본 태현은 복잡한 표정을 지었다. 뭔가 사기 치는 기분!
'아, 아니. 서로 만족하는 거래였으니까…….'
태현은 황금 조각상을 조심스럽게 들고 가, 아키서스 교단 신전으로 들어가 조심스럽게 내려놓았다.
'근데 엄청 튀긴 하는군.'
나름 검소한 신전 안에 황금 토끼는 엄청나게 튀었다.

[칭호: 카르바노그의 친구를 얻었습니다.]

<칭호-카르바노그의 친구 퀘스트>

토끼 신 카르바노그는 당신이 아키서스의 화신이기에 카르바노그의 화신이 될 수 없다는 걸 깨달았다.

슬프지만 카르바노그는 관대한 신. 대신 당신의 교단 신전 한 구석에 카르바노그의 상을 놓는 것으로 만족하기로 했다.

이 제안마저 거절한다면 카르바노그는 정말로 슬퍼할 것이다.

보상: <카르바노그의 친구> 칭호 획득. ?, ??, ??

퀘스트 완료! 사실, 이제까지 했던 퀘스트들과 비교한다면 이런 조각상 하나 놓는 퀘스트는 거저먹는 퀘스트였다.

그래서 받아들인 것이고. 그 순간…….

파아앗!

[카르바노그가 당신의 신전에 강림합니다! 카르바노그가 당신의 신전 구석에 자리 잡습니다.]

[신성력이 크게 오릅니다!]

[이 신전이 카르바노그의 교단으로 선포됩니다.]

[<카르바노그의 무딘 창>에 힘이 깃듭니다!]

'응?'

태현은 당황했다. 아니, 칭호만 받으려고 했지 여기 빌붙으라고 하지는 않았는데?

[영지에 카르바노그의 신성력이 깃들기 시작합니다.]

[카르바노그의 축복으로 영지의 토끼들이 매우 영리해집니다. 농작물이 방해를 받지 않고 무럭무럭……]

카르바노그가 교단으로 선포한 것 덕분에 나오는 보너스창들. 아키서스보다 훨씬 더 영지 발전에 어울리는 능력들이었다.

〈대륙에 남은 신 카르바노그-카르바노그 교단 퀘스트〉

아주 오래전, 모든 신과 악마들이 대륙을 떠나 천계로 올라갔을 때, 몇몇 존재들은 떠나지 않고 힘을 버린 채 대륙에 남아 있었다. 카르바노그는 다른 신에 비해 압도적으로 약했지만 정체를 숨기는 재주가 있었고, 덕분에 오랫동안 들키지 않고 대륙에서 잠들어 있을 수 있었…….

'아. 그래서 아키서스랑 달리 이렇게 메시지창으로 의사 표현이 가능한 거군.'

대륙에 남아 있으니 가능한 의사 표현!

'잠깐. 그래도 약하다고 해도 신이라면 힘을 빌릴 수 있지 않나? 싸울 때 힘을 좀 빌리면……'

태현의 기대를 읽기라도 한 것처럼, 퀘스트창은 계속해서 이어졌다.

……그러나 그 은신은 이제 깨졌다. 던전에 모험가들이 발을 디디

고, 대륙의 교단들은 카르바노그의 존재를 알아차린 것이다. 사제도 교단도 없고, 신으로서의 힘도 없는 카르바노그는 만만한 존재. 대륙의 교단들은 카르바노그의 성물을 회수해 그 안에 담긴 신성력을 얻으려고 한다.

당신은 카르바노그의 화신은 아니지만 카르바노그에게 선택받은 존재. 카르바노그의 성물을 지키고 카르바노그의 권위를 지켜라! 카르바노그는 별 도움이 되지 않겠지만.

보상: 카르바노그의 권능, ??, ??

'젠장.'

도움 좀 되나 싶었더니, 아예 못부터 박고 있었다.

[카르바노그가 기대 어린 눈으로 당신을 쳐다봅니다.]

[대륙의 각 교단들이 이 상황을 눈치챘습니다. 이제부터는 언제라도 교단의 인원들이 찾아와 카르바노그의 성물을 요청할 수 있습니다.]

태현은 얼굴을 찌푸렸다. 카르바노그를 원해서 이렇게 된 건 아니었지만, 그렇다고 굴러들어 온 떡을 그냥 내줄 생각은 없었다. 고생은 태현이 다 했는데 다른 교단이 뭘 했다고 와서 날름 가져간단 말인가!

'안 그래도 해적에다 흑마법에다가 아키서스 교단 이미지 안 좋을 텐데.'

신생 교단에, 태현이 했던 짓들 때문에 매번 메시지창이 떴었다. 다른 교단들이 별로 안 좋아한다고!

그래도 이제까지는 어떻게 부딪히지 않았지만, 이제는 카르바노그 때문에라도 부딪힐 수밖에 없을 것이다.

아예 대놓고 찾아오겠다고 예고하고 있었으니.

'아키서스에, 사디크에, 카르바노그에…… 어쩌다 보니 계속 신성 NPC하고만 계속 엮이는 기분이군.'

태현은 입맛을 다셨다. 이미 벌어진 건 어쩔 수 없고, 지금은 어떻게 해야 할지 생각해야 할 때였다.

태현은 일단 카르바노그의 창부터 확인하기로 했다. 카르바노그의 창은 과연 어떻게 달라졌을까?

카르바노그가 신전 한구석에 자리 잡아준 덕분에, 영지에는 어마어마한 보너스가 들어갔다. 그렇지만 태현 개인으로 봤을 때는, 별로 도움이 되지 않았다.

아키서스나 사디크에 비해 확실히 떨어지는 전투 능력!

기껏해야 있는 권능이 <토끼 지배>였으니…….

안 그래도 갈르두와 싸워야 하고, 앞으로는 교단과 마찰이 있을 수도 있는 태현에게 필요한 건 전투력이었다.

조금 더 깨어난 카르바노그의 무딘 창:

내구력 ∞/∞, 공격력 0.

스킬 '카르바노그의 발목 공격' 사용 가능. 스킬 '카르바노그의 진심 저주' 사용 가능. 카르바노그의 인정을 받아야 착용 가능.

카르바노그의 성물 중 하나인 카르바노그의 창이다. 비록 날

이 무뎌져 있지만 그 힘은 여전히 남아 있다. 카르바노그의 인정을 받은 자만이 이 창을 다룰 수 있을 것이다. 카르바노그가 정체를 드러냈기에 창의 힘은 조금 더 늘어났다.

아이템 등급: 전설.

이름이 좀 달라지고, 스킬 하나가 더 추가되었다.

<카르바노그의 진심 저주>

창의 힘을 모두 사용해 상대를 1분간 토끼로 만듭니다. 상대가 돌아오기 전까지는 창을 사용할 수 없습니다.

카르바노그가 영지에 끼친 영향을 자세하게 확인해 보고 싶었지만, 태현에게는 시간이 없었다. 갈르두가 언제 쳐들어와도 이상하지 않았던 것이다. 영지가 뭐가 달라졌나 확인하다가 대비에 늦는다면 그것만큼 멍청한 일도 없었다.

땅, 땅, 땅-

해안가에는 요새 작업이 한참 진행 중이었다.

'다행이군. 아직 안 쳐들어왔나.'

"이봐. 맥크레니 상단주에게 가서 해적들이 여기로 상륙할 거라고 말해줘. 왕국의 도움을 가능하면 전부 받고 싶거든."

"예. 알겠습니다."

"잘 부탁하지."

공적치 포인트를 쓰지 않고 부탁하는 것이라 어떻게 굴러갈지 태현도 잘 알 수 없었다. 그렇지만 왕국의 도움을 받을 가능성은 있었다.

이건 태현의 영지를 방어하는 전투기도 했지만, 더 크게 보면 갈르두라는 해적이 아탈리 왕국을 침범하는 일이기도 했던 것이다. 당연히 계속 있으면 왕국에서도 왕국군을 움직일 것이다. 문제는 그게 언제 오느냐!

빨리 와서 같이 싸워주면 태현으로서는 정말 좋겠지만, 최악의 경우 일이 다 끝나고 나서나 올 수도 있었다.

갈르두야 여기를 점령하러 온 게 아니라 태현의 목을 치러 온 것이었으니 영지만 불태우면 얌전히 물러날 테고.

그러면 태현만 피를 보게 되는 것이다.

절대 그럴 수는 없었다.

'아니…… 아예…… 다른 영지를 휘말리게 할 수는 없나?'

이 와중에도 물귀신 작전을 쓸 수 없나 고민하는 태현이었다. 가능하면 내 영지보다는 다른 귀족의 영지에서 싸웠으면 좋겠다!

'여기 해안가 요새가 박살 나면…… 절망과 슬픔의 골짜기가 아니라 남쪽에 있는 다른 귀족의 영지로 후퇴하면…… 갈르두가 쫓아오려나? 아니면 날 무시하고 골짜기로 가려나?'

태현의 생각에 갈르두는 태현을 쫓아올 것 같았다. 태현은 그만큼 갈르두를 열 받게 했던 것이다.

'좋아. 해안가가 뚫리면 다른 귀족 영지로 튀어야겠군.'

다른 귀족 NPC들이 들었다면 당장 기사단을 이끌고 태현을 족치러 왔을 것!

끼이익, 끼익-

"올려! 더 올려!"

"목책은 충분해! 불에 안 타게 보강까지 다 했어!"

"여기 있는 벽에 뭐라도 좀 더 붙이자! 전부 다 갖고 와!"

"앞에 해자는 이 정도면 되나?"

"좋았어! 계속 파!"

바다와 맞닿아 있는 넓은 해안가. 거기를 지나 위로 올라오면 앞에 깊은 구덩이가 파여 있는 요새가 나왔다.

"근데 더 높게 쌓는 게 낫지 않나?"

"낮게 여러 겹 쌓으래. 뭐 생각이 있으니까 그렇게 하라고 한 거겠지?"

"하긴. 난 티켓만 받으면 돼."

요새 벽은 높게 쌓는 대신, 낮게 여러 개 쌓았다. 벽 하나가 점령당하더라도 다음 벽으로 후퇴해서 싸울 수 있도록!

"여기 망루, 사다리 없는데?"

"아차. 사다리 갖다 놓아야겠다."

"어…… 저거 배 같은데?"

"여기 지나가는 배가 한두 척이야? 일이나 도와."

"아니, 이쪽으로 오고 있잖아."

시력 좋은 궁수 플레이어가 가장 먼저 발견하고 외쳤다.

"적이다!!"

멀리서 갈르두의 대함대가 다가오고 있었다.

"돌격이다!"

"그렇다! 바로 돌격이다! 우리의 뜨거운 심장과 뜨거운 피를 갈르두에게 보여줄 수 있는 방법은 바로 그것이다!"

"해적 지도자님! 명령을 내려주십시오! 돌격 명령을!"

갈르두가 나타났다는 말에 우르르 달려와 눈빛을 빛내는 해적 NPC들. 태현은 그들에게 최대한 친절하게 대답해줬다.

"……뭔 개소리냐?"

"그러니까, 돌격을……."

"왜?"

"돌격이…… 멋있으니까요?"

"뜨겁고…… 어…… 피도 끓고……."

"얘들아."

이제 아쉬운 게 없는 태현은 해적들을 상대할 때 속마음을 숨기지 않았다. 우르크 앞바다에서는 해적들한테 잘못 굴면 배에서 던져질까 봐 조심했지만, 여기는 태현의 영지였다.

전혀 눈치 볼 이유가 없는 것!

"내가 명령 내리기 전까지는 입 닥치고 가만히 있자."

"……사람이 달라졌어……."

해적 하나가 투덜거렸지만 태현은 무시했다.

[최고급 화술 스킬을 갖고 있습니다. 해적들이 당신의 말을 확실하게 듣습니다. 고급 전술 스킬을 갖고 있습니다. 해적들이 당신의 말을 존중합니다.]

"김태현 백작님."

"아. 아농 백작."

태현은 재빨리 태도를 바꾸었다. 기사단을 이끌고 있는 아농 백작! 이번 한 번을 쓰면 더 이상 힘을 빌릴 수 없다는 게 아까웠지만, 그렇다고 태도를 함부로 할 수는 없었다.

앞으로 언젠가 뜯어먹을 수 있을지 모르니까!

아농 백작은 존경하는 눈빛으로 말했다.

"해적들의 습격에 막기 위해서 이렇게 직접 나서시다니…… 백작님은 모든 귀족의 모범이십니다."

"내가 좀 그렇지."

앞뒤가 많이 생략되었기에 아농 백작은 태현이 '순수한 마음으로 아탈리 왕국을 지키기 위해' 나섰다고 생각했다.

"이번 한 번이 백작님과의 마지막 인연이라는 게 아쉬울 뿐입니다."

"아쉬우면 더 도와줘도……."

"그건 안 됩니다."

"쳇."

"방금 '쳇'이라고 하셨습니까?"

"잘못 들었겠지."

태현은 표정 하나 바꾸지 않고 시치미를 뗐다. 아농 백작은 고개를 끄덕이며 말했다.

"그런 의미에서 오늘 제가 저희 기사단의 위력을 보여 드리겠습니다."

"무슨 위력?"

"바로 돌격입니다. 저 해적선에서 사악한 해적들이 내리면 바로 돌격을……."

"아, 필요 없다고!"

'이놈이고 저놈이고 돌격을 왜 이렇게 좋아해?'

기껏 해안가에 잔뜩 폭탄을 매설하고 함정을 파놓은 상태.

그런데 돌격은 무슨 돌격이란 말인가.

확 저승으로 돌격시켜 버릴까 보다!

"태현 님. 플레이어 중에 몇 파티가 먼저 나가서 선공을 가하고 오겠다고……."

"내가 가서 대가리에 선공 가하기 전에 입 다물고 있으라고 전해. 이것들이 주제 파악을 못 하고…… 가봤자 죽기밖에 더해?"

"……정, 정말 그렇게 전할까요?"

"어. 그렇게 전해."

커다란 이벤트를 앞두고 태현의 성질은 매우 날카로워졌다. 옆에서 지나가던 앨콧은 그걸 보고 침을 삼켰다.

저건 판온 1 때 많이 보던 개 같은 모습!

'상, 상대하지 말아야겠다.'

삐걱-

하필 지나가던 길에 나뭇가지가 있어서 부러지는 소리가 유난히 선명하게 들렸다.

"앨콧?"

"어, 네?"

무심코 나오는 존대!

"왜 존대해? 평소처럼 굴어."

"어, 응."

"그리고 조용히 좀 걸어라. 시끄럽잖아."

"네……."

그러는 사이 파워 워리어 길드원은 가서 말을 전했다.

"대가리에 선공 가하기 전에 입 다물고 있으라고 하시는데요?"

물론 그 반응은 격했다.

"웃기지 마!"

"말도 안 되는 소리!"

'역시 이건 좀 심했다니까…….'

파워 워리어 길드원은 속으로 그렇게 생각하며 울상을 지었다. 아무리 태현이라도 저렇게 말하면 플레이어들이 화를 낼…….

"김태현이 그런 말을 할 리가 없잖아!"

"맞아! 그 김태현 님이 그런 품위 없는 소리를 할 리가 없지! 너 이 자식. 어디서 수작이야! 도중에 말을 바꾼 거지!"

파워 워리어 길드원은 어이가 없어서 할 말을 잃었다.

이 자식들은 눈깔을 폼으로 들고 다니나?

"……그러고 보니 제가 잘못 들었던 것 같습니다. 놈들의 대가리에 선공을 가하고 오라고 하셨네요."

"역시!"

"김태현 님은 우리를 믿고 계셨어!"

"가자!"

"어? 뭐야? 저것들. 왜 뛰쳐나가?"

태현은 짜증 섞인 얼굴로 요새 앞을 노려보았다. 케인이 옆에서 대답했다.

"멋대로 튀어나왔나 본데?"

"꼭 말 더럽게 안 듣는 놈들이 있지."

"어떻게 하지?"

"뭘 어떻게 해. 죽든 말든 알아서 하라고 해. 난 분명히 경고했어."

자기 주제 파악 못 하고 날뛰는데 태현이 가서 구해줄 생각은 없었다.

-크으으으…….

-갈르두 님. 무슨 일이십니까?

-빠르게 왔다고 생각했는데도 그새 이렇게 요새가 만들어지다니…… 하나하나가 얄밉고 짜증 나는 놈이다.

-말씀하신 그대로입니다. 정말 하나하나가 얄밉고 짜증 나는 놈…… 어떻게 할까요? 돌려서 다른 상륙 지점을 찾아볼까요?

-내가 저딴 놈의 얕은 수작이 두려워서 배를 돌릴 것 같으냐!

쾅!

-죄, 죄송합니다!

-배를 돌려서 다른 곳에 내려 돌아가는 건 저놈이 바라는 거일 거다. 정면으로 가서 뚫는다. 놈에게 힘의 격차를 보여준다!

-예!

-그렇지만 수상하군…….

원래 갈르두의 성격이었다면 바로 해안가에 배를 붙이고 내려서 돌격 명령을 내렸을 것이다. 강력하기에 오만한 성격, 그게 바로 갈르두였다.

그러나 태현에게 엿을 먹었기에 갈르두는 태현에 대한 경계심이 높아진 상태였다. 보스 몬스터의 성격도 바꿀 정도로 세게 후려갈긴 뒤통수!

-저 해안가에 무언가 함정이 있을지도 모르겠…… 음?

"와아아아!"

"가자! 가자!"

한 파티는 말을 타고, 다른 파티는 뛰어서 돌격하고 있었다. 해안가에 내리는 갈르두의 부하 전사들에게 한 방 먹여주고 돌아올 생각!

미친 생각 같았지만, 그들에게도 나름 생각이 있었다. 먼저 그들은 갈르두와 직접 싸워본 적이 없었다. 기껏해야 옛날 동영상 정도만 찾아봤을 뿐.

그러니 갈르두와 만났을 때 그들의 스탯이라면 일단 온갖 페널티부터 받고 시작한다는 걸 몰랐다. 그리고 그들은 갈르두와 싸울 생각이 없었다.

보통 이런 대규모 싸움에서 보스 몬스터는 뒤늦게 나타나는 법이니, 처음에는 좀 약한 몬스터들만 나올 것 아닌가.

그렇다면 선공을 가하고 튀면 충분히 승산이 있다!

공적치 포인트는 포인트대로 챙기고, 이런 거대한 싸움에서 인상은 인상대로 남기고.

"이거 방송 찍고 있는 거 맞지?!"

"찍고 있어! 가자!"

"김태현도 우리가 하는 걸 보고 감탄할지도 몰라! 진짜 그럴 거 같은 기분이……."

-……함정이 아니었군.

갈르두는 의심을 버리고 말했다. 저런 같잖은 놈들의 돌격이라니. 심지어 뒤에 요새를 내버려 두고!

이건 여기 모여 있는 전사들이 제대로 통제가 되지 않는다는 걸 의미했다. 해안가에 함정이 있나 싶었는데, 그냥 준비가 덜 된 게 분명했다.

-오합지졸들이 아닌가. 어디서 저런 놈들을 데리고 오다니. 김태현 그놈도 많이 절박했나 보군.

-갈르두 님의 위엄에 겁을 먹은 게 분명합니다!

-그렇겠지. 으하하하! 저놈들을 쓸어버리고 돌격해라!

끼이익-

배에서 마법 대포의 포구가 불쑥 튀어나왔다. 덤벼드는 플레이어들은 그 상황을 눈치채지 못했다.

“해적 왜 안 내리냐?”

“빨리 내려라! 돌격 보너스 받고 때려야 대미지가…….”

슈웅- 콰!

[HP가 0으로 내려가 사망합니다.]

[HP가 0으로 내려가 사망합니다.]

“으아. 아프겠다.”

케인은 중얼거렸다. 저렇게 깔끔하게 마법 대포 공격을 직격으로 맞는 일도 드물었다. 위력이 센 대신 명중률이 떨어지는 대포였다. 빗나가서 폭발 대미지를 입으면 입었지, 저렇게 얻어

맞을 줄이야.

운 좋게 피한 다른 파티원들은 충격을 받고 멈췄다.

그걸 본 케인이 외쳤다.

"튀어, 멍청이들아! 뭐 하냐!"

"어, 어……."

쾅! 쾅! 콰쾅!

말과 함께 쏟아지는 마법 포탄!

플레이어들은 비명을 지르며 도망치기 시작했다.

태현은 혀를 차며 고개를 저었다.

좌아악-

방금 있었던 일은 마치 없었던 것처럼, 갈르두의 함대는 해안가에 배를 붙이고 상륙에 성공했다.

-가라. 나의 부하들아!

[갈르두의 함대가 육지에 올라왔습니다. 저주로 인해 페널티를 받습니다.]

해골섬에서처럼, 다시 메시지창이 떴다. 그러나 랭커들은 안심하지 않았다. 갈르두는 저주를 받아도 그들이 상대할 수 없을 정도의 보스 몬스터였던 것이다.

-돌격! 돌격!

-달려가서 놈들의 목에 칼을 박아 넣자! 달려가서 놈들의

배를 찌르자!

저주받은 해적 전사들이 촉수투성이의 몸으로 변신하며 해안가를 달려들기 시작했다.

"공격 개시."

"공격 개시!"

그걸 맞이하는 건 궁수 부대였다. 거리가 아직 멀었기에, 플레이어들도 크게 기대하지는 않았다.

어디까지나 닥치는 대로 쏴서 한 발 맞힐 생각!

"스킬은 아껴! 가까이 오면 써야 하니까. 지금은 그냥 쏘는 것만으로도 충분해!"

"알고 있어! 좋아…… 쏜다!"

파파파파파파팍!

순간 요새 앞에 화살의 비가 뿌려지기 시작했다. 그리고…….

"어?"

"어??"

"어??"

[치명타가 터졌습니다! 원거리에서 정확히 적의 급소를 맞추는데 성공했습니다. 궁술 스킬이 오릅니다!]

이 거리에서 정확히 급소를 맞추다니!

"나, 이렇게 실력이 좋았었나?"

"넌 운이지. 난 실력이고."

"개소리를……."

"아니, 나도 맞았는데?"

"멍청한 놈들아. 아키서스 사제들 덕분이겠지."

"아……!"

아키서스 사제들에게 축복을 받고 사냥을 한 경험이 있는 궁수 플레이어가 정리에 나섰다.

"떠들 시간에 쏘기나 해! 계속 다가오잖아!"

"저것들 왜 다시 일어나냐!"

아무런 방어도 하지 않고 달려들던 해적 전사들은 화살 세례에 우르르 쓰러졌다. 그렇지만 갈르두가 칼을 뽑아 들고 휘두르자 다시 일어서서 달려들기 시작했다.

"이게 좋은 방법일까?"

"좋은 방법인지는 모르겠고 지금으로써는 최선이지."

태현은 심드렁하게 밑을 내려다보며 에반젤린의 질문에 대답했다.

"갈르두가 계속 부활시키는데 갈르두를 잡으러 갈 수는 없잖아. 그랬다가는 앨콧 꼴 날 거고. 그러면 어쩌겠어. 부하들을 계속 패야지."

"계속 부활시키는 거 같은데?"

"적어도 MP는 좀 소모되겠지. 그렇게라도 해야 답이 나오지, 안 그러면 답이 없어. 그리고 갈르두 성격을 봤을 때 계속 부하들이 막히면 자기가 직접 나설 거야. 너하고 다른 랭커들이 싸우는 건 그때일 거고."

"후. 맡겨만 둬."

"너 근데 불운 페널티 없지? 싸울 때 불운 페널티 붙으면 같이 싸우는 건 좀……."

"……네가 아티팩트 줘서 없애놓고 뭔 소리를 하는 거야!"

사람을 무슨 파티 플레이의 장애물처럼 여기는 태도에 에반젤린은 울컥했다. 아싸로 살아왔던 시간에 대한 서러움!

"혹시 몰라서 물어본 거지. 하하. 내가 널 못 믿는 건 아니고."

"근데 왜 한 걸음 뒤로 물러서는 건데?"

30분 정도 지났을까. 갈르두는 인상을 찌푸렸다. 저 정도 방어의 요새라면 순식간에 뚫고 벽에 붙을 줄 알았는데, 벽에 붙지도 못하고 있었던 것이다.

오합지졸이라고 생각한 궁수들이 생각보다 훨씬 더 뛰어났다. 방패로 막거나 칼로 튕겨내려고 해도 어떻게 급소만 계속 찔러댔다.

-너희들이 나서야겠다.

-예!

갈르두는 정예 전사들을 불렀다. 지금 해안가를 가득 채우고 있는 해적 전사들보다 한층 더 수준이 높은 전사들이었다.

-모두 나를 따르라! <질풍의 검막>!

-내가 화살을 막겠다. 내 뒤에 붙어라! <해적 갑판장의 가호>!

캉! 카캉!

기껏 날카롭게 쏘아낸 화살들이 막히자 플레이어들은 당황했다.

"스킬을 쓸까?"

"이 거리에서는 스킬 사거리가 안 닿는데……."

저벅, 저벅!

그사이 해적 전사들은 차츰차츰 거리를 좁혀 왔다. 거리가 어느 정도 가까워지자, 해적 전사들도 원거리 공격을 개시했다.

-마법사들. 마법을 쏴라! 활을 갖고 있는 놈들은 요새 위로 활을 쏟아부어라!

"으악!"

"고개 숙여!"

퍼퍽!

요새 벽 위로 화살이 매섭게 날아와 박히자, 궁수 플레이어들은 기겁해서 고개를 숙였다.

-벽을 부숴라, 기어올라라!

요새 벽에 해적 전사들이 달라붙기 시작하자, 태현은 다음 명령을 내렸다.

"파워 워리어 길드원들한테 명령 내려줘."

"네."

기이잉, 기이잉-

해적 전사들은 요새 벽 뒤에서 들리는 소리에 놀랐다. 이게 무슨 소리지? 그리고 놀란 건 해적 전사들만이 아니었다. 플레이어들도 놀랐다.

"으악! 몹인 줄 알았네!"

"골, 골렘이 왜 이렇게 많아?"

골렘은 보통 몬스터로 나왔다. 가끔 소환 마법을 전문으로 하는 마법사가 골렘을 소환해서 소환수로 부리긴 했지만, 지금처럼 기계공학으로 만들어서 탈것으로 쓸 수 있는 것과는 다른 종류였다. <김태현의 추적 파괴 자폭 골렘>을 본 플레이어들이 깜짝 놀라는 것도 당연한 일!

우우웅- 쾅!

요새 벽 위에서 갑자기 나타난 골렘들. 골렘들이 에너지 빔을 쏘기 시작하자 마법을 시전하던 해적 마법사들이 맞고 날아갔다.

"으하하하! 이거 대단해! 이거 진짜 대단해!"

파워 워리어 길드원들은 흥분으로 달아올라서 외쳤다.

이제까지 레벨 낮은 그들은 맛보지 못했던 즐거움!

바로 강한 상대를 전투에서 이기는 즐거움이었다.

"히히! 받아라! 골렘 펀치! 골렘 킥!"

쾅! 쾅!

요새 벽 너머로 해적 전사들에게 주먹질을 가하며, 파워 워리어 길드원들은 요리조리 움직였다.

즉석에서 연습한 것 치고는 훌륭한 솜씨!

물론 해적들이 그걸 가만히 보고 있지만은 않았다.

-……어디서 저런 같잖은 걸…… 쓰러뜨려라!

갈르두의 사나운 호령이 떨어지자, 저주받은 정예 전사들이 움직였다.

타타타탓, 팟!

요새 벽을 수직으로 타서 뛰어오른 정예 전사들은 재빠른 동작으로 덤벼들었다.

"으악! 넘어왔어!"

"그러게 적당히 까불었어야지!"

"떼어줘! 떼어줘!"

다른 플레이어들도 많았지만, 넘어온 전사들은 오로지 골렘만을 노렸다.

-다리를 노려라!

-타고 올라가서 조종하고 있는 놈을 죽여 버려!

전사들은 타깃을 하나로 좁혔다. 골렘 하나에게 덤벼드는 사이, 다른 플레이어들과 골렘들은 재빨리 거리를 벌리고 진형을 수습했다.

"야! 버리고 나와! 쏘게!"

"안…… 안 돼!"

"……?"

"얘를 버릴 수는 없어!"

"……너 바보냐?!"

"이 골렘을 버릴 수는 없어! 난 얘와 함께할 거야!"

길드원은 그렇게 외치며 골렘 팔을 닥치는 대로 휘둘렀다.

해적 전사들을 떨궈내기 위해서!

"길마님! 어떻게 하죠?!"

파워 워리어 길드원들은 이다비를 불렀다. 판단하기 어려운 일이 있을 때에는 역시 길마에게 물어보는 게 제일!

"같이 쏴버려."

옆에 있던 플레이어들은 깜짝 놀랐다. 그러나 파워 워리어 길드원들은 전혀 놀라지 않고 대답했다.

"네! 쏠게요!"

1초도 망설이지 않는 그들!

퍼퍼퍼퍼퍼펑!

"으악! 미친놈들아! 나까지 쏘면 어떡해!"

"그러니까 내리고 나오랬잖아, 이 또라이야!"

해적 전사가 달라붙은 골렘을 향한 집중 사격. 간신히 길드원은 살았지만 골렘 한 기가 그대로 파괴되었다.

'파워 워리어 길드…… 무서운 길드……!'

'명령 내렸을 때 1초도 안 망설인 거 봤지? 소름 끼친다.'

주변에 있던 플레이어들은 파워 워리어 길드원들을 기묘한 눈빛으로 쳐다보았다. 길드원들은 그 눈빛에 담긴 뜻을 알아채지 못했다.

"왜 저렇게 쳐다보지?"

"우리가 좀 멋졌잖아."

"역시 그런 건가!"

'파워 워리어 길드 상대할 때는 조심해야겠다.'

'재네가 뭐 팔던데 사지 말아야지. 무섭다.'

그러는 사이 뒤에 배치되어 상대적으로 여유가 있던 플레이어들은 다른 생각을 했다.

'저 골렘…… 생각보다 훨씬 센데?'

'저런 걸 본 적이 없는데, 역시 김태현이 만든 건가? 기계공학의 달인이니…….'

'영지전 할 때 저런 걸 쓸 수 있다면 대단하겠는데…… 대체 저런 걸 몇 개나 숨겨둔 걸까?'

요새 벽에 배치된 플레이어들이 나름 잘 싸우고 있었지만, 그들은 천천히 밀리고 있었다. 아무리 쓰러뜨리고 쓰러뜨려도 해적 전사들은 계속 부활하고 부활했다. 그런 싸움 와중에 천천히 전진하니, 수비하는 쪽은 후퇴할 수밖에 없었다.

쿵-

"두 번째 벽도 무너졌다! 뒤로 후퇴하자!"

-크흐흐흐…… 아주 잘 도망치는구나. 어디 한번 계속 도망쳐 봐라. 이 벽이 모두 무너지면 너는 죽은 목숨이다, 김태현 백작!

갈르두는 그렇게 말하며 다가오기 시작했다. 이제는 어떤 공격도 날아오지 않는 해안가를 걸어오는 갈르두와 부하들.

그걸 보며 태현은 때가 왔다는 걸 깨달았다.

"지금이다. 터뜨려."

콰아아아아아아아아아아아아아앙!

[해적 전사를 폭발로…….]

[해적 마법사를 폭발로…….]

[기계공학 스킬이 올랐……]

[레벨 업 하셨습니다!]

갈르두가 안 잡혔는데도 레벨 업 창이 뜨다니.

'하긴, 화술을 최고급 찍었으니 경험치가 한계까지 찍혀 있었겠군.'

그렇지만 지금은 레벨 업을 기뻐할 때가 아니었다. 태현은 명령을 내렸다.

"전원 공격! 지금을 놓치면 안 된다! 무조건 갈르두를 잡는다!"

폭발과 연기가 흩어지자, 갈르두 근처에 있던 부하들은 싹 사라져 있었다. 방금 있었던 폭발로 박살이 난 것이다.

그나마 좀 피해를 덜 입은 전사들은 요새 벽에서 싸우고 있던 전사들이었다. 그렇지만 그들은 곧바로 박살 났다.

다그닥다그닥-

"돌격! 앞으로!"

아농 백작이 이끄는 기사단과.

"가자! 붉은 바다 해적들의 힘을 보여주자!"

붉은 바다 해적들의 돌격에 그대로 파묻힌 것이다. 기사단은 그들보다 평균 레벨이 높았고, 붉은 바다 해적들은 그들보다 낮더라도 든든한 지원과 압도적인 숫자로 덤벼들었다.

"아무리 갈르두라도 이만큼이 싹 날아갔는데 바로 다시 불러내지는 못할 거다. 놈이 불러내기 전에 잡는다!"

태현이 노린 것은 바로 이것. 갈르두가 올라왔을 때 부하들을 일시에 날려 버리고 레이드하기 최적의 상황을 만드는 것이었다. 고렙 플레이어들, 랭커들, 기사단 등…….

그런 전력을 뒤에서 아끼고 있던 이유는 하나. 갈르두 레이드를 위해!

갖고 있는 건 다 쏟아붓는다!

"자, 가자! 우리도 들어간다!"

태현의 말에 랭커들은 모두 고개를 끄덕였다. 그들도 지금이 얼마나 중요한 순간인지 피부로 느끼고 있었다.

-부하들이여 일어나라…….

휙!

중얼거리는 갈르두에게 달려든 태현은 창을 찔러 넣었다. 갈르두는 이를 갈며 피해냈다. 이 창에 다시 당한다면 그는 멍청이가 틀림없었다.

-어디서 얕은 수작이냐!

[갈르두가 <망자의 울음> 스킬을 사용합니다.]

[계속해서 들으면 즉사합니다.]

"절대 내버려 두지 마!"

"스킬을 못 쓰게 해!"

다행히 이 자리에는 태현만 있는 게 아니었다. 같이 달려온 랭커들이 갈르두에게 덤벼들어 공격을 때려 박았다.

에반젤린, 스미스가 묵직하게 무기를 휘두르고, 그 틈을 타

앨콧과 로이가 폭딜을 꽂아 넣었다.

-크아아…….

스킬을 사용하려던 갈르두는 멈칫했다. 그렇게 한 바퀴 신나게 갈르두를 두들겨 팬 에반젤린은 앨콧을 불렀다.

암살자라면 상대방의 HP 확인 스킬이 있을 것이다.

"HP 얼마 깎였어?! 앨콧!"

"……1, 1% 깎였는데……."

"뭐?! 잘못 본 거 아냐?"

"이제 0%다."

순간 에반젤린의 얼굴에 질린 표정이 떠올랐다. 아무리 보스 몬스터라고 하지만, 그래도 이 HP에 이 회복력은 정말……. 정말 잡으라고 만든 거 맞아?

그 순간 갈르두가 검을 휘둘러서 주변에 폭발을 일으켰다.

"이런! 〈태양의 굴절!〉"

스미스가 재빨리 탱킹 스킬을 사용하며 막아냈지만, 갈르두가 원한 건 그 짧은 틈이었다.

-일어나라!

"막아!"

촤아악-

[갈르두가 부하들을 불러냅니다!]

다행히 모든 부하를 전부 불러낸 건 아니었다. 폭탄 함정으로 인해 하도 전력이 많이 날아가서 그런지, 나온 건 갈르두를 따라다니던 정예 부하들 정도!

그러나 그것만으로 충분히 압박이 됐다. 그들도 만만한 수준은 아니었던 것이다.

-살아 있을 때에는 해적단의 선장이었지만 죽고 나서는 내 노예가 된 자들이여! 가서 죽여라!

선장 복장을 하고 무기를 휘두르는 정예 전사들이 덤벼들자, 순식간에 플레이어들이 밀려났다.

"제가 막겠습니다. 날 따라와라!"

아농 백작이 기사단을 이끌고 다시 덤벼들었다.

콰직!

완전히 중무장한, 번쩍거리는 군마용 갑옷을 입은 말들이 해적 전사들을 말발굽으로 짓밟았다. 그 틈을 타 아농 백작과 기사들은 무기를 휘둘러 닥치는 대로 전사들을 두들겨 팼다.

"잘했다, 아농 백작!"

태현은 안도의 한숨을 내쉬며 달려들었다. 부하들만 맡아주면 갈르두를 상대하는 건 한층 쉬웠다. 랭커들과 고렙 플레이어들이 앞에. 나머지 전력은 뒤에서 원거리 공격. 그 많은 전사들을 데리고 온 갈르두가 혼자 포위망에 갇혀 꽁꽁 묶여 두들겨 맞고 있었다.

갈르두는 맞으면서도 매섭게 반격해 왔지만, 스미스와 에반젤린이라는 두 랭커 탱커가 있는 상황에서는 그것도 쉽지 않았다.

재수가 정말 없는 플레이어나 맞고 로그아웃될 뿐!

-크악, 크악, 크아악! <심해 마수 소환>!

바다 쪽 함선에서 거대한 굉음과 함께 붉은 크라켄들이 나타났다. 거대한 문어처럼 생긴 전투형 마수들!

시간만 주면 잡을 수야 있지만, 지금 갈르두가 원하는 건 바로 그 시간이었다. 내버려 두면 마수들이 달려들어서 이 포위망을 붕괴시킨다!

"태현 씨. 어떻게 합니까?!"

스미스가 당황한 목소리로 물었다.

"걱정 마라. 준비해 놓은 게 있지."

스미스가 의아하다는 듯이 쳐다보았다. 아직도 숨겨놓은 패가 있었다고? 대체 그게 뭐지? 그럴 만한 건 안 보였는데…….

"가자!"

요새 안에서 대기하고 있다가 뛰쳐나온 대장장이들!

그걸 본 스미스는 깜짝 놀랐다. 아무리 그래도 저 대장장이들이 어떻게 마수들을 상대한단 말인가?

폭탄을 던지려고 해도 가기 전에 로그아웃 당할 것이다.

"태현 씨! 저건 좀……."

"저걸로 어떻게 막으려고!"

"준비됐냐?"

"오케이! 날려!"

뛰쳐나온 대장장이들은 곧바로 달려가지 않았다. 달려가 봤자 마수들이 원거리 공격을 하면 바로 죽을 거라는 걸 잘 알고 있었기 때문이었다. 그들이 대신 선택한 방법은 바로 기계공학이었다.

사람도 날리는 투석기! 폭탄 말고 다른 걸 만든다는 게 슬프고 괴로웠지만 그들은 참았다. 더 크고 더 강한 폭탄을 날려서 터뜨릴 기회를 위해! 그들은 폭탄을 잔뜩 몸에 매단 후 투석기 위에 올라갔다.

"지금!"

투웅-

투석기가 힘차게 돌아가고, 그 위에 탄 대장장이들이 강하고 빠르게 날아갔다.

슈우우욱-

"3, 2, 1……."

펄럭!

공중에서 날아가던 대장장이들이 <조잡하게 만들어진 일회용 글라이더>를 폈다. 이것도 기계공학 아이템! 날아다니는 탈것에 비해 쓰기가 어려워서 별로 찾는 사람도 없는 아이템이었지만, 이럴 때는 쓸 만했다. 애초에 일회용으로 쓰려고 만들었으니 공격에 맞아서 부서져도 괜찮은 것이다.

뒤에서 대기하고 있던 파워 워리어 길드원들은 날아가는 대장장이들을 보며 기겁했다.

"쟤, 쟤네들 뭐야?"

"후후후……."

그 모습에 가브리엘이 뿌듯한 표정으로 말했다.

"저건 우리가 자랑하는 자폭 전투의 새로운 경지…… '비행 자폭'이다."

그 말을 들은 파워 워리어 길드원들이 슬슬 뒷걸음질 쳐서 거리를 벌렸지만 가브리엘은 눈치채지 못했다.

"기존의 자폭 전투는 상대방을 방심시켜야 하거나, 상대방을 함정으로 끌어들이지 않으면 거리를 좁히기 힘들다는 단점이 있었지. 하지만 이런 식으로 공중을 날아다닐 수 있으면 한 번에 거리를 좁혀서 자폭을 시도할 수 있…… 다들 어디 갔지?"

그들이 떠드는 사이 대장장이들은 쏜살같이 날아갔다.

-케에에에에엑!

접근하는 적을 눈치챈 마수들이 비명을 지르며 공격을 퍼부었지만, 대장장이들은 요리조리 기동하며 공격을 피했다.

퍼석!

몇 명은 스친 공격에 맞아 글라이더가 부서졌지만 아랑곳하지 않았다. 어차피 다 왔으니까!

"간다!"

"낙하! 낙하!"

그들은 떨어짐과 동시에 마수들에게 접근했다. 그리고 최대한 가까워진 그때에 바로…….

콰콰콰콰콰콰콰콰콰쾅!

자폭!

[레벨 업 하셨습니다!]

[HP가 0으로 되어……]

대장장이들은 레벨 업과 동시에 로그아웃! 바다에서 기어 나오려던 마수들이 일제히 제압당한, 막강한 화력이었다. 자리에 있던 모든 사람들이 입을 떡 벌리고 할 말을 잃었다. 레벨 100도 안 되는 비전투 직업이 보여준, 상상을 초월하는 광경!

"저, 저게……."

"무슨……."

상황을 보고 있던 이다비가 고개를 갸웃거리며 물었다.

"그런데 있잖아요."

"네?"

"대장장이들이 꼭 타서 같이 날아갈 필요 없이, 시한폭탄 같은 걸 만들어서 날려 버리면 되지 않나요? 그러면 같이 죽을 필요가……."

가브리엘은 머리를 망치로 얻어맞은 표정을 지었다. 이다비는 그걸 보고 설마 싶었다. 설마 정말 저 생각을 못 했다고?

"아, 아니. 그러면 조준이 부정확하잖습니까. 조준이 생명입니다."

맞는 말이었다. 물론 가브리엘과 대장장이들은 전혀 그런 이유로 한 게 아니었지만.

"그렇긴 하네요."

"그리고 그렇게 하면 멋이 없고……."

이게 진짜 이유!

"네?"

이다비는 순간 잘못 들었나 생각했다.

"태현 씨. 사과드리겠습니다. 저분들은 정말 대단한……."

"말할 시간에 갈르두나 패라."

태현은 행운의 일격을 중첩시키면서 갈르두를 후려 팼다.

퍽! 퍼퍽! 퍼퍽!

-이 쥐새끼가……!

갈르두는 워낙 HP가 높고 회복 속도가 빠르다 보니, 어지간한 공격은 피하지도 않았다. 그런데도 한 가지 피하는 게 있다면, 태현의 창 공격!

무조건 태현만 경계하고 있었던 것이다.

'젠장. 이렇게 숫자가 많은데 나만 신경 쓰냐?'

태현은 입맛을 다셨다. 지금 상황만 보면 갈르두를 압도하고 있는 것 같았지만, 사실 그렇게 좋은 상황은 아니었다.

갈르두에게 대미지를 입혀야 하는데 갈르두는 압도적인 HP와 회복력으로 버티고 있었고, 오히려 조금씩 소모되고 있는 건 공격대 쪽이었다. 어떻게든 변수를 만들어서 갈르두를 무너뜨려야 했는데 갈르두는 태현만 무조건 경계하고 있었다.

'도발을 너무 많이 했어!'

덕분에 다른 플레이어들은 갈르두라는 보스 몬스터를 상대하면서 수비나 회피에 덜 신경을 써도 됐지만, 그보다 지금 중요한 건 공격이었다.

-크아앗! 〈심해의 저주〉, 〈망자의 저주〉, 〈바다 마수의 저주〉…….

쾅! 쾅! 쾅!

태현만 집요하게 노리며 저주를 퍼붓는 갈르두!

태현은 공격을 포기하고 회피에 전념했다. 괜히 공격 좀 더 넣겠다고 나대다가 로그아웃 당하는 수가 있었다.

왼쪽, 위, 그다음은 우측 대각선 뒤……. 마치 뒤통수에 눈이라도 달린 것처럼, 빠르게 날아오는 저주를 피하는 태현의 모습에 공격대 플레이어들은 감탄사를 내뱉었다.

"오……!"

"대체 어떻게 피하는 거지?"

물론 태현 입장에서는 어이가 없을 뿐이었다.

"너희 어그로 안 끄냐?!"

태현은 날아오는 저주를 아슬아슬하게 피하며 탱커들에게 외쳤다.

"끌, 끌고 있어! 끌고 있는데……!"

"갈르두가 저희를 안 봅니다!"

완전히 무시 수준!

태현은 고민했다.

'지금 아키서스의 저주를 써야 하나?'

아키서스의 저주. 하나의 상대와 싸울 때는 거의 사기 수준의 저주 스킬이었다. 문제는 지금 아키서스의 저주를 써도 크게 효과를 보지 못할 것 같다는 점이었다.

아키서스의 저주는 행운 관련 저주. 태현이 알기로, 행운이 낮으면 나타나는 효과는 스킬이 실패하고 맞는 대미지마다 치명타가 터지고 장비가 쉽게 망가지고 등등…… 이런 것들이었다. 그런데 갈르두는 지금 쓰는 스킬이 태현에게 날리는 저주 정도였고, 나머지 공격대는 평타만으로도 충분히 압도하고 있었다. 보스 몬스터치고는 쓰는 스킬이 상당히 적은 편! 무턱대고 아키서스의 저주를 썼다가는 행운 스탯만 잃고 밑 빠진 독에 물 붓는 꼴이 될 수 있었다.

'고대의 망치로 무기부터 부숴야 하나? 부하들을 못 살리게? 놈이 날 경계하고 있어서 무기 바꾸고 덤벼들면 대응하겠지. 그렇다면 역시 저주를…….'

1초 사이에 태현의 머릿속에는 수많은 생각이 스쳐 지나갔다.

아탈리 왕국 해안가 공방전은 수십 명이 넘는 플레이어들이 생중계를 하고 있었다. 유명 플레이어들 대부분이 곧 있을 대회를 준비하느라 힘을 아끼고 있는 지금, 오랜만에 나타난 대형 이벤트! 게다가 참가한 랭커들의 이름도 쟁쟁했다.

태현은 물론이고 케인, 스미스, 에반젤린, 앨콧, 크로포드 등등. 수십 명이 넘는 플레이어들이 생중계를 하고 있었지만, 대부분의 사람들이 보고 있는 생중계 방송은 하나였다.

파워 워리어 길드 방송!

-안녕하십니까. 최민수입니다! 지금 날아간 대장장이들은 〈절망과 슬픔의 골짜기〉가 자랑하는……!

방송 위치도 위치고, 이번 공방전에 관련된 각종 고급 정보들을 아낌없이 풀어내는 파워 워리어 길드 방송은 다른 방송과 차원이 달랐다.

저 기사단은 무슨 기사단이냐, 지금 나타난 골렘은 무슨 골렘이냐, 이 요새는 언제 어떻게 지은 요새냐……. 태현에게 허락받고 들은 정보로 쏠쏠하게 남겨 먹는 파워 워리어 길드원들!

"시, 시청자 수 10만 명 돌파!"

"신기록…… 신기록……!"

길드원들은 손이 벌벌 떨리는 걸 느꼈다. 이게 빅 이벤트라는 건 알고 있었지만 이 정도로 천장을 뚫고 올라갈 줄이야!

"더 해봐요, 최민수 씨! 뭔가를 더 해보라고요! 지금이 기회야!"

"뭘 더 해?! 지금 최선을 다해서 설명하고 있는데!?"

최민수는 당황했다. 물론 그도 지금 이렇게 기회를 얻었을 때 더 크게 끌어들이고 싶었다. 그렇지만 그럴 만한 게 없었다!

"아무 말이나 해볼까?"

"무슨 아무 말?"

"저기 있는 랭커들에 대한 소문이라던가……."

"……뒷감당할 수는 있고?"

파워 워리어 길드원들이 행복한 고민을 하고 있는 동안, 진지하게 공방전을 구경하고 있는 사람들이 있었다.

그건 바로 대형 길드 플레이어들!

"……말도 안 돼. 이 정도였다고?"

"어떻게 이렇게 많은 플레이어들을 모았지? 김태현은 길드도 없는데……."

"플레이어도 플레이어지만, 다른 게 더 대단해. 저 골렘은 어떻게 구한 거지? 무슨…… 거기에 저 폭탄의 양은 대체 뭐야? 기사단은 아직도 부릴 수 있었고?"

그들은 경악의 눈으로 공방전을 지켜보았다.

상상을 초월하는 영지의 전투력! 〈절망과 슬픔의 골짜기〉는 일반적인 도시나 성과 달랐고, 시설도 부족한 편이라 깔보고 있었는데 막상 공방전이 시작되니 무슨 숨겨진 전력들이 샘솟듯이 나왔다. 그리고 그 전력들 하나하나가 보는 사람 등골을 서늘하게 만드는 전력이었다.

'우리가 만약 공성전을 벌인다면 이길 수 있을까?'

아무도 이길 수 있다고 자신하지 못했다. 그 정도로 태현 영지에서 튀어나온 전력은 대단했던 것이다.

'절대 만만하게 보면 안 되겠군.'

'아탈리 왕국에 있어서 이제까지 아무도 안 건드리고 멀쩡

한 줄 알았는데 영지 자체도 어마어마했어.'

그러나 보고 있는 사람들의 고평가와 달리, 공방전 자체는 다들 부정적으로 평가했다.

-갈르두 못 잡을 것 같은데?

-역시 갈르두는 지금 잡을 수 있는 수준이 아니었어.

-두들겨 패고는 있어도 대미지를 거의 못 주고 있잖아. 지금 최상위권 랭커들 다 모아놨는데 저 정도면 말 다 했지.

갈르두가 그렇게 두들겨 맞고도 아직 멀쩡하게 움직이고 있다는 걸 알아차린 것이다. 대미지를 못 주면 저 포위망이 무너지는 것도 시간문제! 그들은 속으로 간절히 바랐다.

'제발 실패해라!'

갈르두 레이드에 성공하면, 거기에 참가한 플레이어들이 너무 유리해졌다. 안 그래도 최상위권 랭커들이 저기 끼어 있는데 저들이 갈르두를 잡는다면……. 차이는 더 심해질 것이다.

제발 실패해라!!

태현은 결정을 내렸다.

'좋아. 일단 <카르바노그의 진심 저주>를 써보자.'

갈르두가 날뛰고는 있어도 아직 포위망은 유지되고 있었다.

태현의 시도가 몇 번쯤 실패해도 여기 있는 랭커들은 버텨줄 것이다. ……아마!

"김, 김태현이 나 노려보는 것 같은데 기분 탓이지? 누가 기분 탓이라고 해줘!"

케인이 갈르두를 정신없이 때리고 도발하며 말했다. 왠지 태현이 뒤에서 '이 어그로도 제대로 못 끄는 탱커 자식!' 하고 노려보고 있는 기분이었다.

"아마 아닐 테니 집중! 집중해야…… 어?"

계속 갈르두가 태현을 경계하자, 태현은 다른 방법을 썼다.

탓!

"야!"

에반젤린 뒤에서 몸을 숨기고 있다가 그녀의 머리를 밟고 위로 날아오른 것이다.

-가소로운 놈, 그딴 수작에 넘어갈 것 같았느냐?

갈르두는 다른 랭커들에게 무기를 휘두르다가 재빨리 돌아서서 태현을 향해 저주를 난사했다. 무시무시한 대응 속도였고, 무시무시한 집념이었다. 다른 랭커들 수십 명이 있어도 오늘 김태현 한 명만을 노린다!

태현을 싫어하는 사람들은 방송을 보며 무릎을 쳤다.

'저렇게 해야 하는데!'

'김태현은 저렇게 조져야 하는구나!'

'제발, 갈르두 님! 김태현을 죽여주세요!'

그러나 태현은 스킬을 써서 다시 한번 도약한 다음 갈르두의 머리 위를 잡았다.

-또 잔수작이냐! 지겨운 놈 같으니!

갈르두는 재빨리 스킬을 사용해 태현을 붙잡으려고 했다.

아까처럼 요리조리 피할 때면 모를까, 지금처럼 공중에 떠 있을 때는 피할 수도 없을 테니까.

-아키서스의 저주!

퍽! 퍼퍽!

갈르두가 쓰려던 스킬이 취소되고, 촉수가 터져 나갔다.

[스킬 사용에 실패합니다. 부작용으로……]

-이……!

한 방 먹었지만 갈르두는 당황하지 않았다. 어차피 저 창에 찔려봤자 넘어지기만 한다는 걸 알았던 것이다.

오냐, 찔러봐라! 찌르는 순간 네놈도 죽여주마!

그러나 태현은 창을 찌르지 않았다. 대신 스킬을 사용했다.

[<카르바노그의 진심 저주>를 사용했습니다. 상대가 1분간 토끼로 변합니다.]

[토끼로 변한 상대의 스탯과 스킬들은 그대로 유지됩니다. 원래 토끼가 아니었던 상대에게는 <토끼 지배>를 사용할 수 없습

니다.]

태현은 눈을 의심했다.

이런 개쓰레기 스킬 같으니……!

최소한 토끼로 변하면 방어력이든 스탯이든 스킬이든 어떤 부분이든 간에 페널티 하나 정도는 있을 줄 알았다.

정말 토끼로 변신시키는 게 다란 말인가?

그 순간.

[상대의 장비가 모두 해제됩니다.]

덜그럭-

장비 부딪히는 소리와 함께, 갈르두가 있었던 자리에 갈르두가 착용하고 있던 장비들이 우르르 떨어졌다.

"에드안!!"

"네!!"

자리에 있는 모든 사람이 놀랐지만, 그중 태현의 반응이 가장 빨랐다. 태현은 상황을 깨닫자마자 에드안을 불렀다. 뒤에서 대기하고 있던 에드안은 태현의 부름이 떨어지자마자 뛰쳐나왔다.

지금 태현이 그를 부른다는 건 한 가지 이유밖에 없었다.

'도둑질할 시간이다!'

싸움이 시작되기 전에, 태현은 에드안에게 명령을 내렸다.

"기회를 봐서 갈르두의 장비를 훔칠 수 있으면 훔쳐라."

물론 명령을 내린 태현도 크게 기대를 하지 않았다. 갈르두는 잔뜩 경계를 하고 있는 보스 몬스터였고, 그런 보스 몬스터가 눈을 시퍼렇게 뜨고 있는데 장비를 훔치는 건 거의 불가능해 보였으니까.

그렇지만 지금 생각지 않은 기회가 왔다.

호다다닥!

다른 플레이어들의 눈이 돌아갈 정도로 빠르게, 에드안이 다가왔다.

착착착착착!

"빠, 빠르다!"

"뭐야?!"

플레이어들이 '뭐가 다가온 거지?'하는 사이에 에드안은 벌써 장비를 닥치는 대로 줍고 있었다.

-뀨뀨뀨뀨뀨뀨(죽여 버리겠다)!

갈르두였던 토끼가 분노하며 울부짖었다. 물론 귀엽게.

[카르바노그의 권능을 갖고 있습니다. 토끼의 말을 알아듣습니다.]

토끼로 변해 버린 탓에 갈르두는 실수를 저질렀다. 급한 마음에 스킬을 사용한 것!

토끼로만 변했지 다른 모든 스탯은 그대로였기에, 그냥 달려들어서 몸통박치기만 했어도 에드안은 그대로 날아갔을 것이다. 그렇지만 갈르두는 지금 <아키서스의 저주>도 걸린 상태였다. 그 결과…….

[스킬이 실패합니다!]

퍼어엉!

갈르두 주변에 검은 연기가 피어오르며 스킬 실패 대미지가 들어갔다.

-끼끼끼(크아악)!

"뭔데 저렇게 귀엽냐?!"

"정신 차려! 지금 공격해야 해!"

에드안은 챙길 걸 다 챙기고 도망치면서 외쳤다.

"다 주웠습니다! 태현 님!"

"그래. 잘했다."

"저는 도망치겠습니다!"

"아주 당당하구나."

에드안은 대답도 하지 않고 왔던 때처럼 호다닥 도망쳤다. 태현은 고개를 저었다 어차피 더 이상은 바라지도 않았다.

'생각했던 것보다 훨씬 더 괜찮은 결과다.'

카르바노그의 진심 저주는 의외의 효과가 있었던 것이다.

상대가 토끼 전용 장비를 입고 있지 않는 한 모조리 벗겨 버리는 강력한 효과!

태현은 갈르두였던 토끼를 내려다보았다. 스킬도 봉쇄되었고, 갈르두를 무지막지하게 만들어줬던 각종 사기적인 아이템들도 사라진 상황. 아무리 갈르두가 레벨이 높고, 무지막지한 스탯과 HP를 가지고 있다고 해도 충분히 해볼 만한 상황이었다.

"모두 공격해!"

"잠깐……!"

태현은 당황해서 말리려고 했다. 그러거나 말거나 모여 있던 플레이어들은 흥분해서 달려들었다.

그들도 느낀 것이다. 지금이 기회라는 것을!

'기회다!'

'최대한 많이 때려서 보상을 받아야 해!'

'여기서 활약하면 대박이다!'

태현의 말을 듣고 멈춘 건 랭커들뿐이었다. 스미스, 에반젤린, 케인은 태현을 믿으니까 멈췄다. 앨콧, 로이는 태현이 무서워서 멈췄고,

'태현 씨가 잠깐이라고 했으니 멈춰야겠지.'

'김태현이라면 무슨 생각이 있겠지.'

'아무 생각 안 하고 있다가 멈추라고 해서 멈췄는데 왜 멈추라고 한 거지?'

케인만 속마음이 달랐지만 결과적으로는 잘된 일이었다.

쉬이익!

순간 토끼가 사라졌다가, 플레이어의 명치에 그대로 들이박

혔다.

"꺼허어억!"

"멍청하기는……."

생각지도 못한 토끼의 일격!

[토끼로서의 전투법을 배웠습니다. <토끼 지배> 스킬에 새로운 능력이 추가됩니다. <토끼 지배> 스킬 레벨이 오릅니다.]

생각지도 못한 스킬의 성장에 태현은 떨떠름한 표정을 지었다.

쾅! 쾅!

"으악! 미친 토끼다!"

"토끼가 되어서 약해진 거 아니었어?!"

태현이 멈추라고 한 데에는 다 이유가 있었다. 갈르두가 토끼가 되고 장비를 다 뺏긴 데다가 저주까지 받았지만, 그래도 레벨은 레벨. 레벨이 깡패인 판온에서 절대 얕보면 안 됐다. 게다가 지금 갈르두는 토끼가 된 상태라 엄청 덩치가 작아졌다. 대부분의 공격이 빗나가기 좋은 상황!

선부르게 덤벼들었다가는 지금처럼 두들겨 맞고 쓰러지는 것이다.

퍽! 퍼퍽! 퍼퍼퍽!

갈르두는 플레이어 한 명을 붙잡고 넘어뜨린 다음 앞발로 미친 듯이 후려갈겼다. 모습은 귀여웠지만 소리와 기세는 매우 섬뜩했다.

"모두 공격 중지! 거리를 벌리고 시간을 끌어라!"

어차피 1분이면 풀리는 저주. 태현은 그렇게 말하며 물러서려고 했다. 그러나 이미 토끼라고 만만히 보고 덤벼든 플레이어들은 닥치는 대로 두들겨 맞고 있었다.

멀리 있던 플레이어들은 아군에게 피해가 갈까 봐 제대로 지원도 못 해주고 있는 상황!

[<카르바노그의 진심 저주>가 끝납니다. 상대가 돌아옵니다.]

연기가 올라오며 토끼가 사라졌다. 그리고 갈르두가 다시 나타났다. 얼굴은 분노로 붉게 타오르고 있었다.

-죽여 버리고 말겠…….

"자. 이제 잡자!"

갈르두의 말은 무시하고 태현은 창을 내질렀다. 막 변신 상태에서 풀린 갈르두. 게다가 아키서스의 저주까지 걸려 있어서 제대로 된 저항도 하지 못했다.

털썩!

-야 이……!

"공격!"

태현의 말과 함께 주변에 있던 랭커들이 공격을 퍼붓기 시작했다. 워낙 기본 HP가 많아서 느리게 깎이긴 했지만, 아까와 차이점이 있다면 회복이 되지 않는다는 점이었다.

방어구도 잃어버리고 <영원한 불사의 목걸이>도 잃어버리고 <잔혹한 영웅의 커틀라스>도 잃어버린 지금, 갈르두는 기본 스탯밖에 무기가 없었다.

쉭!

"억!"

[괴력에 당했습니다. 갑옷 어깨 부분이 박살 납니다.]

"아니, 그걸 맞냐 멍청한 놈아! 그 정도는 피해야지!"

덤벼들던 케인이 주먹에 맞자 태현은 황당하다는 듯이 구박했다. 세상에 그딴 공격에 맞다니.

"나, 나만 맞은 거 아닌데……."

다른 랭커들과 플레이어들은 움찔했다. 솔직히 그들도 그게 날아왔으면 맞았을 것 같았던 것이다.

태현이니까 '그 정도는 피해야지!'라고 말할 수 있는 것!

"대미지 먹히고 있어! 7% 깎였다!"

"좋아. 이대로 시간만 끌면 되겠군."

태현은 대만불강검으로 갈아 끼고 미친 듯이 찔러 넣기 시작했다. 그걸 본 앨콧의 눈이 휘둥그레졌다.

'이 자식…… 딜량이…… 대체……?'

탱커들보다 딜이 높은 건 그렇다 쳐도 지금 앨콧이나, 심지어 마법사 랭커인 크로포드보다 딜이 높게 나오고 있었다.

그것도 몇 배 정도!

'뭐 스킬 쓰고 있나? 아니, 별다른 스킬 쓰고 있는 것 같지도

않고…… 검? 검도 구려 보이는데……'

이상하게 빛나는 거 말고 검은 평범해 보였다. 김태현이 쓴다고 믿을 수 없을 정도로.

'아니, 그냥 겉모습만 저렇고 사실 엄청 좋은 전설 등급 무기인가?'

푹!

-칼날 폭파!

앨콧이 그렇게 생각한 사이 태현은 칼을 박아 넣고 폭파시켰다. 자기 무기를 아끼는 직업들이 본다면 경악할 장면!

'진짜 일반 무기였어!'

앨콧은 다시 한번 놀랐다. 전설 등급 무기를 저렇게 일회용으로 써먹는 놈이 있을 리가 없었다. 그렇다면 지금 나오는 저 압도적인 딜량은 순수한 태현의 실력이란 말인가?

놀라고 있는 건 앨콧만이 아니었다. 근처에 아직 남아 있던 고렙 플레이어들 중 갈르두의 HP를 파악하는 스킬을 가진 플레이어들이 있었던 것이다.

그런 플레이어들은 또 개인방송을 진행 중이었고……. 보고 있는 사람들에는 태현이 때릴 때마다 들어가는 압도적인 대미지가 똑똑히 들어왔다.

-저게 대체…….

-무기빨 아냐?

-……방금 무기 부서졌다. 저게 무기빨이냐? 응?

-똑같은 걸 또 꺼냈어! 저게 대체?!

지루한 공격이 계속해서 반복되고, 반복되고, 반복되고……. 마침내 갈르두의 HP가 채 5%도 남지 않게 되었다. 공격대 플레이어는 추가로 몇 명 로그아웃 당하긴 했지만 거의 그대로였다.

'이건 잡았다!'

-절대로…… 그냥 죽지는 않을 것이다!

갈르두가 무언가 스킬을 쓰려고 준비했다. 태현은 섬뜩함을 느끼고 뒤로 물러섰다. 아키서스의 저주를 걸어서 스킬이 다 실패한다는 건 알고 있었다. 그렇지만 갈르두도 이쯤이면 스킬이 봉쇄된 걸 알고 있을 텐데?

"모두 잠깐 물러서!"

'김태현도 치사한 짓을 하네.'

'지금 막타 넣으려고 이러는 거야?'

모여 있던 플레이어들은 대부분 그렇게 생각했다. 그 찰나가 그들의 목숨을 결정했다.

[갈르두가 <옛 해적왕의 이름> 스킬을 사용합니다.]

[<아키서스의 저주>로 스킬 사용에 실패합니다.]

스킬 실패 메시지창에 플레이어들은 안도했다.

'이제 막타만 내가 넣으면 된다!'

그러나 그건 착각이었다.

-전부 다! 영원한 유배지로 끌고 가주마!!

불길함을 느낀 태현은 전속력으로 거리를 벌렸다.

그걸 본 케인은 잽싸게 따라서 도망쳤다.

어떻게 해야 할지 잘 모를 때에는 김태현을 따라 하면 중간은 간다!

에반젤린, 스미스도 그걸 눈치채고 거리를 벌렸다. 태현이 허튼짓을 하지는 않을 테니까. 그러나 앨콧, 로이, 크로포드 같은 랭커들은 이번에는 물러서지 않았다.

오히려 거리를 좁혔다. 그만큼 갈르두라는 보스 몬스터에게 막타를 넣는 건 매력적이었던 것이다.

[스킬 사용에 실패한 것으로 갈르두의 영혼이 <해적왕의 영원한 유배지>로 끌려갑니다. 가까이 있던 탓에 휘말립니다!]

파아앗!

[에스파 왕국의 악몽, 대해적 갈르두가 영원히 쓰러졌습니다. 바다의 저주를 받은 그의 영혼은 죽어서도 편하게 쉬지 못할 것입니다. 결국 그는 저주를 풀지 못했습니다.]

'굳이 그걸 강조할 필요는…….'

태현은 떳떳했다. 지도를 원했으면 골드 주고 샀어야지!

[레벨 업……]

'한 번에 8……!'

갈르두의 레벨을 증명이라도 하는 듯이, 한 번에 무려 8이나 오른 레벨. 이제까지 레벨 업 기록 중 가장 크게 오른 것이었다.

'드디어 99.'

다른 랭커들은 100 후반대, 최상급 랭커들은 200도 넘나들고 있는 상황에서 간신히 100 직전까지 왔다는 게 서글프지만…….

'그래도 이게 어디냐!'

태현은 다른 사람들의 반응은 보지 않으려고 애썼다. 태현이 8 올랐으면 다른 사람들은 한 20 올랐어도 이상하지 않을 테니까.

[명성, 신성이 크게 오릅니다.]

[카르바노그의 이름을 널리 떨친 것으로 스킬……]

태현은 순간 눈을 크게 떴다. 레벨 업도 레벨 업이지만, 이런 스킬 보상만큼 사람을 설레게 하는 것도 없었다.

<카르바노그의 진심 저주>는 처음에는 이게 뭔 쓰레기 스킬인가 싶었지만 나름 쓸모를 보여주었다.

설마 또 이런 쓸 만한 스킬을?!

<기적의 토끼 요리>

토끼 신 카르바노그의 축복을 받아, 세상에서 가장 뛰어난 토끼 요리를 만들 수 있습니다.

태현의 표정이 순간 구겨졌다. 아니, 좋은 스킬이긴 한데…… 이미 요리 스킬은 충분히 있는 태현에게는 좀 의미 없는 패시브 스킬!

'아니, 그리고 토끼 신인데 왜 토끼 요리 관한 스킬을 주는 거야?'

토끼 학살자라는 칭호를 갖고 있는 태현을 고른 것도 그렇고, 역시 카르바노그는 좀 이상했다. 어딘가 나사 하나 빠진 것 같은 신! 아키서스 같은 신에게 익숙해진 태현도 적응하기 힘든 신이었다.

"저기, 김태현……."

케인이 망설이면서 말을 걸었다. 방금 갈르두 레이드 성공으로 어마어마한 경험치를 얻었지만, 태현의 얼굴이 구겨졌다 펴졌다를 반복해서 말을 거는 게 무서웠다.

역시 아까 제대로 탱커 역할을 못 해서 화난 건가? 아니면 공격을 피하라고 했는데 못 피해서? 아니, 근데 솔직히 그건 다들 못 피했던 건데…….

"왜?"

"저기 있던 공격대 애들 사라졌는데……."

CHAPTER 3

갈르두라는 보스 몬스터를 잡은 역사적인 그 순간!

수십 개가 넘게 뜨는 메시지창에 공격대에 참가한 플레이어들은 환호성을 질렀다.

가장 가까이 있던 플레이어들만 빼고! 그들은…….

[<해적왕의 영원한 유배지>로 이동합니다.]

갈르두의 마지막 자폭에 휘말려 이상한 곳으로 끌려온 것이다.

"여긴 어디여?!"

상황을 깨달은 플레이어들은 당황에 찬 목소리로 주변을 두리번거렸다. 그들이 도착한 곳은 사방이 바다로 갇혀 있는, 깊은 심해 속 어딘가였다. 탈출하려고 해도 바깥이 온통 물이라 어디로 탈출할 수가 없는 유배지!

[매우 깊은 바닷속입니다. HP가 깎이기 시작합니다.]

[HP가 0으로…….]

몇몇 성질 급한 플레이어들은 헤엄쳐서 나가 보려고 덤벼들었다가 그대로 익사했다. 더 끔찍한 건 부활 장소도 이 유배지로 고정되었다는 것!

"이게 어떻게 된 거야?!"

"여기 장소가 어디인지부터 파악해! <해적왕의 영원한 유배지>가 대체 어디야?!"

그래도 다행히 여기 온 플레이어들은 초보자가 아니었다. 랭커에 고렙 플레이어들. 이런 상황에서 어떻게 대응해야 할지는 잘 알고 있었다.

정보 수집! 바닷속으로 탈출할 수만 없을 뿐이지, 유배지 자체는 넓고 마을도 있었다.

-클클…… 싱싱한 신입이군. 내가 바다 위를 누볐을 때가 언제였나…… 바다의 저주를 받아 여기에 갇혔지…….

-크크…… 탈출 방법이라고? 그런 건 없어…… 우리는 영원히 여기 갇혀 있을 테니까 말이야…… 다 저주 탓이지…….

마을에서 만난 유령 해적 NPC들은 섬뜩한 소리만 하고 있었다. 그때쯤 되자 냉정을 유지하려던 플레이어들도 상황을 깨달았다. 이거 정말…… 큰일 났다!

"간, 간, 간……."

"아니야! 아직 아니라고!"

"갇힌 것 같은데……?"

해적왕의 영원한 유배지! 말 그대로 정말 영원한 유배지였던 것이다.

"미안하다, 애들아."

"크로포드?"

"난 먼저 가봐야겠다."

"야! 이 치사한 자식이 진짜!"

크로포드가 뭘 하려는지 깨달은 앨콧이 이를 갈았다. 혼자 챙겨놓은 스크롤로 튀려는 게 분명했다.

이래서 마법사 새끼들은!

[<해적왕의 영원한 유배지>에 흐르는 저주로 스크롤이 부서집니다.]

"……너희들을 두고 갈 수는 없지. 커험."

"너 이 새끼 스크롤 부서진 거 다 봤거든?!"

투닥투닥!

둘이 싸우는 동안 다른 플레이어들은 필사적으로 돌아다니고, NPC한테 말을 걸고, 필드에 나가 심해 괴수들과 싸우고, 하여튼 온갖 짓을 다 해서 정보를 모으려고 했다.

그 결과…….

-여기서 나가고 싶다고? 큭큭큭…… 불가능하겠지만……

정말로 나가고 싶다면 〈해적왕의 저주받은 지도〉라도 있어야 할 거다. 해적왕은 여기서 나가는 길을 그 지도에 기록해 놨지. 그 지도가 없이 여기서 나가려는 건 자살행위나 마찬가지야…….

-켈켈켈…… 애송이 녀석들…… 너희들도 곧 우리처럼…….

"아 시끄럽고!"

"〈해적왕의 저주받은 지도〉? 이 아이템 찾아봐! 여기 어딘가에 있을 거야!"

"혹시 모르니까 밖에서도 찾아보고! 정보망 총동원해! 앨콧. 너 평소에 맨날 길드 동맹 자랑했지? 지금 그 덕 좀 보자!"

"이 자식이 뭐 맡겨놨냐……!"

"지금 따질 때냐! 여기서 평생 갇혀 있고 싶어?"

"오호…… 이런 곳도 있었군."

"신기한데?"

"여기 바닷속인 것 같습니다. 와작와작."

태현과 케인 등 살아남은 플레이어들은 자리에 앉아서 방송을 보고 있었다. 끌려간 플레이어들이 하는 생중계 개인 방송!

와그작, 와그작-

"앗. 나도 팝콘 좀 줘."

"저기 파워 워리어 길드원 애들한테 가서 사 와."

세상에서 제일 재밌는 게 상관없는 남 고생하는 거 구경하는 것! 랭커들과 고렙 플레이어들이 〈해적왕의 영원한 유배지〉에 끌려갔지만 아무도 슬퍼하지 않았다.

'경쟁자가 줄어들었군. 큭큭.'

'한동안 나오지 마라!'

상황을 방송으로 보고 있던 플레이어들도 마찬가지였다.

-다행이다. 갈르두 잡아서 분명 레벨 업 크게 했을 텐데.

-김태현도 끌려갔어야 했는데…… 젠장! 빌어먹게 운 좋은 놈!

모두가 좋아하는 유배! 태현은 흥미진진한 얼굴로 방송을 지켜보았다.

'응? 〈해적왕의 저주받은 지도〉?'

태현은 또다시 들려오는 아이템의 이름에 고개를 갸웃거렸다. 분명 그가 갖고 있는 아이템이…….

'뭐, 걔네들이 알아서 찾는다니 굳이 내가 말해줄 필요가 없겠지. 여러 개 있을 수도 있잖아? 다른 방법으로 탈출할 수도 있고.'

동료애라고는 조금도 찾아볼 수 없는 냉정함이었다. 니들이 안 피하다가 알아서 끌려갔으니 알아서 해라!

-태현 님.

-……?

-저기…… 혹시 말입니다…….

파워 워리어 길드원들에게 온 귓속말. 태현은 고개를 갸웃거렸다. 뭔가 부탁하려는 기색이었다.

-저희가 저번에 만든 가짜 지도 팔아도 됩니까?

-너희…….

-앗, 안 된다면…….

-어떻게 그렇게 좋은 생각을 했니? 팔아도 좋다!

-……!! 감사합니다!

예전에 갈르두를 속이기 위해 만들었던 가짜 〈해적왕의 저주받은 지도〉! 갈르두에게는 결국 제대로 사용하지 못했으니 이렇게라도 써야 하지 않겠는가?

"슬슬 정리해야겠군."

방송으로 끌려간 플레이어들의 상황을 파악한 태현은 자리에서 일어섰다. 끌려간 플레이어들은 끌려간 것이고(그리고 무엇보다 태현과 상관이 없었고), 중요한 건 갈르두를 잡고 영지의 안전을 지켰다는 것이었다.

승리!

태현은 주먹을 번쩍 들어 올렸다. 요새에서 버티고 있던 플레이어들, 갈르두 근처에서 싸우고 있던 플레이어들 모두 함성을 질렀다.

"와아아아아아!"

"이겼다! 진짜 갈르두를 잡았다고!"

"김태현! 김태현! 김태현!"

"김태현! 김태현! 고블린!"

"응?"

"만능! 제작기! 고블린 만능 제작기! 김태현! 고블린 만능 제작기!"

외침에 이상한 게 섞여 있었지만 태현은 애써 무시했다.

"모두 고생 많았다! 오늘 승리는 다 너희들 덕분이다!"

"와아아아!"

"오늘 여기서 거둔 전리품은 모두 같이 공평하게 나눠줄 생각이다!"

태현은 해안가에 자리 잡은 갈르두의 해적선들을 가리키며 말했다. 딱 봐도 온갖 골드와 아이템들의 보물창고!

그걸 여기 참여한 사람들한테 나눠준다니, 엄청나게 통 큰 제안이고 보상이었다.

"와아아아……."

"대단해…… 김태현…… 역시 김태현이야……."

그렇지만 돌아온 반응은 일부 고렙 플레이어들만의 환호!

숫자가 워낙 적어서 다른 소리에 묻힐 정도였다.

'아니, 이게 별로인가?'

"그리고 고블린 만능 제작기 이용권도 공적치 포인트에 따라……."

"와아아아아아아아아아아아아아!!"

아무리 생각해도 저기 해적선들의 아이템이 더 좋은 아이템이겠지만……. 태현은 이해해 주기로 했다.

촤아아악-

"……?!"

"어? 어??"

멀리서 나타난 함대. 그걸 본 플레이어들은 깜짝 놀랐다. 다 이긴 줄 알고 풀어져 있었는데 갑자기 웬 함대란 말인가?

"또 해적이야?!"

"아냐! 저건…… 아탈리 왕국 함대야!"

왕국의 깃발을 알아본 플레이어들이 안도의 한숨을 내쉬었다. 해적선이 아니라 왕국의 함대였던 것이다.

"김태현 백작!"

콧수염을 기른 브랑송 제독이 갑판 위에서 태현의 이름을 불렀다. 주변에서 해적선의 아이템을 다 끌고 나와 밖으로 옮기던 플레이어들은 호기심 어린 눈으로 쳐다봤다.

판온에서도 귀족이나 왕족은 보기 힘든 NPC였던 것이다.

"카테란드 해적단 일 이후로 처음이군. 그때도 그렇고 자네는 정말 대단해! 다른 영주들이 눈치만 보고 구석에 박혀 있는 동안 혼자 군사들을 이끌고 와서 해적들을 막다니! 심지어 그 상대가 갈르두인데!"

[브랑송이 당신을 정말로 높게 평가합니다. 명성이 크게 오릅니다! 아탈리 왕국에 당신의 업적이 널리 퍼져 나갑니다. 근처의 영주들이 이 일을 부끄러워합니다.]

[아탈리 왕국 국왕이 머지않아 당신을 부를 겁니다.]

태현은 진지한 눈빛으로 말했다.

"누군가는 해야 했을 일이었습니다."

갈르두와 원수진 일은 굳이 말하지 않는 태현이었다.

"과연……!"

콧수염까지 부들부들 떨면서 감동하는 브랑송!

"이 사람은 부끄러울 뿐이야. 뒤늦게 와서 이렇게 입만 놀리다니!"

"당연한 말을……."

"응?"

"아차. 와주신 것만으로도 감사합니다. 그 마음이 중요한 것 아니겠습니까?"

순간 튀어나온 본심을 수습하고, 태현은 브랑송을 칭찬했다. 일단 그를 좋아해 주는 귀족을 구박할 필요는 없었으니까. 앞으로 오래오래 친하게 지내자!

[브랑송이 당신을 좋아합니다. 친밀도가 크게 오릅니다.]

"국왕 전하께 오늘 있었던 일들을 꼭 말씀드리겠네. 김태현 백작의 영웅적인 활약도!"

"하하. 무슨 말씀을."

"아니야! 내가 꼭 말해야겠어!"

"꼭 그러셔야겠다면 최대한 길고 자세하게 말씀해 주시지요."

"그, 그러지."

촤아아악-

"응?"

태현은 멀리서 또 나타난 배를 보고 의아해했다.

"저건 제독님 함대입니까?"

"뭐라고? 내 함대가…… 음? 저건 내 배가 아닌데."

멀리서 나타난 배 한 척. 다행히 함대가 아니라서 두렵거나 하지는 않았다.

"저 깃발은…… 파이토스 교단의 깃발이군!"

파이토스 교단. 망치와 성기사의 신인 파이토스를 섬기는 교단이었다. 대륙에서 나름 잘 나가는 교단 중 하나였고, 에랑스, 에스파, 덩글랜드, 오스턴…… 에는 없고, 아탈리 왕국 등등 어지간한 나라에 다 신전이 있는 교단이었다.

태현은 얼굴을 찌푸렸다. 지금 교단의 NPC가 나타난 게 좋은 징조 같지는 않았던 것이다. 배가 해안가에 멈춰 서고, 파이토스 교단 고위 사제들과 성기사들이 내렸다.

그들은 내리자마자 고함을 질렀다.

"아니, 아니, 아니…… 이런 사악한! 저 배에서 사악한 기운이 느껴진다! 그런 걸 갖고 있다니. 역시 김태현 백작은……."

"네? 이거 해적선에서 건진 건데요."

"그리고 김태현 백작 거 아닌데요. 우리 건데요."

플레이어들이 어이없다는 듯이 말했다. 태현이 그들에게 나눠준다고 해서 싱글벙글하고 있었는데 웬 성기사, 사제들이 와서 훼방이란 말인가.

"그런 걸 받으면 안 돼!"

"아, 됐거든요. 저 파이토스 안 믿거든요."

"어디서 이래라 저래라야? 저리 안 가?"

"이, 이놈들……!"

플레이어들의 단체 무시! 자기가 믿는 교단이 아니라면 솔직히 무서울 게 별로 없었다. 파이토스 교단 NPC들이 사디크 교단 NPC들처럼 안 믿는다고 공격할 NPC도 아니었고.

그 모습에 파이토스 교단 고위 사제들과 성기사들은 부들부들 떨었다.

"흠흠."

태현은 그들에게 다가갔다. 안 좋은 목적으로 온 것 같았지만, 일단 친하게 지내려는 노력은 해봐야 하지 않겠는가.

"안녕하십니까?"

"안녕하시오. 김태현 백작."

파이토스 교단 NPC들은 못마땅한 눈빛으로 태현을 쳐다보았다.

[아키서스 교단의 악명이 심합니다. 파이토스 교단의 NPC들이 당신을 경계합니다.]

'칫.'

최고급 화술 스킬과 아키서스 직업 패시브 스킬들을 갖고 있어도 지우지 못하는 경계심!

아키서스 교단이 그만큼 성장했다는 증거기도 했다.

"김태현 백작. 그쪽에 대해 안 좋은 소문들을 몇 가지 들었는데……."

"헉! 설마 사제님은 돌아다니는 소문을 일단 믿고 보는 분이신가요?"

태현은 결코 그냥 당하고 있는 사람이 아니었다.

파이토스 교단의 말싸움이 시작되었다. 그러나 이미 승패는 정해져 있는 것이나 다름없었다.

화술 스킬도 최고급! 게다가 여기는 태현의 영지 앞!

"우르크 지역에서 고블린들을……."

"미개한 고블린들에게 위대한 아키서스의 이름을 알려줬을 뿐. 그들도 아키서스를 믿고 회개했을 겁니다. 저기 저 고블린을 보십시오. 원래 고블린들은 폭탄과 화약에 절어서 다른 놈들을 터뜨리려고 하지만 저 고블린은 요리를 하고 있지 않습니까?"

괴식 요리사 스타우는 전투가 끝나자 호다닥 달려 나와 저 주받은 해적 전사들의 촉수를 넣고 요리를 만들었다.

물론 모든 사람들이 그를 외면했다.

"헤이 츄라이 츄라이! 한번 먹어봐라, 인간!"

"뭐라는 거야 이 미친 고블린이! 그걸 어떻게 먹어!"

"김태현이 이렇게 자신감 있게 말하면 먹는다고 했는데! 날 속였다, 김태현!"

다행히 멀어서 그런지 그들의 대화는 여기까지 들리지 않았다. 브랑송은 박수를 치며 말했다.

"그렇군! 김태현 백작은 우르크 지역의 고블린까지 교화시킨 건가!"

"……브랑송 님. 그런데 왜 여기 계신 겁니까?"

"지금은 교단 관련 대화 중인데……."

파이토스 교단의 NPC들은 떨떠름한 눈빛으로 브랑송을 쳐다보았다. 원래 말리는 시누이가 더 밉다고 옆에서 맞장구를 치는 브랑송이 더 얄미웠다. 그렇지만 왕국의 고위 귀족 NPC이니만큼, 파이토스 교단 NPC들도 함부로 대하지 못했다.

'그냥 좀 저리 가주라!'

그러나 브랑송은 그런 면에서 눈치가 없었다.

"응? 내가 가야 하나?"

"아, 아니. 그런 게 아니라……."

"그러면 계속 있겠네. 김태현 백작의 영웅담이 재미있군."

파이토스 교단은 화제를 돌렸다. 고블린이 실패했다면 다음은 해적이다.

"그렇다면 저 해적들은 어떤가! 저 해적들을 교단에 받아주다니! 아키서스 교단은 범죄자도 받아들이나?!"

브랑송도 놀란 눈으로 태현을 쳐다보았다. 해적들을 교단에 받아줬다고?

"저 해적들은……."

꿀꺽-

브랑송이 침을 삼키는 소리가 들렸다.

"해적 생활을 그만두고 교단에 가입한 이들입니다."

"말도 안 되는 소리!"

"리치가 흑마법을 끊었다고 하지 그러시오! 저 해적들이 해적 생활을 그만뒀다는 걸 어떻게 믿소! 기회만 되면 돌아갈 텐데!"

"저들은…… 자기들이 있던 섬을 무너뜨리고 나왔습니다! 그 정도로 해적 생활을 그만두고 싶어 했던 겁니다. 그런 진심을 믿어주지 않는다면 어떻게 하겠습니까?"

옆에서 듣고 있던 브랑송이 깜짝 놀랐다. 섬을 무너뜨리다니?

"못 믿겠으면 확인해 보십시오. 우르크 지역의 해골섬은 완전히 파괴되었으니!"

입에 침도 바르지 않고 거짓말을 하는 태현! 누가 무너뜨렸는지는 중요하지 않다!

[최고급 화술 스킬을 갖고 있습……]

[브랑송이 당신의 말을 철저하게 믿습니다!]

"그런…… 김태현 백작은 왕국의, 아니, 대륙의 영웅이야!"

브랑송은 눈물을 글썽거릴 정도로 감동했다. 세상 어떤 귀족이 저런 오지까지 가서 해적들을 설득해서 데리고 온단 말인가!

물론 교단 NPC들 입장에서는 환장할 노릇이었다. 어떻게든 태현을 궁지로 몰아서 아탈리 왕국 내 세력을 꺾어야 하는데, 옆에서 브랑송이 초를 치고 있었다.

한 대 때리고 싶다!

"크으으…… 브랑송 제독을 자기편으로 아주 잘 만들었군…… 김태현 백작."

"무슨 소린지 모르겠습니다? 저는 국왕 전하로부터 내려받은 작위에 걸맞은 명예에 따라 살았을 뿐……."

"캬아!"

"아, 브랑송 님은 제발……."

인내심 강한 고위 성기사도 짜증 나게 만드는 브랑송!

파이토스 교단 NPC들은 이를 갈며 말했다.

"후. 좋아. 김태현 백작. 이런 일들은 그렇다 치지. 지금 따지기에는 증거가 없으니까."

"흑흑. 파이토스 교단 여러분들. 저는 순수한 믿음과 명예로 살아왔는데 어떻게 그런 말을……."

태현은 재미를 들렸다. 옆에서 브랑송이 도끼눈을 하고 파이토스 교단 NPC들을 노려보고 있었던 것이다.

[브랑송이 파이토스 교단에 대해 가진 신뢰도가 하락합니다.

[아탈리 왕국 내 파이토스 교단의 명성, 영향력이 하락합니다!]

[아탈리 왕국 내 아키서스 교단의 명성, 영향력이 오릅니다!]

혓바닥 하나로 파이토스 교단 세력을 깎는 신묘한 기술! 뒷목을 잡고 있던 파이토스 교단 NPC들은 간신히 이성을 되찾은 그들은 말했다.

"그러면 본론으로 들어가지. 카르바노그! 카르바노그의 성물을 갖고 있겠지?"

"네. 갖고 있습니다!"

태현이 없다고 거짓말을 할 줄 알았던 NPC들은 당황했다.

"그, 그래?"

"갖고 있습니다만?"

"크흐으음! 잘됐군. 내놓게!"

"네? 왜요?"

"……그 성물은 자네 같은 사람이 갖고 있을 게 아니야!"

"지금 왕국의 백작을 모욕한……."

스르륵-

브랑송이 허리춤에 찬 칼에 손을 가져다 댔다. 파이토스 교단 NPC들은 화들짝 놀라서 말했다.

"왕국의 백작 작위를 말하는 게 아니라, 교단! 교단의 교황!"

"아. 전 또 뭐라고. 이렇게 와서 저한테 따지시길래 왕국의 백작 위를 무시하는 줄 알았습니다."

[아탈리 왕국 내 파이토스 교단의 명성이…….]

[아탈리 왕국 내 파이토스 교단의 영향력이…….]

"저는 <파이토스 교단 하급 성기사>입니다!"

"흥. 파이토스 교단은 안 받아줘. 다른 교단 성기사면 모를까. 이를테면 아키서스 교단이라던가."

"네?!"

파이토스 교단 성기사로 전직한 초보 플레이어는 깜짝 놀랐다. 원래 성기사는 마을에서 환영받는 직업이었다. 사디크 성기사 같은 악신 직업만 아니라면. 그런데 왜?!

"근데 왜 제가 가지고 있으면 안 됩니까?"

"아키서스 교단이 갖고 있기에는 위험한 성물이야!"

"왜 아키서스 교단이 갖고 있으면 위험합니까?"

"아키서스 교단은 능력이 없지 않나!"

"음……."

태현은 말끝을 흐렸다. 그 여유에 파이토스 교단 NPC들은 당황했다.

"예전에 <신 잡아먹는 괴물> 토벌할 때 저한테 힘 빌려달라고 했던 분들이 누구시더라……."

태현이 〈권능 포식〉을 얻었던, 〈신 잡아먹는 괴물〉 토벌 퀘스트! 그때 태현에게 도와달라고 했던 교단들이 바로 타이란 교단, 야타 교단, 파이토스 교단, 데메르 교단이었다.

데메르 교단이야 그나마 아키서스 교단에게 우호적인 교단이었지만, 다른 교단들은 아키서스 교단을 좋아하지 않았다. 덕분에 태현에게 영혼 깊숙이 탈탈 털렸다. 같이 마계로 끌려간 건 덤이고!

아픈 곳을 찔린 파이토스 교단 NPC들은 할 말을 잃었다.

브랑송은 놀랐다는 듯이 물었다.

"그런 일이 있었나?"

"흑흑. 다른 교단 분들은 절 싫어하고 무시했지만 저는 대륙의 안전을 위해서……."

"그런……! 그런 김태현 백작을 핍박하다니!"

"제가 마계에서도 간신히 보호해 주면서 데리고 나왔는데……."

"그런!!"

태현의 말에 파이토스 교단 NPC들은 혈압이 치솟았다.

같이 마계로 끌려가 생고생을 했던 교단 동료들. 그들은 교단 공적치 포인트까지 헌납하고 나서야 마계에서 나올 수 있다고 들었다.

그 이후로 '아키서스'만 들어도 학을 떼는 동료들!

"어디서 그런 거짓말을!"

"네 신이 두렵지 않느냐!"

"네? 거짓말 아닌데요? 신께 맹세코?"

"저, 저, 저……."

태연하고 당당하게 신께 맹세하는 태현!

"그만!"

대화를 끊은 건 브랑송이었다. 태현은 살짝 아쉬웠다. 이렇게 놀리면서 계속 영향력과 명성을 깎는 것도 좋았는데!

"내 앞에서 김태현 백작을 핍박하는 건 더 이상 두고 보지 않겠네."

"브랑송 님! 이건 교단의 문제……."

"김태현 백작은 아키서스 교단의 교황이지만 동시에 왕국의 백작이자 대륙의 영웅이야!"

"……."

"내 이름을 걸고, 여기서 김태현 백작을 핍박하는 건 용서하지 않겠네!"

파이토스 교단 NPC들은 눈에 핏발을 세우며 이를 갈았다.

"크윽……!"

"두고 보자, 김태현 백작……!"

"누가 보면 악당인 줄 알겠는데."

사디크 교단 NPC들이 태현한테 당하고 나서 꼭 저런 대사를 했던 것 같았다.

"김태현 백작. 아무리 브랑송 님의 뒤에 숨어도 계속 피할 수는 없을 거다. 너 같이 잡스러운 신을 모시는 교단이 카르바노그의 성물을 갖고 있는 걸 찬성할 교단은 없으니까! 우리는 물러나지만 곧 다시 만나게 될 거다!"

"와. 정말 사디크 교단 같군."

<카르바노그의 성물을 지켜라-대륙 교단 퀘스트>

파이토스 교단의 NPC들은 당신에게 말싸움으로 진 것을 영원히 잊지 못할 것이다. 그러나 그것과 별개로 대륙에 남아 있는 몇 안 되는 신인 카르바노그와 그 성물은 모든 교단의 관심사!

세력이 비교적 작고 약점이 많아 보이는 아키서스 교단이 성물을 갖고 있는 걸 두고 볼 교단은 거의 없을 것이다. 파이토스 교단은 다른 교단들을 모아 아키서스 교단을 공개적으로 공격하려고 한다. 교단 회의에 참석해서 반박하거나, 그전에 다른 교단들을 설득해서 막아라.

보상: ?, ??, ??

'근데 내 약점을 잡으려면 사디크 교단을 잡는 게 낫지 않나?'

태현은 그렇게 생각했다. 설마 다른 교단도 태현이 사디크 교단 성기사들을 영지 내에서 <사디크 교단 성기사였던 아키서스 교단 성기사>로 부려 먹고 있을 거라고는 생각지 못하는 것 같았다. 어쨌든 파이토스 교단 NPC들은 '흥! 두고 보자!'라고 외치며 사라졌다.

브랑송은 분한 얼굴로 말했다.

"김태현 백작! 저 건방진 사제들이 그대를 괴롭히려고 한다면 말해주게! 귀족들을 모아 그대의 힘이 되어줄 테니!"

"감사합니다! 브랑송 님! 흑흑! 저는 그저 명예롭게 살려고 했을 뿐인데……."

“내가 그대의 마음을 잘 알지!”

브랑송은 몇 번이고 태현을 위로해준 다음 함선으로 발걸음을 돌렸다.

“후. 눈물 연기도 힘들군.”

“그 정도면 충분히 대단하다고 생각해요.”

옆에서 구경하던 이다비가 질린 얼굴로 말했다.

“전리품 정리는 다 끝났나?”

“네. 지금 다들 나눠서 가져가고 있어요.”

“……너 지금 저거 혼자 못 먹어서 아쉬워하고 있는 거 아니지?”

“아, 아, 아, 아, 아니거든요.”

드물게 엄청나게 당황하는 이다비! 속으로 ‘아, 저걸 독점할 수 있었다면 대박이었는데!’라고 생각하고 있었던 것이다.

안 그래도 방송으로 대박을 쳤는데, 괜한 탐욕이 들킨 것 같아 이다비의 얼굴이 새빨개졌다.

“그렇게 욕심을 부리지는 않……”

“좋아. 확인하러 가자.”

“네? 뭘요?”

“에드안이 챙긴 장비.”

이다비는 그제야 태현이 왜 저렇게 여유로웠는지 깨달았다. 이미 저기 해적선에 들어 있는 아이템과 골드보다 훨씬 더 귀한 아이템을 손에 넣은 것이다.

그건 바로 갈르두의 장비들! 하나하나가 현재 플레이어들의 수준에서 구할 수 없는 수준의 유니크한 아이템들이었다.

원래 보스 몬스터를 잡아도 장비는 운이 좋으면 한두 개 나오는데, 태현은 지금 갈르두가 입고 있던 장비들을 모조리 뺏어 온 상태!

"보러 가죠!"

이다비도 그런 장비는 보고 싶었다. 상인 직업은 고급 장비를 보고 확인할수록 스킬이 늘었던 것이다.

"응? 근데 에드안 어디 갔냐?"

"그러게요?"

"너희, 에드안 못 봤냐?"

"태현 님……."

"으헉!"

태현은 깜짝 놀랐다. 에드안의 모습이…… 괴상했던 것이다. 마치 저주받은 해적 전사들처럼, 온몸에서 문어 다리 같은 촉수가 줄줄 뻗어 나온 모습!

"몹인 줄 알았네."

"전 케인 씨인 줄……."

"어떻게 된 거야?"

"어떻게 된 거냐뇨! 그 해적 놈 장비를 훔치고 돌아오니까 이렇게 되어버렸습니다! 흑흑! 도와주세요!"

"음. 다가오지 말아줄래?"

"태현 님!!"

"알겠어. 알겠어. 소리 지르지 말고 장비만 보여줘."

영원한 불사의 목걸이:
[현재 걸려 있는 저주로 아이템 설명창을 볼 수 없습니다!]

잔혹한 영웅의 커틀라스:
[현재 걸려 있는 저주로 아이템 설명창을 볼 수 없습니다!]

두 개뿐만 아니라, 갈르두가 끼고 있던 갑옷과 각종 보호구도 다 저주가 걸려 있었다. 저래서는 아이템 확인, 착용은 물론이고 갖고 있는 것 자체가 위험해 보였다.

에드안은 갖고만 있었는데도 저렇게 되어버리지 않았는가!

〈끝나지 않은 저주-해적왕의 저주 퀘스트〉

대해적, 갈르두는 바다의 저주를 받아 영원히 흉측한 모습으로 떠돌아다니게 된 전사다. 오랜 시간 동안 바다를 방황하는 동안 그의 장비에는 그의 저주가 옮겨붙었다.

욕심을 부려 그의 장비를 탐한 모험가에게는 그 영원한 저주가 내려질 것이다. 저주를 풀고 싶다면 〈해적왕의 영원한 유배지〉로 들어가 저주를 풀 방법을 찾아라.

보상: ?, ??, ??

'이런.'

태현은 떨떠름한 표정을 지었다. 아이템을 사용하든, 팔든, 하여튼 뭘 하려면 저주를 해제해야 했다. 그리고 저주를 해제하려면 <해적왕의 영원한 유배지>로 가야 하는 상황!

태현은 별로 가고 싶지 않았다.

'한동안 바다는 안 가고 싶은데.'

바다에서 그 고생을 한 데다가, 지금은 해야 할 퀘스트들이 산더미처럼 쌓여 있었다. 아키서스 교단 관련 퀘스트도 깨야 하고, 다른 교단 놈들이 걸어오는 시비도 받아줘야 하고, 길드 동맹이 날뛸 때를 대비해서 영지도 강화해야 하고, 거기에 아키서스 권능에 카르바노그 권능도 신경 써줘야 하고…….

'아니. 카르바노그 권능은 굳이 안 찾아도 되겠다. 다른 거 먼저 찾아야지.'

쿨하게 카르바노그 권능 스킬은 우선순위에서 빼는 태현이었다. 어쨌든 <해적왕의 영원한 유배지>는 해야 할 일 목록 가장 밑에 있는 수준!

태현은 결정을 내리고 입을 열었다.

"에드안."

"……?"

"잘 어울린다."

"……네?"

"그치? 이다비? 잘 어울리지?"

"잘, 잘 어울리네요!"

"……태현 님. 설마 안 풀어주시려고 이러는 건."

"……."

"태현 님!!"

"그러면 저는 이만 가보겠습니다."

"잘 가. 고생 많았어."

태현은 만족스러운 얼굴로 떠날 준비를 하는 스미스와 악수를 나눴다. 사실 스미스 같은 랭커야말로 이번 퀘스트에서 가장 이득을 본 랭커였다. 깔끔하게 갈르두도 사냥해서 경험치도 받았겠다, 다른 경쟁자들이 이상한 유배지로 끌려가는 동안 운 좋게 피하지 않나…….

'얘도 끌려갔으면 좋았을 텐데.'

태현이 무슨 생각을 하는지 모르는 채 스미스는 고개를 갸웃거렸다.

"나도 이제 갈 거야."

"가세요. 누가 뭐래?"

"그런데 있잖아……."

힐끔힐끔 태현의 눈치를 보는 에반젤린!

"……?"

"혹시 <고블린 만능 제작기> 나도 좀 해볼 수 있어?"

왜 고블린 만능 제작기에 다들 집착하는지 이해가 가지 않았지만, 태현은 굳이 묻지 않았다. 그냥 받아들이고 이용할 뿐!

탁-

태현은 손을 내밀었다. 에반젤린은 그 손을 잡고 악수를 했다. 이것이 힘든 퀘스트를 같이 한 동료 사이의 우정인가!

살짝 뭉클해질…….

"잠깐, 네가 그럴 리가 없잖아. 이건……."

"그래. 돈 내놓으란 뜻이었지."

오랜만에 대형 퀘스트를 끝내고, 태현은 상쾌한 마음으로 숙소 밖을 나섰다. 전공 담당 교수에게서 연락이 온 것이다.

'무슨 일로 부르신 거지?'

"위험하다."

"네? 뭐가요?"

만나자마자 다짜고짜 '위험하다'고 말하는 김 교수!

"네 대학 생활이."

"……아, 네."

너무 밑도 끝도 없이 시작하는 말이라서 태현은 황당하다는 얼굴로 고개를 끄덕였다.

"너 지금 계속 휴학하고 있지?"

"네. 그렇죠."

"곧 다가올 내년에도 휴학할 생각이었지?"

이제 한 해도 다 끝나가고, 며칠 후면 새해였다.

"그랬죠."

태현은 고개를 끄덕였다. 다음 해는 바쁜 해가 되리라. 게임단도 직접 만들어서 끌고 나가야 하고, 대회도 참가해야 하고……. 당연히 휴학은 물론!

"너 내년에 휴학 못 해."

"네?!"

"규정이 바뀌었어. 휴학 기간에 제한 있는 걸로."

"아니, 뭔…… 대학이 이렇게 선량한 학생을 괴롭혀도 되는 겁니까!"

"……네가 선량한가?"

"등록금 꼬박꼬박 내고 다녔으면 선량한 거죠!"

"시끄러. 내가 바꾼 거 아니니까 따지려면 총장한테 가서 따…… 너 어디 가냐?"

"총장님한테 가서 따지라면서요? 갔다 오겠습니다."

"야, 야! 미쳤냐!"

김 교수는 식겁해서 태현의 팔을 붙잡았다. 이 자식은 하고도 남을 놈이었다. 5분 정도의 설득을 통해 김 교수는 간신히 태현을 진정시킬 수 있었다.

"그러니까 자. 봐라. 이렇게 이렇게 이렇게 계획을 세우면…… 요즘 시대가 좋아져서 다 대부분 인강으로 처리할 수가 있어요. 학교를 굳이 안 나와도 된다고."

"근데 일주일에 하루는 나와야 하잖습니까."

"하루는 양보해! 넌 전공까지 인강으로 때울 생각이냐!?"

"제 입장에서는 가상현실 기술 나온 지가 언젠데 아직까지 이렇게 직접 얼굴 보는 거에 집착하는 게 이해가 안 되는데요.

그냥 판온에서 강의를……."

김 교수는 태현을 미친놈 보듯이 쳐다보았다. 약간 미친놈이라는 건 알고 있었지만 이 정도일 줄이야.

"네가 전공과는 전혀 상관없는 길을 가는 건 알겠는데 다니고 있는 이상 이 정도는 해야지. 이 녀석아."

"으음…… 뭐 다른 제도 없습니까? 저처럼 선량한 학생을 구원해 줄……."

"없어."

고민하고 고민한 끝에 태현은 받아들일 수밖에 없었다. 일주일에 하루, 1교시에는 학교를 올 수밖에 없다는 것을.

"끄으으윽…… 크흑흑……."

"그게 그렇게 괴로워할 일이냐?"

김 교수는 당황이 반, 어이없음이 반 섞인 얼굴로 태현의 어깨를 두드렸다.

"대회에서 안 좋은 성적 거두면 학교 탓할 겁니다."

"그, 그만둬라. 그러지 마."

안 그래도 요즘 한국대학교 차원에서 이미지를 만들겠다고 이것저것 하고 있는데 태현이 대회에서 '한국대가 날 망쳤어!!' 이러면 별로 좋은 꼴은 못 볼 것이다.

저 친구 무슨 과지?→국어국문학과입니다→담당 교수가 누구더라?→안 돼!

김 교수는 태현을 달래며 말했다.

"야, 너는 잘하니까 학교 다니면서도 잘할 거야. 맞다. 이거 봐라. 너 나온 거 나도 봤어. 아주 잘 찍혔던데?"

어린아이도 넘어가지 않을 것 같은 화제 전환이었지만, 김 교수는 재빨리 화제를 돌렸다. 손에는 태현과 이세연이 나온 화보 잡지가 들려 있었다.

"그게 뭡니까?"

"응? 아니, 너 나온 거잖아?"

"제가 나왔다고요? 뭐 약점 같은 거 공략한 잡지인가?"

"패션 잡지야……."

태현의 얼굴을 보고 김 교수는 깨달았다.

이 녀석……. 자기가 나온 광고도 까먹고 있었어!

"아아. 그거요. 알고 있었죠. 하도 바쁘고 정신없어서 잊고 있었네요."

아무래도 거짓말 같았지만 김 교수는 뭐라고 하지 않았다. 어쨌든 화제는 성공적으로 돌렸으니까.

"저 좀 읽어봐도?"

"설마 한 번도 안 읽은…… 됐다, 읽어라."

"하하. 감사합니다."

태현은 천천히 훑어보기 시작했다. 잘 차려입은 자신의 모습이 이렇게 따로 나온다는 건 상당히 낯간지러운 일이었다.

'이세연은 어떻게 적응하고 다니는 거지?'

"그런데 태현아."

"네. 듣고 있습니다."

말하면서 태현은 화보를 훑어보았다.

'으엑.'

손발이 오그라드는 낯간지러운 문구들!

<두 선남선녀> 같은 문구는 애교인 편이었다. 태현은 질린 표정으로 페이지를 촥촥 넘겼다.

판온 1 때부터 호흡을 맞춰온 두 커플은…….

'뭔 호흡? 서로 죽이려는 호흡을 말하는 것인가?'

아무리 옷을 팔아먹어야 한다고 해도 그렇지, 미디어가 이렇게 진실을 왜곡해도 된단 말인가!

태현은 분한 마음으로 핸드폰을 꺼냈다.

'악플 달아야지.'

광고주가 듣는다면 기겁할 생각!

그사이 김 교수는 자기가 할 이야기를 다 했다.

"내년에 복학하면 과 행사는 좀 나와줘라."

"네. 네?"

"너 분명 '네'라고 말했다?"

태현은 읽다가 고개를 들었다. 이게 뭔 뜬금없는 소리?

"아니, 왜요?"

"대학생이 자기 과 행사 나오는 게 그렇게 이상한 일이냐?"

"교수님. 요즘 트렌드는 자기가 할 일 각자 알아서 하는 겁니다. 과 행사고 뭐고 그렇게 끈끈하게 하는 거 아주 옛날 유행이에요. 구식이라구요."

나가기 싫다! 귀찮아! 안 그래도 바빠 죽겠는데!

"그건 너만 그렇게 생각하는 거고. 우리처럼 숫자 적은 과는 좀 끈끈해도 돼."

김 교수는 고개를 저었다.

"그리고 이번 해에 신입생 애들 중에 너한테 관심 있는 애들이 많아서 귀찮아 죽는 줄 알았다. 내가 왜 술자리 나갈 때마다 네 이야기를 해줘야 하냐? 응?"

그리고 이게 본심! 태현이 본격적으로 정체를 까고서 활약을 한 다음부터, 태현은 확실하게 유명해지고 있었다.

물론 태현의 일화를 잘 아는 동기들은 굳이 술자리에서 이야기를 꺼내지 않았지만, 신입생들은 달랐다.

기껏 지도 교수라고 술자리에 찾아갔는데 하라는 전공 이야기는 안 하고 판온 이야기만 계속하니 김 교수도 슬슬 지겨웠다.

'내가 왜 팀 KL의 각 대회 성적 예상과 그에 따른 구도를 알아야 하는데…….'

"내가 어, 술자리에서 얼마나 쓸데없는 질문을 많이 받았는데. 아오……."

김 교수는 생각이 나서 몸서리쳤다. 하도 많이 들어서 관심도 없는 팀 KL과 대회 계획과 향후 전망에 대해 머릿속에 남아 있었다.

"팀 KL의 팀원은 누구인지, 확충 계획은 없는지, 알고 보니 대학 후배 한 명이 새로 들어갔다는데 그게 진짜인지…… 으으…… 이 또라이 같은 놈들…… 얘네 왜 국문학과 온 거지? 가상현실공학과를 가라고."

"가상현실공학과 애들만 판온 하는 건 아니니까요."

"내가 그걸 몰라서 물었겠냐? 어쨌든 네가 나와서 질문받아."

"교수님."

"왜?"

"어쨌든 싫습니다!"

"……난 가끔 네가 너무 당당해서 싫을 때가 있단다."

하기 싫은 건 정말 죽어도 안 하는 태현의 성격상, 나가서 질문받는 건 절대 하지 않을 것 같았다.

김 교수는 전략을 바꿨다. 살살 꼬드기기로.

"그러지 말고 잘 생각해 봐라. 선배 좋은 게 뭐겠냐?"

"좋은 선배란 보이지 않는 선배 아닐까요?"

"야!"

협박, 구걸, 강요, 애원 등 온갖 수단을 다 하고 나서야 김 교수는 태현의 입에서 '생각해 보겠습니다'라는 답을 끌어낼 수 있었다. 저런 말을 꺼냈다는 것 자체가 거의 성공이나 마찬가지!

김 교수는 안도의 한숨을 내쉬었다. 진심을 담은 눈물은 언제나 효과가 있었다.

'후. 덕분에 다음 개강총회부터는 사람이 모자라지는 않겠군.'

과 대표가 '흑흑 교수님. 학생들을 과 행사에 부를 방법이 없을까요, 애들이 너무 관심이 없어요'라고 술 먹고 술주정을 하던 게 아직도 기억에 남았다.

태현이 나온다면 안 나오던 놈들도 우르르 몰려나올 것!

'동환이는 부르지 말아야겠군.'

"앗. 그 손에 들고 있는 건 뭐냐?!"

케인은 깜짝 놀랐다. 태현이 손에 들고 있는 건, 멋을 아는 몇몇 패션 리더들만 본다는 그 패션 잡지!? 그런 걸 본다니!

"너도 그런 걸 봐?!"

케인의 말을 들은 최상윤이 뒤에서 중얼거렸다.

"넌 좀 봐야 하지 않냐?"

"무, 무슨 의미냐?"

패션 센스를 지적받은 케인은 움찔했다. 그러거나 말거나 태현은 잡지를 옆 탁자에 올려놓고서 앉았다.

"내가 보는 게 아니라 받은 거야. 저번에 광고 찍은 거 나온 거라."

"앗! 나도 볼래!"

"옛다."

케인에게 잡지를 던진 태현은 문득 생각이 나서 물었다.

"그런데 저거 나온 지 며칠 됐던데 왜 너희들은 아무도 몰랐냐?"

"그야……."

"우리는……."

"게임밖에 몰라서요?"

케인, 최상윤, 정수혁이 차례대로 말했다. 이럴 때는 착착 맞는 호흡! 태현은 한심하다는 듯이 그들을 쳐다보았다. 셋은 갑자기 억울해졌다. 너도 같이 게임 했잖아!

태현이 고개를 저으며 지나가자 셋은 잡지를 읽어보며 핸드폰을 들었다.

"헉. 이 화보 올라온 거 연예 기사란에 있었잖아? 왜 난 몰랐지?"

연예 쪽 기사 순위권을 차지하고 있는 '이세연-김태현 화보' 관련 기사들!

"넌 날씨 기사만 보니까 그렇지."

"그건 그래."

"와. 둘이 정말로 사귀는 건가? 이 부러운 자식!"

케인은 투덜거렸다. 최상윤은 '세상에 이렇게 멍청한 놈이 있다니'라는 눈빛으로 쳐다보았다.

"넌 여기서 같이 살면서 둘이 사귄다고 생각하는 거냐? 진짜로?"

"어? 가능하지 않아?"

"……어떻게? 가상으로 사귀냐? 안 만나고?"

"판온에서 만나는 거지!"

"판온에서는 네가 가장 많이 붙어 다닐 텐데."

"아, 그러네."

케인은 멍청하게 고개를 끄덕였다. 생각해 보니 태현이 이세연과 만났다면 그가 못 봤을 리가 없었다.

"그런데 여기서는 사귄다고 하잖아."

"인터넷 기사를…… 다 믿는 놈이…… 어디 있어……."

"그럴 수 있습니다. 괜찮습니다."

정수혁은 케인의 어깨를 두드렸다. 묘하게 친절한 그 태도에 케인은 수상쩍어했다. 태현과 지내면서 배운 게 있다면, 친절에는 이유가 있다는 것!

'얘는 왜 이래?'

정수혁이 케인을 응원해 주는 이유는 하나.

'이제 애인 없는 사람은 저 말고 케인 씨밖에 없습니다!'

태현은 물론이고 최상윤도 친하게 지내는 사람이 있는 것 같으니, 그를 이해해 주는 사람은 케인밖에 없었다. 케인은 그 속마음을 눈치채지 못하고 일단 고개를 끄덕였다.

"그, 그래. 고맙다?"

"피디님. 기사 보셨어요?"

"어, 김태현 씨? 이제 완전히 연예인이라고 봐도 되겠어!"

"그렇죠?"

"그래. 난 또 방송 나오는 걸 싫어하나? 생각했는데 이렇게 나오는 거 보니까 그냥 쑥스러워서 거절한 것 같아."

태현이 듣는다면 기겁할 소리를 태연하게 하는, <혼자 사는 인간들> PD!

"오해도 풀렸겠다 진지하게 계획을 짜보자고."

"예!"

PD는 콧노래를 흥얼거리며 계획을 구상했다. 컨셉은 태현을 주인공으로 삼은, 팀 KL의 일상이 될 것이다.

선수가 직접 프로게임단을 만들었다는 파격적인 발표! 문제는 그런 파격적인 발표를 한 이후에 팀 KL은 별다른 공식적인 활동을 하지 않았다는 점이었다.

무슨 팀 홈페이지를 만들거나 SNS 계정을 만들거나 해서, '우리들이 뭐 하고 있어요', '우리들 오늘 훈련했어요', '우리들 이런 숙소에서 이렇게 지내요' 하는 식으로 광고를 하고 팬들의 궁금증을 풀어줘야 하는데…….

팀 KL은 그런 게 하나도 없었다.

'신비주의 마케팅인가?', '팀 KL. 트렌드와는 반대로 간다! 과잉 홍보의 시대에 오히려 신선한 신비주의 마케팅.'

……같은 기사들이 나올 정도. 물론 그런 건 아니었고, 다들 별생각이 없어서였다. 그렇지만 그런 사정을 다들 알 리 없었다. 무슨 문제가 있나 싶었지만 판온에서 보면 다들 화기애애하게 잘 돌아다녔고……. 결국 팬들의 궁금증은 한계까지 도달한 상태였다.

-궁금해요! 공식 계정이라도 하나 만들어주세요!

-화보만 찍지 말고 뭐 하는지 좀 알려줘! 어떻게 된 게 다른 플레이어 개인 방송에서 보는 게 더 많은 거 같아!

-방송용 홍보 계정 만들면 무조건 구독할 텐데 대체 왜 안 만드는 겁니까?

이럴 때 태현 위주로 팀 KL에 대한 호기심을 풀어주는 방송을 한번 시원하게 한다면?

'아. 대박이 보이는군. 아주 좋아. 이걸 바탕으로 다른 프로그램 여럿에…….'

"왜 갑자기 소름이 돋지?"

"뒤에서 에드안이 울고 있어서 그런 거 아닐까요?"

"아냐. 내가 그런 걸로 소름 돋을 사람이 아닌데."

둘의 대화를 듣던 케인은 생각났다는 듯이 물었다.

"야. 그런데 거기 가면 내 저주도 풀 수 있는 거 아냐?"

"풀고 싶어?"

"아, 아니. 꼭 풀고 싶은 건 아니고……."

풀고 싶기도 한데 또 막상 풀려니 아쉬운 게, 복잡한 마음이었다.

"일단 아탈리 왕국 수도 가서 언론 플레이…… 아차, 아니, 다른 귀족 NPC들 만나서 설득부터 해야겠다."

유배지고 뭐고 간에 다른 교단들이 호시탐탐 아키서스 교단을 노리고 있는 상황. 일단 불부터 꺼야 했다.

다른 교단들에게는 중앙 대륙 널리 퍼진 신전들과 세력이 있다면, 태현에게는 혓바닥이 있다!

"잠깐, 잠깐! 인간!"

"응?"

태현을 부른 건 스타우였다.

"내 괴식 요리를 아무도 안 먹는다!"

"……어쩌라고?"

너무 당연한 소리! 그러나 스타우에게는 당연한 소리가 아니었다.

"약속하지 않았나! 인간!"

"배우겠다고 약속했지 네 요리를 다른 사람들에게 먹이겠다고 약속하지는 않은 것 같은데."

그리고 먹였다가는 별로 좋은 꼴을 보지 못할 것 같았다.

"그런……."

스타우는 어깨가 축 늘어졌다. 안 그래도 덩치가 작은 고블린이 저러니 더 안쓰러워 보였다.

"기껏 재료도 많이 얻었는데……."

해변에 널려 있는 건 저주받은 해적 전사들의 시체밖에 없는데, 거기서 재료를 얻었다면……. 태현은 깊이 물어보지 않기로 했다.

'응?'

태현은 스타우의 어깨에 손을 올렸다.

"걱정 마라."

"……?"

"네 요리를 다른 사람들에게 먹여주고 싶은 거지?"

"그렇다, 인간! 괴식 요리의 장점을 알려주고 싶다!"

"후후. 걱정 마라. 너한테 딱 좋은 자리가 있지."

태현과 스타우의 대화를 듣던 다른 플레이어들은 왠지 모를 불안함을 느꼈다.

"앗! 태현 님!"

"안녕하세요, 태현 님! 덕분에 열심히 요리하고 있습니다! 하루하루가 즐거워요!"

요리사 플레이어들은 태현을 보자마자 90도로 고개를 숙였다. 다른 영지에서는 찾아볼 수 없는 순수한 지원! 그러나 태현의 귀에는 '덕분에 (네 재료로) 열심히 (사치스러운) 요리하고 있습니다!'로 들렸다.

태현은 침착을 잃지 않고 요리사 플레이어들에게 대답해줬다. 이제 너희들도 곧 끝이다!

"하하. 뭘 그런 걸 가지고."

"그런데 그 고블린은 누구인가요?"

"놀라지 말라고. 무려…… 고블린 부족 내 최고 요리사야."

요리사 플레이어들은 깜짝 놀랐다. 부족 내 최고 요리사라니. 그런 NPC는 만나는 것 자체가 쉽지 않았다. 만나려면 몇 개의 연계 퀘스트를 깨고 깬 다음 찾아가서 '위대한 요리사님! 제게 요리 스킬의 비전을 알려주십시오!' 이래야 하는 것! 그런데 그런 요리사 NPC가 이렇게 쉽게 나타나다니.

"말도 안 돼! 그런 NPC가 이렇게 있다니……!"

"태현 님, 감사합니다! 흑흑! 역시 저희 같은 초보자들을 생각해 주시는 건 태현 님밖에 없어요!"

"응? 그런데 고블린 종족도 요리사가 있었나?"

요리사 중 한 명이 뭔가 이상한 걸 깨닫고 고개를 갸웃거렸다. 그러자 다른 요리사들이 그를 구박했다.

"왜 그래! 고블린도 요리사 있을 수 있지!"

"맞아! 저분이 앞에 계시는데 그렇게 말하면 기분이 어떻겠어! 사과해!"

"이 못된 녀석! 네 종족 엘프 골랐다고 이러는 거야?"

"아, 아니…… 미안…… 그냥 별생각 없이 떠올라서 한 말이었어……."

기껏 얻은 기회를 놓칠까 봐 요리사들은 필사적이었다.

태현은 스타우의 등을 두드리며 말했다.

"이 요리사들은 매일 플레이어들에게 요리를 제공하는 요리사들이야. 너도 여기에 끼어서 같이 일하면 될 것 같아."

"인간……!"

[괴식 요리사 스타우가 크게 감동합니다!]

[친밀도가 최대치에 도달합니다.]

태현의 시커먼 속셈도 모르고 감동하는 스타우!

눈물을 글썽거리며 말했다.

"약속하겠다. 인간! 내가 할 수 있는 최고의 요리를 보여주겠다!"

"그래! 스타우! 힘내라!"

둘의 대화를 옆에서 듣던 플레이어들도 감동했다. 아무도 신경 쓰지 않는 초보 요리사 플레이어들을 위해 이렇게 기회를 만들어주는 태현! 그리고 그 태현의 믿음에 보답해주기 위해 최선을 다하려는 요리사 NPC(고블린이지만)!

"저희도 최선을 다하겠습니다!"

"이제까지 했던 것보다 훨씬 더 대단하고 화려한 요리를……!"

태현이 움찔했지만 다른 사람들은 눈치채지 못했다.

"스타우 님. 잘 부탁드리겠습니다!"

"가르침을 받고 싶습니다. 스타우 님!"

"인, 인, 인간. 너무 들뜨지 마라. 내 가르침은 아주 혹독할 테니까."

생전 처음 받는 뜨거운 관심! 그 관심에 스타우는 말을 더듬었다. 그러나 플레이어들은 뜨거웠다.

"각오하고 있습니다!"

"어떤 퀘스트를 내리시더라도 따르겠습니다!"

"좋아, 좋아! 인간! 그렇다면!"

쿵-

스타우는 도마 위에 처음 보는 특이한 재료를 올려놓았다. 플레이어들은 고개를 갸웃거리며 물었다.

"이게 뭡니까?"

"저주받은 해적 전사의 촉수!"

"……??"

"오늘은 이걸 사용해서 요리를 한다!"

"어……?"

요리사 플레이어들은 뭔가 이상하다는 걸 깨달았지만, 아무도 손을 들고 따지지는 않았다. 그러기에는 태현이 데리고 온 요리사 NPC가 너무 대단해 보였던 것! 일단 배우고 보자!

"좋아! 오늘도 사냥하러 가볼까?"

"이번에 120 찍을 수 있을 것 같아. 다들 축복받았지? 그러면 요리 먹고 가자."

우르르-

이제는 사냥이든 퀘스트든 무조건 가기 전에 요리를 먹고 나가는 플레이어들! 레벨이 높은 플레이어라도 무조건 먹고 나갔다. 그들도 여기 요리는 특별하다는 걸 알게 된 것이다.

"이야. 오늘도 맛있는 거 많네. 저 요리사 고기덮밥 되게 맛있게 하더라."

"해산물 국수도 괜찮아. 스탯 버프도 그렇고…… 어? 저건 뭐지?"

파티원들은 못 보던 요리가 탁자 위에 올려져 있는 걸 발견했다. 이름도 특이했다.

<아무나 먹을 수 없는, 비전 요리법으로 만든 비밀 자양강장 요리>!

다른 화려한 요리들과 비교되는, 칙칙하고 정체불명의 꿈틀거리는 무언가.

"처음 보는 요리인데?"

"아. 저 사람이 만들었나 보네. 저 사람 다른 요리 괜찮던데."

요리사 얼굴을 알아본 파티원이 손을 흔들었다. 이상하게 요리사 얼굴이 많이 초췌해 보였다.

"이건 한 개밖에 없는 거 같은데? 인기 많아서 다들 가져갔나?"

"그러면 내가 찜!"

"앗. 치사하게!"

"이런 건 먼저 먹는 놈이 임자라고. 잘 먹겠습니다!"

호쾌하게 낚아챈 플레이어가 재빨리 <아무나 먹을 수 없는, 비전 요리법으로 만든 비밀 자양강장 요리>를 먹기 시작했다.

그리고 쓰러졌다.

"커허ㅓ허허허헣헉?!"

"곤잘레스?!"

"괜찮냐 너?!"

"커헉, 커허억, 커허어억!"

부들부들 떨며 일어나지 못하는 파티원!

[<괴식 요리>를 먹은 탓에 마비 상태에 빠집니다.]

[<괴식 요리>를 먹었습니다. 명성이 오릅니다.]

[공포 저항, 힘, 흑마법 저항력이……]

"뭐, 뭔 요리를 올린 거야?!"

"이게 뭐 하는 짓이야!"

항의가 들어오자, 요리사는 울상이 되어 스타우를 쳐다보았다.

"스타우 님! 역시 이렇게 된다니까요! 이런 걸 재료로 넣으면……"

"흥! 멍청하기는. 물러서지 마라!"

"네?"

"위대한 걸음에는 희생이 필요한 법!"

스타우는 앞으로 나섰다. 찾아온 파티원들은 놀랐다.

웬 고블린?

"징징대지 마라, 나약한 인간들아!"

"……?"

"감히 내가 가르친 작품을 공짜로 먹으면서 불평이나 하다니!"

"아, 아니. 지금 내 친구가 쓰러져서 마비 상태에 빠졌는데……"

"그건 중요하지 않다!"

너무 당당하게 나오자, 플레이어들은 오히려 할 말을 잃었다. 무슨 얼굴에 철판을 깐 것 같은 고블린!

"너희들은 얌전히 내 요리를 먹고 감탄하면 되는 거다!"

"뭔 개소리냐!"

"야. 참아! 여기 영지 안이라고! 싸움 일으켰다가는 바로 추방이야!"

"그렇지만 저게……."

"나, 나는 괜찮아……."

마비 상태에 풀린 친구가 일어서자, 다른 파티원들은 안도의 한숨을 내쉬었다.

"괜찮냐? 너?"

"그, 그래."

"대체 요리 효과가 뭐였길래 그래?"

"효과가 아니라…… 맛이……."

"맛이? 맛이 뭐 어땠길래?"

"설마 맛있었나?"

"아니. 정말…… 세상에서 처음 먹어본 역겨운 맛……."

보기 좋은 떡이 먹기도 좋다. 즉, 보기 안 좋은 떡은 먹기 별로 좋지 않았다.

"내가 세상에 이런 맛이 있다고는 상상치도 못했다……."

"흥. 네 세상을 넓혀줬으니 감사하도록."

거만하게 턱을 들며 말하는 스타우.

태현은 멀리서 그 모습을 흐뭇하게 쳐다보았다.

'그래. 그거면 된 거다. 스타우.'

스타우는 아무리 플레이어들이 항의를 하더라도 계속 괴식 요리를 만들고, 요리사들에게 만들게 시킬 것이다. 그러면 플레이어들도 점점 두려움을 갖게 되겠지! 태현은 직접 손을 더럽히지 않고도 저 골드 잡아먹는 자선 행사를 취소할 수 있는 것…….

"……그런데 효과는 엄청 좋네."

"응?"

"맛은 개 같고 먹었을 때 마비나 그런 안 좋은 효과들이 있긴 한데…… 그거 말고 스탯 버프나 영구적으로 스탯 올라가는 게 엄청 좋은데?"

친구의 말에 다들 믿지 못하겠다는 표정이었다.

"그게 말이 돼? 맛이 없는 요리인데……."

"아니, 근데 진짜 효과는 좋다니까."

"너 혹시 너 혼자 먹은 게 억울해서 이러는 건 아니지?"

"아니거든!!"

이상한 오해를 받은 플레이어는 답답하다는 듯이 가슴을 탕탕 쳤다.

"너희들도 한 번만 먹어보라고!"

"흠…… 그건 좀……."

"꼭 그래야 할까?"

"친구야. 요리가 없어서 못 먹을 거 같다."

대화를 듣던 스타우가 고블린다운 미소를 지으며 끼어들었다.

"걱정 마라, 인간들. 나는 관대하다. 너희들 모두 먹을 수 있도록 요리를 충분히 준비했지."

"……아, 아니. 그건 좀……."

"먹어라! 안 먹으면 여기 있는 요리도 못 먹게 해버리겠다!"

"이 고블린이 대체 누군데 이러는 거야?!"

플레이어들은 저항했지만, 이미 요리사들을 장악한 스타우의 힘을 이길 수는 없었다.

1분 후.

"커허ㅓㅓㅓㅓ허헉……."

"케헥, 케헥, 케헥!"

"꾸에에엑……."

바닥에서 뒹구는 이들! 스타우는 흐뭇한 표정으로 고개를 끄덕였다.

"몸에 좋은 요리는 입에 쓰다! 인간들. 잘 알아둬라! 입에 좋은 것만 먹어서는 강해질 수가 없다!"

주변에 있던 요리사 플레이어들은 뭔가 깨달음을 얻은 표정을 지었다.

"<괴식 요리>야말로 요리의 미래! 요리사들이 가야 할 길이다! 알겠나, 인간들!"

"그렇군요! 스타우 님!"

"마치 한약처럼! 입에 쓰지만 몸에는 좋은!"

"한약이 뭐냐, 인간?"

"아, 그게……."

"됐다! 중요한 건 그게 아니다! 내가 하라는 대로 괴식 요리를 만드는 거다!"

"네!"

물론 모든 요리사들이 미쳐 버린…… 아니, 스타우의 영향을 받게 된 건 아니었다. 아직 제정신인 요리사들은 명령을 거절했다.

"아니, 그래도 이건 너무 맛이 없어서……."

"전 맛있는 거 먹으려고 요리사로 전직했다구요. 이상한 거 먹기 싫어요."

스타우는 펄쩍 뛰며 화를 냈지만, 요리사들은 흔들리지 않았다. 그 결과 영지의 요리사 플레이어들은 두 파로 나뉘었다. 스타우의 영향을 받은 <괴식 요리> 요리사들과, 멀쩡한 요리사들로.

"야! 맛있는 걸 먹으러 판온 하지 이상한 거 먹으러 판온 하냐?"

"이런 요알못 놈들…… 입에만 좋은 건 진짜 요리가 아니야!"

"그러면 몬스터 고기 넣는 건 진짜 요리냐!?"

"어허. 몬스터 고기로 만드는 요리는 엄연히 우리 나라 전통 음식이었어! 너 한약도 안 먹어봤냐!"

"미친놈아! 세상 어느 한약이 몬스터 고기로 만들어?!"

치열한 대결! 전투 직업 플레이어들이라면 '좋다! PVP로 승부를 보자!'라고 했겠지만 그들은 요리사였다.

"좋다! 요리 대결로 승부를 보자!"

"오냐! 바라던 바다!"

"승부 방식은…… 각자 만든 요리를 누가 더 많이 먹나의 승부다!"

"누가 질 거 같냐!"

요리사들은 아키서스 영지에 돌아다니는 플레이어들에게 심사위원을 맡기려 했다. 어찌 보면 가장 정확한 방법!

물론 태현의 창고에서 나온 요리 재료들로 만드는 요리였다.

부글부글, 탁탁탁탁-

각자 나뉘어 열정적으로 요리를 만드는 요리사들! 평소와는 다른 모습에 지나가던 플레이어들은 놀라서 물었다.

"뭐야? 요리사들 무슨 일 있어?"

"요리로 승부를 본다는데?"

"한쪽은 '그 요리'래."

"뭐? '그 요리'?"

이미 영지에는 소문이 퍼져 있었다. <괴식 요리>라는 사악한 요리 스킬이 있다고! 맛은 지옥에서 올라온 것처럼 끔찍하지만 효과는 다른 요리들보다 훨씬 더 강력하고 오래 간다고 들었다.

"그걸…… 꼭 먹어야 하나? 나 비위 약하단 말야."

"야, 근데 그거 효과가 진짜 죽인대."

"먹으면 죽는다고?"

"그런 의미가 아니라…… 근데 죽을 수도 있는 맛이라고는 하더라."

"역시 태현 님. 영지에 있는 신도들을 격려하기 위해 이런 비책을 세우셨던 겁니까……!"

갈락파드는 감탄하며 손뼉을 쳤다. 두 세력으로 나눠진 요리사들은 뜨겁게 경쟁했다. 그 결과 나타난 건 서로의 발전!

"훗. 좋은 승부였다. 좀 하는군."

"너희들도."

요리사들은 서로 악수하며 칭찬했다. 결과는 거의 비슷했다. 팽팽한 대결 끝에 그들은 서로를 인정하게 되었던 것이다.

앞으로는 서로를 인정하며 경쟁하자!

태현은 떨떠름한 표정으로 요리사들을 쳐다보았다. 무료로 퍼주라는 걸 좀 그만하게 만들려고 계책을 세웠더니, 오히려 더 부추긴 셈이 됐다.

"역시 태현 님! 다음은 어떤 신도들을 도와주실 겁니까?"

"안 도와줘."

태현은 빠르게 포기했다. 이 영지는 어떻게 된 게 건드리기만 하면 원하지 않는 반응으로 흘러가는 기분이었다.

괜히 더 건드렸다가 피 보지 말고 아탈리 왕국 수도, 모라 시로 가자!

아탈리 왕국의 수도, 모라 시.

태현에게는 나름 추억이 있는 곳이었다. 사디크 교단이 주도한, 아탈리 국왕의 암살 퀘스트가 벌어졌던 곳!

'사디크 놈들이 여기서 습격 사건을 벌였었지…….'

왕궁으로 쳐들어온 사디크 교도들 덕분에 태현의 영지 퀘스트가 시작된 셈이었다. 물론 태현은 반지 뺏겼다는 생각에 사디크 교단을 계속 쫓아다니며 괴롭혔지만…….

"앗, 김태현 백작님 아니십니까! 이렇게 만나 뵙게 되어 영광입니다."

"사디크 교단을 물리치신 김태현 백작님! 평소에 존경하고 있었습니다!"

성문을 지나자마자 태현을 알아보는 NPC들! 악명이 엄청나게 높았지만, 그것과 별개로 높은 명성+백작의 작위가 태현을 뒷받침해 주고 있었다.

케인은 태현을 보며 부럽다는 듯이 입맛을 다셨다.

"나도 저렇게 대접받고 싶다……."

"작위가 없으니까 귀족 대접은 못 받더라도, 대형 퀘스트 깨면 그 근처 NPC들이 엄청 치켜세워 주지 않아?"

최상윤은 의아하다는 듯이 물었다.

캐릭을 키우는 방법은 각자 다르지만, 랭커 정도 되면 보통 대형 퀘스트를 깬 경험이 최소 한 번 정도는 있었다. 그런 걸 깨고 나면 근처의 NPC들이 모두 다 달려와서 영웅 대접을 해 주는 것이다.

"……기억에 없는데."

케인은 고렙 이전까지는 명성 스탯보다는 악명 스탯을 주로 쌓았다. 그리고 태현을 만난 다음부터는 태현을 쫓아다니면서 갖은 고생이란 고생은 다…….

그나마 만나는 게 아키서스 교단 NPC인데, 이 교단 NPC들은 케인을 정말 직업 이름 그대로 취급해 줬다.

-앗! 아키서스의 노예님!

-아키서스의 노예님 만세!

칭찬해 줘도 뭔가 기분이 더러운 직업 이름!

축 늘어진 어깨. 최상윤은 황급히 케인을 달랬다.

"그, 그래도 앞으로 퀘스트 깨다 보면 좋은 일 있을 거야."

"그렇지?"

그렇게 떠들던 둘. 그사이 도시 NPC들이 지나가면서 케인의 얼굴을 힐끗 쳐다보았다.

"힉! 괴물이야! 도망쳐!"

케인의 어깨가 한층 더 축 늘어졌다.

'악마의 피 저주를 해결하든가 해야지…….'

신전 거리. 모라 시의 자랑거리 중 하나였다. 중앙 대륙의 유명한 교단들은 여기에 으리으리하고 번쩍번쩍한 신전 건물들을 지어놓았다. 플레이어들은 원하는 신전에 가서 교단에 가입하고 퀘스트를 깨면 됐다.

태현은 입맛을 다시며 신전 건물들을 훑어보았다.

'영지에 있는 아키서스 교단 본 신전보다 더 좋네…….'

잘나가는 대륙의 교단들이 신전을 대충 짓지는 않았다. 유명한 드워프 건축가 NPC들을 불러서 건설을 맡긴 것이다.

현재 플레이어들이 만드는 수준으로는 따라갈 수 없는 수준의 건축물!

[타이란 교단의 최고급 신전 건물을 보았습니다. 신성이……]

[야타 교단의……]

[파이토스 교단의……]

경쟁 교단이 이렇게 잘 나가는 걸 보니 역시 배가 아팠다.

[카르바노그가 가까이 다가가기 싫어합니다.]

카르바노그의 성물을 자기들 신전에 놓으려고 한 탓에, 카르바노그의 메시지창이 떴다.

"신전 건물 구경하는 거냐?"

"어."

케인의 질문에 대답하면서 태현은 주변을 훑어보았다. 거대한 신전 건물 뒤뜰에는 성기사들을 위한 훈련장까지 있었다. 말이 훈련장이지 거의 경기장처럼 넓은 건물이었다.

와글와글-

신전 근처에는 초보자부터 시작해서 고렙 플레이어까지 다양하게 있었다. 교단 퀘스트는 초보자든 고렙 플레이어든 모두가 좋아하는 퀘스트였다. 각자 수준에 맞는 보상이 나오는 퀘스트!

"아. 진짜. 훈련장 2단계 아직도 못 깼어. 파이토스 교단 난이도 너무 높다니까."

"너 그거 아직도 깨려고 하고 있냐? 그거 안 깨도 된다니까. 그냥 다른 퀘스트 깨도 돼. 깨는 놈이 이상한 거야."

"그래도 주는 건데 받아야지."

"야, 그거 받아봤자 스킬 별로 쓸모도 없대. 전투 스킬 다른 데에서 많이 주니까 그거나 받자. 내 생각에 이건 밸런스를 잘못 맞췄어."

지나가던 플레이어들의 대화를 엿들은 태현은 고개를 갸웃거렸다.

"저게 무슨 소리지?"

"아마 파이토스 교단 성기사 훈련장 이야기일걸요? 거기 층 깰 때마다 스킬 보상 나오거든요."

있는 건 토끼하고 사냥꾼들밖에 없는 곳에서 시작한 태현에게는 거리가 먼 이야기!

초보자들에 대한 배려가 넘치는 곳들은 막 전직한 성기사나 사제를 위해 훈련장과 훈련용 퀘스트를 마련해 놓았다.

훈련장으로 들어가 장애물들을 통과하면 보상으로 이런저런 스킬들을 주는 것이다.

문제는 난이도! 막 전직한 플레이어들에게 '깨고 보상 받아가세요' 하고 만들었는데, 정작 난이도가 높아서 깨기 힘들다니 본말전도였다. 그래서 플레이어들이 투덜거리는 것이었다.

1단계 훈련장은 어찌어찌 깼는데, 2단계 훈련장은 난이도가 확 뛰고, 다른 사람 말을 들어보니 3단계는 그보다 더 심각하고…….
여기 훈련장은 공개된 지 오래여서 관련 정보나 공략도 엄청나게 많았다. 그런데도 이 정도 난이도!

공략을 안다고 달라지는 난이도가 아니었던 것이다.

그런데 그렇게 해서 얻는 스킬이라고 해봤자 평범한 교단 스킬 몇 개!

다들 포기하고 바로 퀘스트로 넘어가는 이유가 있었다.

설명을 들은 태현의 눈빛이 반짝였다.

"그러면 훈련장만 깨면 스킬 보상 주는 건가?"

"네. 그렇죠?"

"시간도 별로 안 걸리겠네. 나 잠깐 갔다 올게."

호다닥 달려가려는 태현. 다른 사람들은 순간 멈칫했다가 제정신을 차리고 태현을 붙잡았다.

"왜 잡아?"

"아, 아니. 아키서스 교단인데 다른 교단 들어가면 어떡해요!"

"왜 안 되는데?"

"어……."

"그야……."

"교단 페널티를 받으니까?"

이미 한 교단에 가입한 상태에서, 다른 교단으로 갈아타면 예전 교단은 매우 싫어했다. 공적치 포인트가 날아가는 건 물론이고 친밀도도 팍팍 깎였다.

"난 안 받아."

그러나 태현에게는 다른 세상 이야기! 이미 사디크 교단도 받아들이고 있는데 다른 교단 훈련장 들어가서 스킬 좀 받는다고 뭐 달라지겠는가.

"파이토스 교단에서 싫어하지 않을까?"

"괜찮아."

"무슨 방법이 있는 거야?"

"아니. 걔네는 내가 이거 안 해도 싫어하거든. 그러니까 상관없지."

누군가가 널 이유 없이 싫어한다면 그 이유를 만들어줘라!

"입구는 어떻게 통과하게?!"

"후. 뒤에서 보고나 있어라."

'진짜 되나?'

'아니, 아무리 김태현이어도 이건 좀……'

일행들은 태현의 뒷모습을 보며 조마조마한 눈빛으로 쳐다보았다. 아무리 봐도 입구에서 쫓겨날 것 같았던 것이다.

입구에서 성기사 교관과 만나서 떠드는 태현. 케인은 그걸 초조하게 쳐다보았다.

'설마 문제 생겨서 튀어야 하는 건 아니겠지? 기껏 왔는데…… 도망치려면 어느 길로 도망쳐야 하나……'

"들어가도록!"

"감사합니다."

최고급 화술 스킬을 얻은 태현에게 이런 입구는 자기 집 안

방 문이나 마찬가지였다.

[파이토스 교단 성기사들을 위한 훈련장에 들어왔습니다. 당신이 아키서스 교단의 사람이라는 게 발각될 경우 문제가 생길 수 있습니다.]

경고 메시지는 가볍게 무시하고, 태현은 안으로 들어섰다.

[레벨이 1로 고정됩니다.]
[각 스탯이 10으로 강제로 고정됩니다.]
[안에서는 레벨 업이 불가능……]

'아. 이런 식이군.'
태현은 오랜 경험으로 이 훈련장이 어떤 시스템인지 깨달았다. 스탯, 레벨, 아이템 보정 같은 건 하나도 받지 못하고, 오로지 컨트롤만으로 깨야 하는 곳!
판온에서 이런 곳은 은근히 있었다.
'컨트롤 안 좋은 사람들에게는 지옥이겠군.'
정수혁 같은 플레이어가 여기 온다면 피눈물을 흘리며 포기할 수밖에 없었다. 아무리 공략을 외우고 외워도 컨트롤이 안 되는 건 어쩔 수 없었으니까.
스킬과 스탯, 레벨이 있다면 달려드는 수십 명의 적도 손쉽게 쓰러뜨릴 수 있었지만, 그런 게 하나도 없다면 세 명만 와도 손발이 어지러워지는 게 사람이었다.

[파이토스 성기사 훈련용 허수아비가 나타납니다.]

덜컹!

바닥에서 허수아비가 나오더니 칼과 방패를 들었다.

[고급 기계공학 스킬을 가지고 있습니다. <파이토스 성기사 훈련용 허수아비> 제작법을 완벽하게 터득합니다.]

[신성 대장장이 기술 스킬을 가지고 있습니다.]

[<파이토스 성기사 훈련용 허수아비>를 개조해 <아키서스 성기사 훈련용 허수아비>를 만들 수 있습니다.]

[<아키서스 성기사 훈련용 허수아비>를 설치하면 성기사들의 훈련도가 올라갑니다.]

생각지도 못한 보너스에 태현은 깜짝 놀랐다.

이런 선물까지 주다니!

'파이토스 교단, 사실 좋은 교단이었군!'

파이토스 교단 측에서 안다면 '뭐 저런 놈이 교황이냐' 하고 난리를 쳤겠지만, 지금 설마 아키서스 교단의 교황이 가면으로 얼굴을 바꾸고 훈련장에 침입해 있다고 생각하는 사람은 아무도 없었다.

[카르바노그가 당신을 응원합니다!]

카르바노그의 응원을 받으며, 태현은 허수아비들을 하나씩 체크하기 시작했다.

'좋아. 좋아.'

쉭!

태현이 다가오지 않자 허수아비들이 먼저 덤비기 시작했다. 기본으로 준 칼과 방패. 태현은 방패를 앞으로 집어 던졌다.

퍽!

그리고 달려들어서 칼로 급소 공격!

[정확하게 목을 노렸습니다. 추가 대미지가 들어갑니다.]

[정확하게 심장을 노렸습니다. 추가 대미지가……]

붕, 붕붕-

매섭게 반격이 들어왔지만 태현은 이미 허수아비의 동작을 읽고 있었다. 방패를 버린 이유는 하나였다. 어차피 피할 자신이 있었으니 공격에 집중하기 위해서였다.

끼익, 끼익!

허수아비 하나와 싸우고 있자, 다른 허수아비들이 점점 몰려오기 시작했다. 보통 플레이어라면 뒤로 물러서야 하는 상황. 그러나 태현은 물러서지 않았다.

앞으로, 앞으로. 더 앞으로!

얼굴로 들어오는 공격을 고개를 꺾어서 피하고, 옆구리를 베는 공격은 재빨리 한 걸음 뛰어서 피했다. 1cm의 묘기!

판온 2에서는 압도적인 행운 스탯 덕분에 잘 드러나지 않았던, 판온 1에서 태현이 자주 보여주던 컨트롤이 훈련장에서 드러나고 있었다. 아무도 보는 사람이 없다는 게 아쉬울 정도!

[허수아비들을 전부 쓰러뜨렸습니다. 1단계 훈련장을 통과했습니다. 보상으로 <망치 던지기> 스킬을 받았습니다.]

<망치 던지기>

파이토스의 힘이 담긴 망치를 불러내 던집니다.

평범한 중거리용 스킬! 다른 플레이어들이 고생하면서 깨지 않으려는 이유를 알 것 같았다. 그러나 태현은 만족했다. 스킬은 많으면 많을수록 좋았으니까.

'좋아. 시간도 아낄 겸 빨리 다음 훈련장으로 가야겠군.'

"이야…… 이건 확실히……."

태현은 감탄했다. 사람들이 왜 욕을 하는지 알 것 같았다.

2단계 훈련장도 1단계와 비슷했다. 허수아비들이 나오고, 그 허수아비들을 지나쳐 반대편으로 통과하면 됐다.

달라진 건 숫자와 질! 더 강해진 허수아비들이 더 많이 나온다. 단순했지만 확실한 난이도 상승이었다.

-2단계 훈련장을 공략하기 위해서는 일단 방패 쓰는 것에 익숙해져야 합니다. 방패가 공략의 핵심이거든요. 허수아비의 공격을 피하려고 하면 안 됩니다. 워낙 숫자가 많아서, 처음에는 피할 수 있을 것 같다 싶어도 나중에 가면 포위되어서 무너집니다. 그냥 처음부터 최대한 방패로 막으면서 밀고 가야 합니다. 훈련장 보면 포위 안 될 만한 좁은 길들이 있는데, 거기로 들어가서 방패로…….

2단계 훈련장은 깬 사람이 그래도 꽤 있었다. 당연히 그런 사람들이 올린 공략도 있었다. 방패 위주로, 최대한 좁은 곳에서 싸우는 공략 방식!

그렇지만 태현은 공략을 읽지 않았다.

'다섯 대. 다섯 대 정도면 쓰러지나. 여기 있는 놈을 치면 뒤에 하나, 우측 상단에 두 놈이 다가올 테고…… 속도를 봤을 때 대충 5초인가. 5초 안에 빠르게 두들겨서 눕히면…… 되긴 하겠군. 좋아. 간다!'

1초 만에 끝난 계산! 태현은 좁은 곳이 아닌 넓은 곳으로 나아갔다. 그리고 방패를 쓸 시간에 공격을 더 넣었다.

'넓은 곳은 허수아비들이 모이려면 더 시간이 걸린다. 그걸 이용하면 되는 거야!'

[허수아비들을 전부 쓰러뜨렸습니다. 2단계 훈련장을 통과했습니다. 보상으로 <망치 내려치기> 스킬을 받았습니다.]

<망치 내려치기>

파이토스의 힘이 담긴 망치를 불러내 내려칩니다.

'오?'

이것도 평범한 스킬이었지만, 광역기라는 점이 마음에 들었다. 성기사들을 짜증 나게 만드는 것 중 하나가, 조준을 하지 않고 대충 바닥에다가 쾅쾅 광역기 스킬을 내려찍으면 대미지가 들어온다는 점이었다.

HP도 높은 놈들이 스킬도 짜증 나는 것!

그런 스킬을 얻었으니 태현은 충분히 만족했다.

'탈락할 때까지 계속 가봐야겠다.'

CHAPTER 4

"……이건 깨라고 만든 건가?"

태현은 고개를 갸웃거렸다. 3단계 훈련장은 머리를 굴려 봐도 허수아비를 다 잡고 갈 수가 없어 보였다. 전사 허수아비뿐만 아니라 저 높은 곳에서 활을 쏘아대는 궁수 허수아비까지 있었다.

-3단계부터는 다 잡을 생각 하면 안 됩니다. 그냥 최대한 피해서 반대쪽으로 이동하는 게 정석입니다.

열 손가락에 꼽히는 정도지만, 3단계도 깬 사람이 몇 명 있기는 했다. 그들의 공략법은 거의 똑같았다.

최대한 싸움을 피해 통과해라!

그렇지만 태현은 싸움을 피해 통과할 생각은 하지도 않았다. 공략을 읽지 않았기에 그냥 통과해도 된다는 걸 모르는 것!

'다른 놈들이 깼으면 나도 깰 수 있겠지.'

태현은 근거 있는 자신감을 가지고 어떻게 깨야 할지 머리를 굴렸다.

'일단 저 위에 있는 궁수 허수아비가 문제인데.'

훈련장 안으로 들어서는 순간 무장한 고급 허수아비들이 덤벼들고, 동시에 올라갈 수 없는 높은 곳에서 대기하고 있는 궁수 허수아비들이 화살을 쏘아댔다. 스탯, 스킬, 레벨, 아이템 등등이 봉쇄된 이 훈련장에서는 치명적인 공격!

[고급 기계공학 스킬을 가지고 있습니다. <파이토스 성기사 훈련용 고급 허수아비> 제작법을……]

일단 제작법은 잊지 않고 챙기는 태현이었다.

'이거 이대로 가면 나중에 아키서스 훈련장 그대로 만들 수 있는 거 아닌가?'

3단계 훈련장에서 고급을 배웠으니, 4단계나 5단계 훈련장까지 갈 수 있다면…… 완전히 똑같이 따라 할 수 있다!

'그렇지만 일단 지금은 어떻게 깰 지부터 고민해야겠지.'

3단계를 깬 사람들의 공략은 간단했다. 방패를 들고 위에서 쏟아지는 공격을 막으며, 방패가 부서지기 전에 돌파!

물론 그것도 절대로 쉬운 건 아니었다. 정해져 있는 좁은 경로를 한 치의 오차도 없이 달려야 했다. 까딱하다가 포위라도 된다면 그 순간 탈락, 가다가 실수로 화살이라도 맞으면 그 순간 탈락, 뚫다가 재수 없게 스쳐도 탈락…….

깬 사람이 열 손가락에 꼽히는 데에는 다 이유가 있는 법.

'음. 하나씩 끌어들일 수 있으면 못 잡을 것도 없어 보이는데. 방법이 없나.'

허수아비들을 하나씩 끌고 오면 잡는 건 쉬웠다.

문제는 허수아비들을 끌고 올 방법이 없다는 점이었다.

어떤 도발을 해도 오지 않고, 훈련장 안에 발을 디디는 순간 근처에 있는 놈들은 모조리 달려왔다.

'무기를 던지면 오려나. 근데 무기가 없으면 본말전도인데…….'

훈련장에서는 무기를 잃어버리면 다시 주지 않으니 어지간한 전략이 다 제한됐다. 태현은 위에서 화살을 쏘는 궁수 허수아비들을 쳐다보았다.

'화살로 해볼까?'

태현은 훈련장에 발을 디디지 않고, 입구에서 슬며시 팔을 내밀었다. 그 순간…….

쉬쉬쉭!

궁수 허수아비들이 활을 발사하기 시작했다.

팍! 파팍!

'된다!'

태현은 잽싸게 팔을 뺐다. 방금까지 팔이 있었던 자리에 화살들이 정확하게 날아왔다. 그리고 바닥에 부딪혀서 박살 났다.

'이러면 못 쓰는데. 음…….'

고민하던 태현은 미친 생각을 해냈다.

화살을 잡아보면 어떨까? 다른 플레이어들이 듣는다면 미친놈 취급을 했을 생각!

그러나 태현은 계산이 있었다.

'동일한 박자에 동일한 속도로 날아오니까 감만 잡으면 할 수 있을 것 같은데?'

"우리 언제까지 여기서 기다리고 있어야 해?"

"곧 나오겠지."

"곧이 언제인데?"

"태현이가 탈락하면?"

"근데…… 김태현이 쉽게 탈락할 놈은 아니지 않나?"

최상윤은 케인의 말에 아차 싶었다. 생각해 보니 태현은 이런 거에서 쉽게 탈락할 놈이 아니었다.

-야. 언제 나올 거야? 교단 애들 상대해야 한다며?

-아. 알아서 해. 나 바쁘니까 말 걸지 말고.

'이 자식이…….'

"기다리는 동안 나도 다른 곳에 훈련이나 받아볼까?"

케인은 그렇게 말하고서 가까운 신전 훈련장 입구로 향했다. 그러자 바로 반응이 돌아왔다.

"꺼져라! 이 악마! 어디서 수작이냐!"

착!

'잡았다!'

[화살을 잡는 데 성공했습니다! 훈련장을 성공할 시 추가로 보상이 있습니다.]

몇 번만의 시도 끝에, 날아오는 화살을 잡아내는 데 성공한 태현! 이다비가 봤다면 '이걸 찍어서 올렸어야 했는데……!' 하며 아쉬움에 땅을 쳤을 그만큼 기막힌 장면이었다.

'하나, 둘…….'

요령을 익힌 태현은 화살을 하나씩 하나씩 모으기 시작했다. 대충 이쯤이면 됐다 싶자, 태현은 화살을 던져서 근처에 있던 허수아비를 맞췄다.

퍽!

끼익, 끼익-

그러자 다가오는 허수아비! 계산이 맞아떨어졌음을 깨달은 태현은 주먹을 불끈 쥐었다. 이런 식으로 가면 다 잡을 수 있었다.

화살을 던져서 유인하고, 가까이 오면 두들겨 패고……

퍽퍽퍽!

1, 2단계에서 일 대 다수로 덤벼도 컨트롤로 씹어 먹고 나온 태현에게 이 정도는 손쉬운 일에 불과했다.

'다 잡았는데…… 저 궁수 허수아비는 못 잡나?'

훈련장에 있는 허수아비들을 전부 쓰러뜨리자, 태현은 저 위에 있는 궁수 허수아비도 잡고 싶어졌다.

물론 지금도 충분히 통과할 수 있는 상황이 됐지만……

해볼 수 있는 건 다 해보고 싶은 것이 태현의 성격!

저 위에 있는 궁수 허수아비를 잡을 수 있는 방법은 하나밖에 없었다.

타타타타탁-

태현은 궁수 허수아비들이 있는 곳까지 달리기 시작했다. 그러자 빠르게 화살이 날아왔다.

팍! 파팍!

물론 태현을 맞추는 화살은 없었다. 태현은 재빨리 벽에 붙었다. 그러자 각도가 나오지 않아 화살 공격이 멈췄다.

착-

태현이 선택한 방법은 바로…… 기어오르기였다.

'윽. 스탯 없으니까 엄청 빡세군.'

벽의 울퉁불퉁한 부분을 찾아 손가락을 넣어 기어오르는 것! 이 훈련장을 클리어한 파이토스 교단 플레이어들이 봤다면 넘어졌을 것이다.

'다 깼으면 그냥 가! 거기서 뭐 하냐!'

태현은 끈질기게 벽을 기어올랐다. 한 시간쯤 지났을까, 태현은 결국 기어오르는 데 성공했다.

쾅!

기어오르자마자 태현은 재빨리 궁수 허수아비를 쓰러뜨린 다음 활을 뺏었다. 옆의 궁수 허수아비가 태현을 바로 조준하기 시작한 것이다.

쉭!

"음. 역시 활은 잘 안 맞아."

예전 다른 게임에서 한×란 궁수 캐릭터는 잘 다뤘는데, 왜 직접 쏘면 미묘하게 뒤틀리는지 알 수 없었다. 태현은 화살을 잡고 집어 던졌다. 이게 훨씬 더 잘 맞았다.

퍽! 퍼퍼퍽!

무식한 방법이었지만 거리가 가까워 효과는 있었다.

옆에 있던 궁수 허수아비는 화살을 맞고 떨어졌다.

[허수아비들을 전부 쓰러뜨렸습니다. 3단계 훈련장을 통과했습니다.]

[보상으로 <날아다니는 망치 소환> 스킬을 받았습니다.]

[처음으로 모든 허수아비들을 쓰러뜨렸습니다. 추가 보상을 받습니다.]

[칭호: 파이토스의 뛰어난 전사를 얻습니다.]

'어? 내가 받아도 되나?'

받으면서도 이래도 되나 싶은 칭호! 태현은 머뭇거렸다. 지금도 화술 스킬로 몰래 들어온 상태인데, 나중에 들키지는 않겠지? 거절할 방법도 없고, 태현은 일단 받았다.

[궁수 허수아비들을 쓰러뜨렸습니다. 숨겨진 벽이 열립니다. <숨겨져 있던 망치>, <숨겨져 있던 방패>를 얻었습니다.]

[파이토스의 4단계 훈련장을 클리어한 모험가가 나타났습니다!]

[파이토스 교단의 명성, 영향력이 오릅니다.]

"어??"

"깼다고?!"

교단 신전 근처를 돌아다니던 파이토스 교단 플레이어들은 깜짝 놀랐다. 4단계 훈련장을 깬 놈이 있다고?

파이토스 교단 NPC들은 기뻐하며 외쳤다.

"교단에 뛰어난 인재가 나타났군요. 여러분들도 앞으로 노력해서 이런 인재가 되도록 하십시오."

"모두 기뻐하십시오! 5단계 훈련장까지 통과할 경우, 교단의 대전사가 새로 나타나는 겁니다!"

"……??"

"뭐야. 진짜로?"

기다리고 있던 태현 일행은 플레이어들의 반응에 깜짝 놀랐다.

"이거……."

"김태현이지?"

"그것밖에 없겠지……."

다른 사람들도 1~2단계는 계속 도전하고 있었지만, 아직까지 클리어한 사람이 없는 4단계까지 깼다면 범인은 한 사람밖에 없었다.

"야. 가자."

태현이 훈련장에서 나오자 다들 놀랐다.

"역시 네가 깬 거냐?!"

"어. 그런데 5단계는 안 하고 나왔어."

"왜? 아. 역시 난이도가……."

"아니, 난이도는 추가 아이템 받아서 해볼 수 있을 것 같았는데……."

'파이토스 교단 훈련장 퀘스트에 추가 아이템 같은 게 있었나? 4단계여서 있었던 건가?'

이다비는 고개를 갸웃거렸다. 처음 들어보는 정보였던 것이다.

"근데 5단계까지 깨면 좀 위험할 것 같아서."

3단계를 통과하고, 4단계도 추가로 받은 장비와 컨트롤로 클리어하자 태현에게는 메시지창이 떴다.

[대단합니다! 당신은 파이토스 4단계 훈련장을 클리어했습니다. 최고급 허수아비들을 쓰러뜨린 당신에게는 <파이토스 대전사>의 자격이 있습니다.]

[이대로 5단계 훈련장에 도전해서 성공할 경우 <파이토스 대전사>의 자리를 얻을 수 있습니다. 교단의 교황께서 직접 당신에게 자리를 수여하는 영광을……]

'……야, 이건 좀 위험하다!'

태현은 재빨리 상황을 깨닫고 포기했다. 이러다가 5단계까지 클리어하면 도망치기도 전에 나팔이 울리면서 교단 NPC들이 우르르 와서 '오오! 교단의 대전사가 나타났다!' 할지도 몰랐다. 물론 태현은 그가 대전사로 전직되지 않으리라는 걸 잘 알고 있었다.

'〈아키서스의 화신〉이 또 막을 테니까…….'

결국 태현은 4단계까지만 클리어하고 나온 것이다. 그것만으로도 파이토스 교단 플레이어들에게는 충격적이었지만!

"야. 4단계를 어떻게 깼지? 검 자체가 안 먹히던데?"

"뭐 숨겨진 급소가 있나?"

"대체 누가 깬 거야?? 정보 공유 좀 해줬으면……."

태현 일행은 슬슬 거리를 벌렸다.

"이제 교단 문제 처리하러 갈 거지?"

"가기 전에 다른 교단 훈련장도 좀……."

[타이란의 4단계 훈련장을 클리어한 모험가가 나타났습니다!]
[야타의 4단계 훈련장을……]

훈련장 건물이 없는 데메르 교단을 제외하고, 태현은 빠르게 돌며 4단계까지 클리어했다. 스킬 하나 얻기 위해서 저지른 어마어마한 업적!

[카르바노그가 매우 만족해합니다. 신자로 사칭해서 훈련장에 들려간 사실이 각 교단에 알려질 경우, 교단 세력이 매우 분노할 수 있습니다.]

"좋아. 이제 교단 놈들 처리하러 가자!"
"그런데 어떻게 하시려고요? 생각하신 게 있나요?"
"생각해 놓은 게 있지. 내가 할 수 있는 게 뭐겠어?"
"……?"
"이간질이다."
장비 위조. 그리고 <조금 더 깨어난 카르바노그의 무딘 창>. 태현은 이 둘을 사용해 교단들을 상대할 생각이었다.

태현은 단순히 부족한 전투 스킬들을 조금이라도 더 얻기 위해 훈련장을 깬 것이었다. 그렇지만 다른 사람들은 그 뒷사

정을 몰랐다. 그 결과…….

-무시무시한 놈이 나타났다!

-이거 한 명이지?

-한 명이 한 게 분명해. 동시에 여럿이 깬 것 같지는 않아.

-근데 교단 훈련장을 여러 개 깰 수 있어? 다른 교단인데?

-특수한 영웅 직업, 혹은 전설 직업일지도…….

-대체 누구지? 원래 있던 랭커인가?

-아냐. 그럴 거 같은 랭커는 안 보여. 게다가 훈련장은 원래 초보자 때나 가는 곳이잖아. 랭커들이 이제 와서 거길 왜 가겠어? 깰 수 있으면 진작 깼겠지.

-하긴, 거기는 레벨이고 스탯이고 뭐고 다 필요 없는 곳이니…….

-야, 개쩌는 랭커 하나 새로 나오는 거 아냐?

-에이, 그래도 후발주자인데…….

뒤늦게 시작한 사람은 아무래도 장비, 레벨, 스탯 모든 면에서 먼저 시작한 사람보다 불리했다. 순식간에 게시판이 뜨거워졌다. 다른 랭커들이 레벨과 직업, 좋은 장비와 스킬들을 자랑할 때 갑자기 나타난 정체불명의 실력파 플레이어!

그 플레이어가 깬 훈련장들이 순수한 컨트롤을 요구한다는 게 더 사람들을 흥분하게 만들었다.

-랭커들 중에 컨트롤 되는 애들이 몇 명이나 있냐? 대부분 길드 지원

받고 아이템 빨, 직업 빨이지.

-랭커 앞에서 그런 소리 못 할 놈이 말은 잘해요.

-야. 내가 틀린 말 했냐? 대회 봐라. 랭커들 거품 쫙 빠지더라.

-김태현한테 당한 놈들은 좀 추했지…….

-막말로 김태현 같은 애들 말고 실력파 랭커가 몇 명이나 있냐? 이번에 아탈리 왕국 공방전 본 사람?

-아. 그 랭커들 단체로 달려가서 행방불명된 거. 그거 진짜 웃겼는데.

한참을 게시판에서 '갑자기 나타난 정체불명의 실력파 플레이어'로 떠들던 사람들. 그러던 도중 한 명이 음모론을 내놓았다.

-내 생각에 이건 아주 아주 잘 계획된 이벤트 같다.

-응?

-그게 무슨 소리?

-잘 봐. 몇 달 후면 이제 공식 판온 대회들이 우르르 열리기 시작하잖아. 저번에 한국에서 열린 판온 투기장 대회가 엄청 대흥행한 거 봤지? 거기 안 참가한 랭커 놈들이 얼마나 배가 아팠겠어?

한국의 방송사에서 진행했는데도 전 세계적으로 대히트한, 판온 투기장 대회! 태현과 이세연 같은 플레이어들은 이 대회로 인해 전 세계적인 스타 플레이어가 되었다.

판온 1을 모르는 해외 게이머들에게도 '한국의 김태현? 아, 그 판온에서 날아다니던!'이란 인식을 심어준 대회!

그렇지만 모든 사람들이 그 대회를 좋아한 건 아니었다.

'레벨 업이 바빠서', '한국에서 하는 대회인데 뭐 그리 대단하다고', '그사이 랭커 순위나 올리는 게 낫겠다' 하고 참가하지 않은 플레이어들도 꽤 있었던 것이다.

그런 플레이어들은 배가 아플 수밖에 없었다.

내가 참가하기만 했다면……!

-그래서?

-그래서는 뭘 그래서야! 그 대회를 노리고 밑밥을 까는 거지! 이런 식으로 화제를 모은 다음에 '짜잔! 제가 바로 그 사람이었습니다!' 하고 나올 거다.

-오오!

-그런 건가!

-확실하다니까. 그러면 홍보가 확실히 되잖아! 내 생각에 이걸 한 놈은 대형 프로게임단의 연습생 같은 사람이 아닐까 싶다. 아직 레벨은 좀 안 되지만 컨트롤은 엄청 좋은 사람일 거야.

그럴듯한 음모론에 사람들은 넘어갔다. 정말 치밀한 계획 같은 느낌이 물씬 난 것이다. 하루 안에 교단들의 연습장이 우르르 뚫리다니, 누군가 치밀하게 준비한 게 분명해!

……이런 반응과는 별개로, 이익이 걸려 있는 사람들은 다르게 반응했다.

즉 프로게임단 스카우트들과 게임 내 대형 길드들!

그들은 이 정체불명의 플레이어를 찾으려고 했다.

-안 그래도 좋은 선수 구하기 힘든 세상이야. 좋은 선수들은 다 알아서 채간다고. 이 플레이어, 누군지 알아봐.

-소문에 다른 게임단에서 키우는 유망주란 말이 있던데요……

-소문을 다 믿으면 안 되지! 김태현 때도 소문에 속은 거 알아? 뭐? 뉴욕 라이온즈랑 최고 금액으로 계약?

-그, 그건 저희만 아니라 다른 사람들도……

스카우트는 억울했다. 솔직히 김태현이 갑자기 게임단을 창설할 거라고 누가 알았겠는가.

덕분에 피를 본 건 게임단의 스카우트들이었다.

'김태현? 저희 게임단으로는 솔직히 잡을 수가 없습니다. 벌써 뉴욕 라이온즈의 스카우트들이 움직였다고 보고가 들어왔습니다.'

'ST 파이브나 KG 위자드의 제안을 거절했다면 한 가지밖에 없죠. 해외 팀 입단이 확실합니다.'

얻은 정보를 바탕으로 자신만만하게 제출한 보고서!

그리고 덕분에 위에서 엄청나게 까였다.

직장인의 비애!

분명 김태현은 제안을 받았어도 거절했을 것 같지만, 상사 앞에서 더 따질 수는 없었다.

대형 길드에서도 비슷한 일이 일어나고 있었다.

-이거 대체 누구지?

-죄송합니다. 아직 확인하지 못했습니다.

-주변에 있던 플레이어들 확인해서 인상착의 확인해 봐. 우리가 오스턴 왕국을 거의 먹었지만, 이제 시작이라고 봐야 해. 중앙 대륙에는 왕국은 물론이고 우리 말 안 듣는 대형 길드들이 많다고. 게네들이 왜 우리 말을 안 듣겠어. 오스턴 왕국은 멀리 있으니까 별로 무섭지 않은 거겠지. 방심하면 안 돼. 전력이 될 수 있는 플레이어는 재깍재깍 모아야 한다고. 다른 길드에 뺏기기 전에.

-예!

-오스턴 왕국 통일 끝내면 쑤닝 님이 왕으로 올라선다. 다른 경쟁자들은 쑤닝 님의 상대가 되지 않아. 그리고 이건 계획의 일부일 뿐이야.

길드 동맹 내부에서 극비리에 진행되고 있는 계획. 그것은 쑤닝을 중앙 대륙의 황제로 만드는 계획이었다.

물론 이건 기본적으로 몇 년을 잡고 세운, 아직은 현실성이 없는 계획이었다. 그렇지만 쑤닝과 몇몇 최측근들은 이 계획을 진지하게 실행하려고 하고 있었다.

만약 성공만 한다면 각종 대회나 랭커들 순위와는 전혀 차원이 다른 보상이 나오리라. 그러기 위해서는 일차적으로 길드 동맹 안의 경쟁자들을 없애고, 오스턴 왕국을 통일해야 했다.

지금도 치열하게 저항하고 있는 플레이어들과 군소 길드들, 그리고 그중 가장 미친 듯이 날뛰는 〈최강지존무쌍〉 길드, 그리고 길드 동맹 영지 내에서 아직도 버티고 있는, 갑자기 튀어나온 리치 놈까지……. 하나하나 만만한 상대는 없었기에 길드 동맹은 언제나 강한 플레이어를 환영했다.

지금도 새로 시작하는 수많은 플레이어들이 길드 동맹으로 모이고 있었다. 특히 중국인들에게 길드 동맹은 인기가 좋았다. 아무래도 쑤닝을 포함한 핵심 간부들 덕분이었다.

-내년, 내년 안에 오스턴 왕국 통일을 끝낸다!

-예!

-아, 그리고 앨콧 구출은 어떻게 됐나?

-지금 진행하고 있습니다만…… 그게…….

-이 칠칠찮은 놈은 안 구해줄 수도 없고 사람 여럿 귀찮게 하는군.

쑤닝의 측근인 핵심 간부는 투덜거렸다. 암살자 앨콧! 일단은 길드 동맹에서 유명한, 간판 랭커 중 한 명이었다. 문제는 이놈이 쑤닝에게 그렇게 충성하지도 않는 데다가(애초에 중국인도 아니었다), 최근에는 태현과 같이 돌아다니는 모습을 보여서 여럿을 불쾌하게 만들었다는 것이었다. 끝으로는 혼자 칠칠찮게 이상한 곳으로 끌려가기까지!

그렇지만 안 구해줄 수도 없었다. 다른 일반 길드원과 달리 앨콧은 너무 유명했으니까. 안 구해줬다가는 당장에 말이 나올 것이다. 결국 길드 동맹 간부들은 앨콧을 구하기 위해 구출대를 만들었다.

-경매장에서 지도를 구했습니다만, 워낙 먼 곳에 있어서…… 프리카 대륙에서 남서쪽으로 한참을 가야 나오는 곳입니다. 원거리를 갈 수 있는 배를 구해서 출발 준비 중입니다.

-지도는 확실한 거고?

-예. 믿을 만한 판매자입니다.

-그래. 그놈 빨리 데리고 와. 어휴…….

-그래도 그 유배지에 저희가 처음으로 들어갈 수 있는 기회 아닙니까?

-그렇기야 한데, 그만큼 이익이 나와야지.

새로운 맵 개척! 판온은 아직도 밝혀지지 않은 미개척 지역들이 많았다. 탐험가 직업뿐만 아니라 모든 플레이어들이 미개척 지역을 밝히는 걸 꿈꿨다.

물론 그게 말처럼 쉬운 건 아니었다. 아직까지 개척이 되지 않은 지역들에는 이유가 있었다. 엄청 가기 힘들거나, 가면 바로 죽거나…….

지금 지도에 나온 유배지는 중앙 대륙의 남쪽에 있는 프리카 대륙에서도 남서쪽으로 쭉 가야 나오는 곳이었다. 가서 새로운 지역이 나오더라도, 구출대가 버틸 수준인지는 알 수 없었다. 일단 앨콧만 빼서 데려오려는 게 목표!

그러나 그들이 놓치고 있는 게 한 가지 있었다. 세상에는 가짜 지도도 많다는 것. 파워 워리어 길드원들이 대충대충 만든 가짜 지도! 그 가짜 지도 때문에 생각지도 못한 일들이 일어나게 될 거라고는, 아무도 예상하지 못했다.

[오랫동안 흔들리는 배 위에 있었습니다. 상태 이상 '멀미'에 걸립니다. 모든 능력치가 저하됩니다.]

"으어어억……."

"아니, 미친, 이딴, 거까지, 생생하게 재현할 필요는……."

멀미에 걸린 구출대 플레이어들은 배 위에서 신음했다.

판온에서도 이렇게 오래 항해를 할 일은 별로 없었다.

중앙 대륙 근처의 얕은 바다나 돌아다니면 돌아다녔지, 이렇게 멀리 올 일이 없는 것이다.

"지도 제대로 본 거 맞아?"

"제대로 봤다니까!"

"아, 중급 항해 스킬 말고 고급 항해 스킬 갖고 있는 놈 데리고 올걸."

"그렇게 잘하면 네가 보던가!"

"이놈이 어디서 신경질이야?"

"야. 진정해. 다시 한번 찾아보자."

근처에는 몇 척의 배들이 더 보였다. 길드 동맹 구출대만 있는 게 아니라 다른 구출대도 있었던 것이다.

"쟤네들은 다른 곳으로 가는데? 쟤네가 지도 제대로 본 거 아냐?"

"아, 제대로 봤다고!!"

"알, 알겠어. 그냥 물어본 건데 왜 화를 내."

항해사 역할을 맡은 플레이어는 짜증을 벌컥 냈다. 분명 몇십 번이고 지도를 확인했는데 다른 놈들은 속 편하게 '제대로 본 거 맞아?' 하며 따지는 것이다.

얼마나 어렵게 여기까지 왔는데!

"여기 이 바위 근처를 지나면……."

[숨겨진 해저 왕국, 아란티스의 입구를 발견했습니다!]

[멸망한 고대 왕국 중 하나인 아란티스를 발견했습니다. 중앙 대륙의 탐험가들에게 이 사실을 알려주면 엄청난 반응을 얻을 수 있을 겁니다.]

[명성이 크게 오릅니다!]

[레벨 업 하셨습니다.]

"아, 아, 아, 아란티스? 아란티스가 뭐야?!"

구출대 플레이어들은 갑작스러운 횡재에 기겁했다.

이게 대체 무슨!

"그…… 멸망한 고대 왕국 중 하나 있잖아! 바다 밑에 가라앉은! 나 그거 판온 책에서 봤어!"

"그걸 우리가 찾았다고!? 정말로?!"

구출대 중 한 명은 어찌나 기뻤는지 눈물을 글썽거리고 있었다.

"지, 진정해. 침착하게 들어가자고."

꿀꺽-

모두가 침을 삼켰다. 저 고대 왕국으로 들어가면 대체 뭐가 나올까? 최소한 한 가지 확실한 게 있다면, 가장 먼저 들어가는 그들이 제일 많은 보너스를 받을 거라는 점이었다.

"가자!"

촤악-

"어? 쟤네 뭐 하냐?"

"배가 사라진다?!"

근처를 지나가려던 다른 구출대 파티 하나가 그걸 보고 깜짝 놀랐다. 배가 통째로 바다 밑으로 들어가다니.

"야! 따라가 봐!"

"뭐야? 뭐야??"

너무 흥분한 탓에 비밀을 지킬 생각을 하지 못한 플레이어들. 덕분에 근처에 있던 탐험대들에게 빠르게 소문이 돌기 시작했다. 한번 소문이 퍼지기 시작하면 그 뒤는 순식간이었다. 새로운 해저 왕국이 발견되었다는 소식은 게시판을 뜨겁게 달구었다.

"저기…… 나 구출하려고 온 거 아니었냐? 응?"
"구출할 겁니다!"
"일단 여기 좀 확인만 하고요!"
어떤 랭커의 말은 허무하게 묻혀졌다.

"고대 해저 왕국이 발견됐다고? 대체 어떻게?"
"우리가 판 지도 보고 갔다는데……?"
"??"
"지도 그린 놈 손 들어봐."
손 드는 파워 워리어 길드원들. 그들은 황당하다는 표정이었다.
"너희 대체 뭘 보고 그린 거야?"
"아, 아냐! 그냥 대충 저 멀리 바다 찍어서 그린 거라고."
"근데 발견됐다고?"
"이 자식 운을 왜 그런 곳에다 쓰는 건데!"
파워 워리어 길드원들은 분하다는 듯이 발을 굴렀다.
"우리가 발견했는데 이익은 다른 놈들이 본다니!"
"용서할 수 없다!"
"너희 정말 같은 길드원이긴 한데 뻔뻔하다."
그나마 양심이 남아 있는 길드원 중 한 명이 중얼거렸다. 그러나 다른 사람들은 아랑곳하지 않았다.

"우리도 가자!"

"어떻게? 우리는 배도 없잖아."

"배 살 돈도 없지."

"저번에 방송하고서 개런티로 받은 골드는 어디다 썼어?"

"사기 치려다가 날렸어."

"……."

"아냐, 우리도 배 있어!"

"뭔 배? 설마 어르신 배 말하는 거 아니지?"

속마음을 들킨 길드원이 얼굴을 붉혔다.

"저번에 납치당한 이후로 어르신이 우리를 안 믿기 시작한 것 같아."

"안 믿을 만하지. 최민수는 아예 다가오지도 못하게 하더라. 자폭할까 봐."

납치 사건, 자폭 사건 이후로 커져 버린 불신!

"그렇지만 이렇게 있을 수는 없어! 어떻게든 어르신을 설득해서 허락을 받아내 보자!"

"좋아!"

파워 워리어 길드원들은 유 회장에게 쪼르르 달려갔다.

말을 듣자마자 유 회장은 얼굴을 찡그렸다.

"……너희들하고?"

날카롭게 찌르는 불신의 말! 그러나 파워 워리어 길드원들은 흔들리지 않았다. 그런 말에 다치기에는 그들은 너무 터프했다.

"아, 아니. 이번엔 다를 겁니다!"

"뭐 어떻게 다르다는 거지? 이번에는 해적이 아니라 바다 괴물한테 당해서 침몰할 거라는 건가?"

사실 해적에게 당한 건 파워 워리어 길드원 때문이 아니었다. 갈르두와 바다에서 만났으면 누가 있었어도 당했을 것!

게다가 원인을 따져보면 태현한테까지 올라갔다. 그걸 잘 알고 있음에도 불구하고 유 회장이 파워 워리어 길드원들을 못 믿는 이유는 하나. 그들이 보여준 모습이 너무…… 추했기 때문이었다. 파워 워리어 길드원들도 그걸 잘 알고 있었기에, 다른 방식으로 접근했다.

"이번에는 확실히 다릅니다! 방법도 생각해 왔습니다!"

"어?"

"진짜?"

"무슨 방법?"

같이 온 파워 워리어 길드원들도 놀라서 '어? 우리가 방법도 생각해 왔었어?' 하며 동료 길드원을 쳐다보았다.

유 회장의 눈빛이 더욱 한심한 놈들을 보는 눈빛으로 바뀌었다.

"그건 바로…… 해적들입니다!"

"……!"

"붉은 바다에 있던 해적들! 그 해적들한테 저희를 호위해 달라고 하면 됩니다! 지금 바다를 돌아다니는 플레이어들보다 훨씬 더 항해에 뛰어나고 바다 싸움도 잘하고!"

기막힌 아이디어였다. 대부분의 플레이어들이 항해나 바다 위 싸움에 익숙하지 않은 지금, 우르크 지역의 해적들은 플레이어들보다 훨씬 더 항해 스킬이 높은 NPC였다.

게다가 먼 거리 항해에 유리한 해적선들까지 보유!

이런 NPC의 도움은 어디서 쉽게 구할 수 있는 게 아니었다. 좋은 아이디어였지만 유 회장의 얼굴은 떨떠름했다.

"다 좋은데…… 김태현 그 녀석이 좋다고 했나?"

"어……."

"아뇨……."

"그건 어르신께서 말씀해 주셔야…… 헤헤……."

유 회장은 낚싯대로 한 대 때릴까 하다가 말았다. 일단 의견 자체는 좋은 의견이었으니까. 그렇지만 걱정되는 건 태현이었다. 과연 이 배배 꼬인 놈이 허락해 줄까?

-예? 쓰시죠.

바로 돌아오는 허락! 유 회장은 오히려 수상쩍었다.

-뭘 노리는 거냐……?

-어르신. 어르신이 저한테 골드 주셨을 때 제가 한 소리랑 똑같거든요.

-크흐음!

유 회장은 얼굴을 붉혔다. 생각해 보니 태현과 똑같은 반응을 보였던 것이다. 서로 잘해주면 오히려 의심스러워하는 둘!

-딱히 노리는 건 없고…….

태현이 해적들을 부려먹는 걸 허락하는 이유는 하나였다. 지금 갈르두도 없는데 굳이 영지 근처에 묶어 둘 필요가 없어서였다. 게다가 아탈리 왕국에서 교단들과 이것저것 다퉈야 할 예정인데, 해적들을 영지에 두는 것도 찜찜했고!

'밖에 돌아다니면서 레벨 업이나 해오고 아이템이나 챙겨와라!'

-죽게 하지 말고 레벨 업이나 넉넉히 시켜서 데리고 오시죠. 앞으로 쓸 일 많은 애들이니까.

해적이어도 숫자 적은 태현의 영지에는 요긴이 부려먹을 수 있는 전력이었다. 말뜻을 알아들은 유 회장은 선선히 고개를 끄덕였다.

-오냐. 알겠다. 최대한 잘 챙기도록 하지. 거기 가서 좋은 거 있으면 갖고 오마.

-뭐 기대는 안 합니다만…….

소문난 잔칫집에 먹을 거 없다고, 태현은 고대 왕국 아란티스에 별 관심을 갖지 않고 있었다. 태현 본인이 워낙 밀려 있는 퀘스트들이 많았기도 했지만, 다른 이유도 있었다.

'플레이어들이 너무 많이 몰렸어.'

아란티스가 현재 플레이어 수준에 맞지 않을 정도로 어려운 곳이라면 전멸할 것이고, 아니라면 플레이어들끼리 다투게 될 것이다. 그렇게 되면 아란티스가 아무리 먹을 거 많은 곳이라도 남는 게 별로 없었다.

-잘 갔다 오시죠.

-그래. 파워 워리어 길드원들도 좀 데리고 간다.

-……게네들을요?

유 회장도 여기에는 대답하기가 뭐해서 멋쩍은 헛기침만 했다.

무시무시하게 생긴 어인들과 예쁘장하게 생긴 인어들. 아란티스 왕국을 지배하는 종족들이었다. 처음으로 아란티스 왕국에 들어가게 된 플레이어들은 꿀꺽 침을 삼켰다. 과연 뭐가 그들을 맞이할까?

[처음으로 아란티스 왕국에 입장하셨습니다. 추가 보너스를 받습니다. 아란티스 왕국에서는 <수중 호흡> 축복이 유지됩니

다. 물속에서 숨을 쉴 수 있습니다. 물속에서 움직이는 것 때문에 모든 능력치가 일시적으로 내려……]

〈잊혀진 아란티스 왕국의 왕관-아란티스 왕국의 국왕 퀘스트〉

퀘스트 등급: 전설

바다 밑으로 가라앉은 아란티스 왕국. 아란티스 왕국이 가라앉을 때 그 왕관도 같이 사라졌다고 알려져 있다. 수많은 어인들과 인어들이 왕관의 행방을 찾아 헤맸지만, 그들은 왕관을 찾아내지 못했다.

왕관과 함께 사라진 아란티스 왕국의 왕!

어인들과 인어들은 왕관과 함께 왕국의 왕이 돌아오기를 바라고 있다. 왕국의 왕관을 훔쳐간 적을 찾아내 왕관을 가지고 돌아온다면, 아란티스 왕국의 정당한 왕이 될 수 있을 것이다.

보상: 아란티스 왕국의 국왕.

"이, 이, 이건……."

"진짜 대박이다……!"

심지어 전설 등급의 퀘스트!

보상을 생각해 보면 전설 등급이라는 게 이해가 갔다. 중앙 대륙에서 잘나가는 거대한 왕국의 왕은 아니지만, 그래도 왕은 왕! 아니, 아직 이 해저 왕국에 뭐가 있는지 모르니 더 좋을 수도 있었다.

플레이어들은 흥분에 휩싸였다.

"내가! 내가 먼저 깰 거야!"

"같이 움직여야지! 파티 깨자는 거냐?"

"지금 파티가 문제냐!"

전설 등급 퀘스트가 떴다는 사실은 곧바로 바깥의 플레이어들에게도 퍼졌다. 그러자 이제까지와는 차원이 다른 반응이 터져 나왔다.

-당장 파티 만들어! 절대 다른 놈들한테 넘겨줄 수 없다!

-전설 등급 퀘스트라고? 보상이 국왕?? 무조건 우리가 얻어야 해!

-이건 다른 놈들한테 줄 수 없어!

-김태현은 어디 있냐? 아직 아탈리 왕국에 있다고? 잘됐네. 김태현 놈 아탈리 왕국에서 나오면 바로 말해!

몇몇 길드는 반응이 좀 특이했지만, 대부분은 비슷했다.

-무조건 우리가 차지한다!

이렇게 얻을 수 있는 영지를 그냥 포기할 사람은 얼마 없었다. 순식간에 중앙 대륙의 항구는 플레이어들로 들끓었다.

대부분의 목수 플레이어들이 만들 수 있는 최고의 배인 중급 카락 함선은 순식간에 동이 나버렸고, 몇몇 대형 길드들은 골드를 퍼부어 거대한 갤리온 함선까지 구매했다.

현실 돈으로도 기본이 억대부터 시작하는 함선들!

배를 못 구한 플레이어들도 포기하지 않았다.

소형 캐러벨 함선은 물론이고 작은 돛단배나 낚시배를 끌고 가겠다는 플레이어들도 있었다. 사람들은 멈추지 않았다.

한번 시작한 열기는 멈추지 않고 광기로 번지고 있었다.

"후후. 우리가 가장 유리하다!"

"맞아. 맞아!"

비싼 돈을 주고 산 유 회장의 고오급 함선. 거기에 그 배를 호위하는 해적선들까지. 파워 워리어 길드원들은 자신에 차 있었다. 항해를 떠나고 나서 들은 퀘스트 소식.

그 소식을 들은 그들은 가슴이 벅차올랐다.

파워 워리어의 왕국! 생각만 해도 가슴 뛰는 이름!

'물론 왕은 내가 해야지! 공을 세웠으니 그 정도는 받아야 하지 않겠어?'

'내가 국왕 되면 저놈은 한 3일 정도 감옥에 넣어야지. 흥. 저번에 혼자 퀘스트 깬 복수다.'

'음. 여기는 낚시가 잘 안 되는군.'

욕망으로 활활 타오르는 파워 워리어 길드원들과 달리, 유 회장은 왕위에 별 관심이 없었다. 새로운 왕국 구경이나 하고, 낚시 스킬이나 좀 올리고, 덤으로 좋은 장비도 구할 수 있으면 만족! 현실에서 유성그룹 이끄는 것도 힘들어 죽겠는데 뭔 왕위까지?

'김태현 그 녀석한테 약점 안 잡히려면 뭐라도 좀 챙겨 가야 생색을 낼 수 있을 텐데…… 뭘 챙겨 가지…….'

해외여행 간 사람이 돌아갈 때 '무슨 선물을 사 가지고 가야 하나' 같은 고민!

은근히 정하기 어려워서 유 회장은 걱정이었다. 태현도 최상위권 랭커이니 어지간한 아이템은 눈에 차지도 않을 것 아닌가.

'아주 대단한 걸 낚으면 되지 않을까…… 음…… 뭐가 있나…….'

"야, 너 친구 없지? 어?"

"……."

"네 부하들은 대체 왜 안 데리러 오는데? 설마 아란티스 왕국 간 거냐? 응?"

"닥쳐……."

크로포드와 로이는 사이좋게 유배지 언덕 위에 앉아 있었다. 그들은 멍한 얼굴로 바닷속을 지나가는 물고기들과 몬스터들을 쳐다보았다.

"……뚫고 나가볼까?"

"아서라. 너보다 HP 몇 배인 탱커들도 가서 죽었는데."

원래 크로포드였다면 '가서 뒈지던가'라고 했을 것이다.

그러나 지금은 아니었다. 같은 처지에 처한 둘 사이에서는 기묘한 우정이 싹튼 것! 케인이 봤다면 '저건 김태현 효과로군' 하며 고개를 끄덕였을 것이다.

김태현에게 당한 놈들끼리 친해지는 효과!

"간신히 갈르두 잡은 걸로 다른 랭커들하고 차이를 벌렸는데, 여기 계속 있다가는 따라잡히겠어. 아니, 역전당할지도!"

"그래서 어쩌자고?"

"계속 길을 찾아봐야지!"

"지금 몇 시간째 찾고 있는지 알고 있냐? 지도 없으면 못 나가. 젠장. 이런 개 같은 곳이 있나……."

정말 <영원한 유배지>라는 이름이 괜히 붙은 게 아니었다. 주변에 펼쳐진 무한한 바다!

아무 곳이나 나가도 될 것 같지만 그중 한 곳만 이 유배지의 탈출구였다. 그걸 찾지 못하면 심해에 짓눌려 죽을 뿐.

근처를 돌며 닥치는 대로 몬스터를 사냥하고 길을 찾으려고 했지만 나오는 결과는 없었다. 둘은 우울하게 언덕에 주저앉았다.

"내가 생각해 보니까, 내가 직접 교단 놈들을 상대할 필요가 없더라고."

그럴 힘도 없고, 그럴 필요도 없었다.

"교단들끼리 싸움을 붙이면 되니까!"

"……아키서스가 〈행운의 신〉이 아니라 〈불화의 신〉이었나?"

"사실 저도 좀 의심이 가긴 해요."

-아키서스 신이 사기를 많이 치고 다닌 걸로 유명하긴 했습니다.

흑흑이까지 끼어들어서 설명하고 있었다. 태현은 가볍게 흑흑이의 입을 다물게 하고 말했다.

"시끄럽고. 지금부터 너희들은 표정 관리를 아주 잘하고 있어야 해."

태현의 계획은 간단했다. 가짜 카르바노그의 창을 만들어서, 한 교단을 골라 가져다준다.

그런 다음 다른 교단에 가서 '후…… 제가 약하고 모자라서 ×× 교단에 창을 맡겼습니다. 많이 배우겠습니다'라고 말하는 것이다.

그러면 다른 교단들이 '아, 그러시군요. 문제가 모두 잘 해결됐습니다, 허허'라고 할까?

물론 아닐 것이다. 태현은 교단들끼리 싸울 거라고 믿었다. 안 싸우면? 싸우게 만들어줘야지!

'그러면 이걸 받을 교단은 어디로 할까…….'

고민하던 태현은 결정을 내렸다. 파이토스 교단으로!

이유는 '직접 찾아와서 시비를 걸었기 때문'이었다. 누군가 이유 없이 시비를 건다면 그 이유를 만들어줘라. 태현은 그 이유를 만들어줄 생각이었다.

✤

"아키서스 교단의 교황이자, 아탈리 왕국의 백작 김태현이 왔다!"

"헉!"

"무슨 일로……."

"히익! '그 교황'이다!"

"잠깐 기다려 주십시오."

파이토스 교단 NPC 중 한 명의 반응이 이상했지만, 대체로 고개를 숙이며 겸손한 반응을 보였다. 일단 교단의 교황이니 평범한 사제나 성기사가 건방지게 굴 수는 없는 법!

지나가던 플레이어들은 태현을 보고 깜짝 놀랐다.

"김태현이잖아?!"

"역시 사람이 작위가 있어야…… 우리랑 대하는 태도 자체가 다르네."

"무슨 일로 온 거지?"

"글쎄……."

잠깐 후에, 사제가 안에서 달려 나왔다.

"안으로 들어오십시오. 고위 사제님께서 기다리고 계십니다."

고위 NPC만이 이용할 수 있는 교단 회의실. 화려한 장식, 조각품들과 예술품들로 가득한 곳이었다.

일반 플레이어들은 한 번 들어가 보기를 꿈꾸는 곳!

[<장엄하게 조각된 파이토스 조각상>을 목격했습니다.]

[힘이 영구적으로 1 오릅니다.]

[일시적으로 마법 저항력이……]

'이야. 다른 놈들도 데리고 올걸.'

엄숙한 교단 회의실을 피서지처럼 여기는 태현이었다.

"흥. 무슨 일이냐?"

태현과 해안가에서 한 번 만난 적 있던, 고위 사제 NPC가 나타났다. 그는 태현에게 당한 것 때문인지 표정이 불편해 보였다.

"후고 님. 아키서스 교단의 교황이십니다. 예의를 지켜야……."

"저놈에게 내가 얼마나 당했는데! 우리 교단의 사제들도 저놈에게 끌려가 마계에서 얼마가 고생을 했는지 들었잖나!"

"쉿! 쉿! 다 들리겠습니다. 후고 님!"

고위 사제, 후고는 다른 사제들과 성기사들이 말리고 나서야 진정하고 태현 앞에 앉았다. 원래라면 좀 더 괴롭혀줬을 테지만, 태현은 가만히 있었다. 원하는 게 있었으니까!

"죄송합니다. 후고 님."

"저거 봐! 저거 봐! 어디 여기까지 와서 나한테 한다는 소리가 감히 '죄송합니다' ……응? 죄송하다고? 욕이 아니라?"

다른 사제들이 후고를 약간 정신 나간 사람 보듯이 쳐다보자, 후고는 헛기침을 하며 말을 돌렸다.

"크흐흠! 사, 사과를 하러 오다니. 물론 그래야 하지. 그래야 하고말고. 아주 잘 생각했어. 물론 그래야지!"

"그렇습니다. 사제님. 제가 곰곰이 생각해 봤는데…… 제가 틀렸던 것 같군요."

"……!"

"부족함이 많은 제가 감히 아키서스 님의 선택을 받아 교단을 부활시켰지만, 교단은 아직 역사가 짧고 저는 아직 모자람이 많은 사람입니다. 카르바노그의 성물 같은 귀한 아이템을 책임질 능력이 되지 않는 것 같습니다."

"그렇지!"

후고는 무릎을 치며 외쳤다. 저 아키서스 교단의 교황 놈이 그래도 아직 희망이 있구나!

"그래서 결정했습니다. 이 성물을 가장 재수 없는…… 아니, 믿을 만한 교단에 바치자고!"

"……!!"

후고는 눈을 크게 떴다. 생각지도 못한 떡이 이렇게 굴러오다니. 옳다구나 하려던 후고는 잠시 멈칫했다.

"잠깐…… 그사이에 무슨 일이 있었길래?"

그렇게 빳빳하고 사악하던 태현이 왜 갑자기 저런단 말인가? 후고는 살짝 의심이 되어 물었다.

"제 나름대로 고민과 반성의 시간을 가졌습니다. 그랬더니 꿈속에서 아키서스 님께서 나오셔서 직접 지시를 내려주시더군요."

"그런…… 그런 거라면 할 수 없지."

[최고급 화술 스킬을……]

[후고가 완전히 속아 넘어갑니다!]

[신성이 오릅니다!]

'신성은 왜?'

설마 후고도 태현이 자기가 믿는 신 이름을 걸고 거짓말을 할 거라고 생각은 하지 않았는지, 완벽하게 넘어갔다.

최고급 화술 스킬도 스킬이지만 태현이 건 것이 너무 어마어마했던 것이다.

"후고 님. 아무래도 수상하지 않습니까? 아키서스 교단의 교황이 우리에게 친절하게 굴 이유가 없는 것 같습니다만."

"맞습니다. 게다가 상대는 '그 교황' 아닙니까? 저희 교단의 사제들이 아직도……."

"에에이! 시끄럽다. 봐라. 저자는 아키서스의 이름을 걸고 말했다. 그런데 설마 거짓말을 하겠느냐?"

"그건 그렇지만……."

"확실히……."

의심하던 다른 NPC들도 태현이 아키서스의 이름을 걸자 더 이상 반박하지 못했다. 그걸 본 태현은 생각했다.

'이거 괜찮은데?'

앞으로 교단 놈들 상대할 때 불리하다 싶으면 '아키서스의 이름에 걸고!'라고 해도 될 것 같았다.

이걸로도 안 되면 카르바노그나 사디크의 이름도 걸고!

'아차. 지금 이럴 때가 아니지.'

태현은 재빨리 고개를 흔들었다. 지금 시간이 없었다. 최대한 빨리 후고한테 아이템을 주고 나가야 했다.

"그래서 갖고 왔습니다."

탁-

태현이 <잘 다듬어진 고급 나무 보관함>을 열자, 안에서 휘황찬란한 광채가 뿜어져 나왔다.

"이것이 바로 <카르바노그의 창>입니다!"

"오옷!"

"오오오오!"

방 안에 터져 나오는 함성!

"역시 신의 성물답게 아름답군!"

"호화롭게 장식된 것이 마치 신의 힘을 드러내는 것처럼 느껴지는……."

[카르바노그가 웃음을 참지 못합니다.]

태현이 가짜로 만들면서, 좀 더 그럴듯하게 보이기 위해 이것저것 장식을 붙인 탓에 <카르바노그의 창>은 원래보다 더 호화로운 모습으로 바뀌어 있었다.

"흠흠. 제가 한마디 드려도 되겠습니까?"

“……?”

“이 <카르바노그의 창>은 성물이다 보니 강력한 힘을 갖고 있습니다. 보관함을 열어두고 가까이 접하다 보면 사람이 크게 영향을 받는 거지요.”

“……!”

“사실 제가 여러분들에게 무례한 짓들을 했던 것도 이 창 때문…….”

“그런 말도 안 되는! 카르바노그는 악신이 아닐 텐데?”

“그렇지만 선신도 아니지 않습니까?”

태현은 당당하게 말했다. 다른 건 몰라도 한 가지는 확신했다. 카르바노그는 절대 선신이 아니야!

“으음…….”

“그렇긴 하지…….”

“기록에도 피해를 끼친 적이 더 많았고…….”

“이번 토끼 난리도 그 카르바노그 탓이었지.”

모두 납득하는 분위기!

[카르바노그가 항의합니다.]

후고 사제가 고개를 끄덕이며 말했다.

“확실히 그래. 이번의 그 대륙을 휩쓴 난리도 카르바노그의 힘 때문이었지. 약한 신이라고 해도 대륙에 남아 있는 신의 힘은 위험해! 내버려 두면 무슨 짓을 할지 모른단 말이야.”

"거럼요. 거럼요."

태현은 간사하게 동의했다.

"그래서 우리 같이 책임감 있는 교단이 관리를 해야 한다고 생각하는데…… 자네가 드디어 눈을 뜨고 올바른 길로 걸어간다니 기쁘군!"

"저도 기쁩니다. 창을 손에서 놔서 그런지 기분이 밝아지고 마음이 선량해지는 기분까지……."

착착착-

성기사들이 재빨리 보관함을 닫고 쇠사슬까지 칭칭 감기 시작했다. 태현은 속으로 쾌재를 불렀다.

'다 됐군.'

"그러면 전 이만 가보겠습니다. 아, 그런데 혹시……."

"……?"

"이렇게 열심히 공헌했는데 공적치 포인트는 안 주나요?"

"……물론 줘야겠지."

교단 공적치 포인트는 많이 쌓아야 이득이다! ……가 정석이었지만, 태현은 파이토스 교단의 공적치를 많이 쌓아둘 수가 없었다. 이 사기가 들키는 순간 공적치 포인트는 삭제되고 [파이토스 교단이 당신을 정말 정말 싫어합니다] 메시지창이 뜰 테니까! 그전에 미리 써서 받아가야 했다. 파이토스 교단이 아무리 싫어해도 받아간 걸 어쩌겠는가?

[현재 공적치 포인트: 18,213]

저번 마계에서 파이토스 교단 사제들을 데려다주고 강제로 뜯어낸…… 아니, 받아낸 공적치 포인트와 이번에 카르바노그의 창을 가져다 바치고 얻어낸 포인트!

카르바노그의 창이 특히 컸다. 공적치 포인트 15,000을 그대로 받았으니……. 보통 플레이어라면 퀘스트 몇십 개를 해야 모을 수 있는 포인트였다.

'뭐를 받아가야 가장 저놈들이 억울해할까?'

태현은 시간제한이 걸린 듯한 기분으로 신전 안을 돌아다니며 이것저것 확인하기 시작했다.

기관총처럼 쏟아지는 질문에 사제 NPC들이 당황할 정도!

태현이 하도 질문을 해대자 옆에 있던 플레이어들이 다가왔다.

"저기, 초보자인 것 같은데 도와줄까?"

"앗. 그래 주시면 좋죠. 공적치 포인트를 얻었는데 보상으로 뭘 받을지 고민하고 있었거든요."

"그래. 그래. 좋을 때지."

"나도 저랬는데."

파이토스 교단 성기사 플레이어들은 태현을 보며 흐뭇하게 웃었다. 자기들이 지나왔던 길을 걷는 초보자들을 보는 건 흐뭇한 일이었다.

공적치 포인트 100, 200에 떨 듯이 기뻐했던 초보자 때!

"그렇지만 지금은 아껴두는 게 좋아. 얼마 쌓였지? 어차피 천도 안 됐을 텐데……."

"만팔천 정도 쌓였는데요."

"……응?"

"만팔천 정도 쌓였다고요."

"거, 거짓말하지 마. 그게 어떻게 그래."

슬슬 귀찮아진 태현은 평소 태도로 돌아왔다.

"진짠데?"

"말도 안 되는 소리 하지 말라니까!"

플레이어는 울컥해서 외쳤다. 도와주려고 했더니 어디서 저런 말도 안 되는 거짓말을!

"야! 만팔천 쌓으려면 시작하고 파이토스 교단 퀘스트만 계속해도 간신히 쌓겠다. 그리고 그런 놈은 다 얼굴 알아! 파이토스 교단 랭커들은……."

태현은 친절하게 창까지 띄워서 앞에 흔들어주었다.

말하던 플레이어들의 얼굴이 납빛으로 변했다.

"추천 좀 해달라니까."

"이, 이건 버그…… 버그가 분명……."

"쯧. 됐다. 그냥 내가 고른다."

별로 도움이 될 것 같지 않아 태현은 둘에게서 멀어졌다. 둘은 혼이 빠진 얼굴로 중얼거렸다.

'말도 안 돼……'

"잠깐, 저게 그거 아냐?! 이번에 교단 훈련장 깬 놈?!"

그들은 깨달았다는 표정으로 서로를 쳐다보았다.

4단계나 5단계는 아직 그들이 깨본 적 없어서 몰랐지만, 보상으로 공적치 포인트가 어마어마하게 나와도 이상할 게 없었다. 그만큼 어려웠으니까!

'사실 1, 2, 3단계가 주는 것 없이 그렇게 어려운 건 그 뒷단계 보상이 어마어마해서 아닐까?' 같은 이야기들은 종종 나왔었지만, 곧 시들해져서 사라졌다. 왜냐하면 4, 5단계를 확인할 사람이 없었으니까!

"그렇지?! 안 그러면 공적치 포인트를 저렇게 쌓은 놈이 있을 리가 없잖아!"

"그럴듯한데?!"

무슨 소문이 퍼지고 있는지도 모르는 채, 태현은 스킬을 보는 데 열중했다. 파이토스 교단의 아티팩트들도 상당히 좋은 게 많았지만, 아무래도 구할 기회가 적은 스킬이 더 필요했던 것이다.

"여기는 들어갈 수 없습니다."

성기사 한 명이 문을 열고 넘어가려는 태현을 막아섰다.

들어가지 못하게 하면 더 궁금한 게 사람 마음!

"왜 못 들어가는 겁니까?"

"여기부터는 훌륭한 공적을 세운 교단의 전사만이 들어갈 수 있는 곳입니다."

'이런.'

태현은 아쉬워했다. 들어가 보고 싶었는데 이렇게 나오면 답이 없었다.

"뛰어난 공적을 세워서 교단의 허락을 받거나, 걸맞은 칭호를 가지고 있어야……."

'응?'

태현은 칭호를 확인했다. 3단계 훈련장을 깨고 받은 〈파이토스의 뛰어난 전사〉, 4단계를 깨고 받은 〈파이토스의 매우 뛰어난 전사〉…….

"이걸로는 안 됩니까?"

"아니! 파이토스 님에게 인정받은 전사셨군요. 들어오셔도 좋습니다!"

태현은 이래도 되나 싶었지만 일단 안으로 들어갔다.

'스킬 다 받은 다음에는 진짜 파이토스 교단이 있는 곳에는 발도 대지 말아야겠군…….'

이 정도면 한 100년은 원한이 갈 것 같았다.

[파이토스 교단 전사의 성소에 입장하셨습니다. 공적치 포인트를 사용해 무작위 스킬을 받을 수 있습니다.]

'……? 여기도 랜덤이야?'

하이 리스크 하이 리턴. 전체적으로 좋은 스킬이 나오는 대신, 랜덤이라 꽝이 뽑힐 수도 있는 시스템.

이런 시스템이 드문 건 아니었지만, 하도 랜덤만 만난 태현은 랜덤에 질려 있었다.

'좀 그냥 고르게 해주면 안 되냐?'

직업도 랜덤, 스킬도 랜덤, 스탯 배분도 랜덤, 영지에도 랜덤 좋아하는 놈들만 가득…….

태현은 투덜거리면서도 결정을 내렸다. 여기서 시간을 오래 쓸 수는 없었다. 괜한 시간낭비하지 말자!

[공적치 포인트를 전부 사용합니다. 무작위 스킬을 받습니다. <파이토스의 일격> 스킬을 얻었습니다.]

'이건 무슨 스킬이지?'

<파이토스의 일격>

가장 마지막에 공격한 힘을 그대로 무기에 불러내, 상대를 공격합니다.

-현재 스킬을 사용하기 위한 조건, 신성력 5,000 이상을 만족했습니다.

-현재 스킬을 사용하기 위한 조건, 명성 5,000 이상을 만족했습니다.

-현재 스킬을…….

-현재 스킬을 사용할 수 없습니다. 스킬을 사용하기 위해서는 <파이토스 교단의 훈련장 5단계>를 클리어해야 합니다.

태현은 놀랐다. 스킬이 너무…… 정상적이고 좋았기 때문이었다.

'그래. 원래 이게 정상이지!'

이상한 교단하고만 어울리다 보니, 이런 좋은 스킬이 너무 어색했다. 교단의 신성 스킬은 원래 좋은 게 정상!

〈파이토스의 일격〉은 가장 마지막에 넣은 대미지를 그대로 유지시켜서 한 번 더 딜을 넣게 해주는 무시무시한 스킬이었다. 폭딜을 꽂아 넣어야 하는 직업들이라면 눈에 불을 켜고 원할 스킬!

'이런 스킬이 왜 이제까지 안 알려졌지? 본 기억이 없는데?'

태현은 고개를 갸웃거렸다. 태현은 이 스킬의 가치를 금세 알아차렸다. 이렇게 무난하게 좋은 스킬이라면 공략 게시판에 '딜러라면 파이토스 교단 들어가서 〈파이토스의 일격〉부터 얻어라'라는 말이 나올 것이다.

그런데 왜 이제까지 아무 말도 없었지?

'얻는 조건이 까다로운가? 하긴, 나도 아직 못 쓰는 거 같고……'

〈파이토스 교단의 훈련장 5단계〉까지 클리어해야 스킬을 사용할 수 있다는 건 커다란 단점이었다. 태현이 보기에도 거기를 깰 수 있는 사람은 많지 않았으니까. 아니, 그것도 좋게 봐준 거였고 실제로는 한두 명 더 있을까 말까였다.

'어쨌든 좋은 걸 건져서 다행이군.'

태현은 기분 좋게 파이토스 교단을 걸어 나왔다.

솔직히 좀 불안했었는데 이 정도면 대만족! 나중에 5단계만 클리어하면 이 좋은 스킬을 그냥 쓸 수 있는 것이다.

[파이토스 교단의 <파이토스의 일격>의 전승자가 정해졌습니다. 예약이 사라집니다. 다른 스킬을 예약하려면 교단으로 가야 합니다.]

"안 돼에에에에에에에에-!"

바닥을 치며 절규하는 앨콧! 물론 반쯤 포기한 상태였지만, 아끼고 아껴서 침 발라뒀던 〈파이토스의 일격〉을 누군가 가져갔다는 건 충격이 컸다. 자기가 포기한 거랑 별개로 다른 놈이 가져간 건 분한 것!

'대체 어떤 놈이……! 검투사 마이크? 야만전사 맥필?'

앨콧은 길드 동맹의 다른 랭커들을 의심했다. 자기가 〈파이토스의 일격〉을 찾고 있다는 걸 가장 잘 아는 건 길드 동맹의 랭커들일 테니까.

그 모습을 크로포드와 로이는 심드렁하게 쳐다보았다.

"저거 왜 저래?"

"죽여! 여기 다가오지 못하게 해!"

"이 개자식들이! 이러고 무사할 줄 아냐!"

"어쩌라고! 죽어봤자 부활하면 중앙 대륙일걸?! 여기까지 오려면 한 일주일은 다시 걸릴 거다! 하나도 안 무서워!"

쾅! 콰쾅! 퍼퍼펑! 퍼펑!

요란한 소리와 함께, 바다 위에서는 치열한 전투들이 벌어지고 있었다. 욕심에 눈이 먼 플레이어들은 만만한 상대만 보이면 일단 배를 붙이고 싸움을 걸었다. 화살이 날아다니고 위력 좋은 마법 스킬이 배 옆구리에 작렬했다.

그리고 그런 난장판 가운데를, 유 회장과 파워 워리어 함대가 유유히 지나갔다.

"하하. 욕심에 눈이 먼 녀석들 같으니."

"맞아. 우리처럼 서로 존중하고 배려할 줄 알면 싸움 같은 건 일어나지 않을 텐데 말이야. 그렇지?"

파워 워리어 길드원들은 흐뭇하게 주변을 둘러보았다.

붉은 바다 해적선들이 옆에 빠르게 따라오고 있는 상황! 그런 상황에서 그들에게 시비를 걸 정도로 간 큰 플레이어들은 없었다. 잘못하다가는 함선째로 가라앉을 수 있다.

"저거 배 가라앉았다!"

"저런! 가서 줍자!"

첨벙! 첨벙!

파워 워리어 길드원들은 겁 없이 바다에 뛰어들어서 헤엄쳐 갔다. 배가 부서지면 거기서 나오는 아이템들은 줍는 게 임자!

유 회장은 고개를 절레절레 저었다.

'이놈들이랑 같이 오는 게 과연 옳은 선택이었을까?'

미지의 곳에서 낚시를 하고 싶어서 오긴 왔는데, 왜 이렇게 불안하단 말인가?

핑-

그 순간 손끝에서 느껴지는 묵직한 손맛!

"오!"

유 회장은 기뻐하면서 낚싯대를 잽싸게 추켜올렸다.

[상당히 무거운 게 걸렸습니다! 낚시 스킬이 오릅니다.]

[버텨내지 못할 경우 낚싯줄이 끊어질 수 있습니다!]

"허허. 그래봤자 달라질 건 없다!"

유 회장은 힘을 올려주는 요리 몇 개를 재빨리 꺼내 먹으면서 낚싯대를 당겼다. 각종 힘을 올려주는 팔찌와 팔 보호구, 거기에 추가 버프까지.

"크윽……. 대체 뭐가 걸렸길래……. 오냐, 어디 한번 해보자꾸나!"

상대가 더 팽팽하게 발악할수록 낚시꾼은 즐거워졌다. 유 회장은 한 손으로 낚싯대를 고정하고 스킬을 사용했다.

-상급 낚싯줄 포박! 먹잇감 눈 가리기! 마비 미끼!

"으아아악!"

수면 밑에서 들려오는 비명! 아무리 봐도 물고기의 소리는 아니었다. 유 회장은 황급히 자리에서 일어나서 밑을 내려다보았다. 낚싯줄에 파워 워리어 길드원들이 매달려 있었다.

"헤헤, 어르신……."

획-

유 회장은 심드렁한 얼굴로 낚싯줄을 끊고 먹잇감들을 바다에 풀어주려고 했다. 그러자 길드원들이 기겁해서 외쳤다.

"어르신! 어르신! 그러지 마십쇼!"

"저희가 잘못했습니다!"

"낚싯줄 잘라서 버릴 거면 저희 주세요! 그거 몇십만 원짜리 잖습니까!"

그러거나 말거나 유 회장은 다른 낚싯대를 꺼냈다. 옆에 있던 파워 워리어 길드원은 그 낚싯대를 알아보고 경악했다.

"저, 저, 저건 <늙은 어부의 마지막 낚싯대>……! 경매장에서 삼천만 원에 팔리지 않았나?!"

"낚싯대를 대체 몇 개나 들고 다니시는 거야!?"

보면 볼수록 기가 막히는 유 회장의 재력! 보통 사람은 하나 쓰는 주 무기를 몇 개씩이나 갖고 다니며 팍팍 사용했다.

그러는 사이 배 밑에서 길드원들의 목소리가 들려왔다.

"어르신! 저희가 낚시를 방해했다고 생각하시겠지만 사정을 들으면 이해해 주실 겁니다!"

"……."

"어르신! 들어주십쇼!"

"……듣고 있다. 그래. 말해봐라."

유 회장은 떨떠름한 목소리로 말했다. 그의 회사 사원들이 그리웠다. 그 친구들은 적어도 저렇게 이상하지는 않았는데…….

"저희는 저기 침몰한 배에서 아이템을 챙기려 했습니다."

"그래. 알고 있다."

그렇게 외치면서 바다에 뛰어들었는데 당연히 들리지!

[계속해서 헤엄을 쳤습니다. 지구력이 오릅니다. 무거운 걸 짊어지고 계속 헤엄을 칠 경우 체력이 감소할 수 있습니다. 수영 스킬이 오릅니다.]

"헉, 헉헉……. 야. 여기까지만 해도 되지 않을까?"

"안 돼! 참아!"

"이런 기회가 얼마나 있겠어! 이럴 때 챙겨야 해!"

"하지만……. 너무 무겁고…… 힘들다고……."

가상현실인데도 팔다리가 무거운 느낌은 달라지지 않았다.

등에 잔뜩 짐을 짊어진 파워 워리어 길드원들!

그들은 배 잔해 근처에서 잔뜩 아이템들을 챙겨 모았다.

"견뎌! 견뎌야 해!"

'저 열정을 레벨 업 할 때나 쓰지…….'

레벨 업만 빼고 뭐든지 열심히 하는 파워 워리어 길드원들! 그러는 도중, 배 잔해에서 목소리가 들려왔다.

"너, 너희 뭐야?"

원래 배에 타고 있던 플레이어들! 그들은 파워 워리어 길드원들을 발견하고 깜짝 놀란 표정을 지었다.

"너희들 뭐 하는 놈들인데 여기 와서……. 그, 그거 우리 배에 실려 있던 거 아니야?"

"이 자식들……!"

안 그래도 배가 박살 났는데 와서 짐 챙겨 가는 놈들이 곱게 보일 리 없었다. 그들은 부서진 나무판자 위에서 파워 워리어 길드원들을 조준하기 시작했다.

"잠깐!"

"……?"

"우리는 너희와 협상하려고 온 거다!"

파워 워리어 길드원, 최민수는 기지를 발휘했다.

"협상?"

"도둑질이 아니라?"

생각지도 못한 말에 플레이어들은 당황했다. 뭔 협상?

그리고 당황한 건 길드원들도 마찬가지였다.

"뭔 협상이요?"

"아이템 다 줄 테니까 목숨 살려달라는 협상인가요?"

"시끄러워. 이것들아. 조용히 해."

최민수는 길드원들의 입을 다물게 하고 외쳤다.

"너희들은 지금 배가 없어서 곤란하겠지! 이대로 가면 여기서 익사할 테니까. 가까운 섬은 헤엄쳐가도 며칠은 걸릴 테고, 다른 놈들은 다 자기 할 일 바쁜 놈들이라 경쟁자들을 배에 태워줄 리 없을 거고. 그래서 우리가 왔다! 골드를 주면 우리가 배에 태워주지!"

플레이어들도, 길드원들도 놀란 발상!

플레이어들은 수상하다는 듯이 쳐다보았다.

"너희들도 여기 보물을 노리고 온 걸 텐데? 그런데 경쟁자인 우리를 골드만 받고 배에 태워준다고?"

"흥. 우리는 그런 허황된 보물에 관심이 없어! 우리가 원하는 건 지금 당장의 골드다!"

짝, 짝짝, 짝짝짝-

최민수의 말에 다른 길드원들은 무심코 박수를 치기 시작했다. 파워 워리어 길드원의 모범!

그렇지만 플레이어들은 여전히 수상쩍다는 표정이었다. 그들은 길드원들의 정체를 물어왔다.

"……너희가 누군데?"

"파워 워리어 길드다!"

"아, 그러면 믿을 만하지."

"그러네. 그 <파워 워리어> 길드잖아."

"<파워 워리어> 길드라면 여기 참가해서 싸울 수준도 아니니까."

순식간에 믿어주는 플레이어들! 기분이 나쁠 법도 했지만 파워 워리어 길드원들은 신경 쓰지 않았다. 그보다 골드가 우선!

사정을 들은 유 회장은 기가 막힌다는 표정을 지었다.

'저놈들은 어디 가서 굶어 죽지는 않겠구나!'

북쪽의 극지 프로즈란드로 가서 수제 제작 냉장고를 팔아 먹을 놈들!

"해적선 많이 남으니까 거기에 태우면 안 될까요? 골드는 6:4, 아니, 7:3…… 8:2?"

"됐다. 올라오기나 해라."

유 회장은 혀를 차며 허락했다. 그 말에 매달려 있던 길드원들은 환호했다.

"와! 어르신 최고!"

"역시 어르신밖에 없어요!"

"올라오기나 하라니까."

"저, 어르신. 사실 저희가 지금 너무 많이 짐을 들어서 배를 기어 올라갈 수가 없는데……. 낚싯줄 좀 당겨주시면……."

파워 워리어 길드는 해저 왕국이 아닌 다른 돈벌이를 발견했다. 부서진 배에 타고 있던 플레이어들을 협박…… 아니, 설득해서 구출해 주는 것!

"자! 자! 지금 받지 않으면 다시는 오지 않는 기회! 5명 모두 해서 싸게 모십니다! 20% 할인!"

"……낼, 낼게요!"

아쉬운 처지에 있는 플레이어들은 당연히 제안을 받아들였다. 골드를 좀 낸다지만 사망 페널티에 비교하면 엄청나게 싸게 먹히는 수준!

파워 워리어 길드원들의 얼굴에는 웃음꽃이 활짝 피었다.

"여기 너무 좋다!"

"계속 싸웠으면 좋겠다. 헤헤."

중앙 대륙과는 비교가 되지 않는 수입! 싸울 때까지 기다렸다가 근처에 가서 아이템 건지고 플레이어 건지고 골드까지 꿀꺽!

대륙에 있는 다른 길드원들은 배가 아파 죽으려고 하고 있었다.

"그런데 너희……."

"예?"

유 회장이 그들을 부르자 길드원들은 고래를 돌렸다.

"이렇게 많이 모아도 되는 거냐?"

"뭐가 말입니까?"

"아니다, 됐다."

유 회장은 됐다는 듯이 고개를 돌리고 다시 낚시에 열중했다. 파워 워리어 길드원들이 신난 것처럼, 유 회장도 여기서 재미를 쏠쏠하게 보고 있었던 것이다.

[새로운 물고기를 발견했습니다!]

[낚시꾼으로서의 이름이 알려집니다.]

[물고기의 이름을 지어줄 수 있습니다.]

'크흐!'

낚시꾼의 로망! 가끔가다가 파워 워리어 길드원들이 바늘에 걸리긴 했지만 못 보던 물고기들이 걸리는 게 정말 좋았다.

[낚시 스킬이 오릅니다. <중급 낚시 스킬>이 <고급 낚시 스킬>로 변합니다.]

안 그래도 탄탄한 장비에 고급 낚시 스킬들까지 더해지자, 유 회장은 거리낄 게 없었다.

[어마어마한 양의 물고기를 낚았습니다!]

[칭호: 아란티스 왕국 물고기들의 학살자를 얻었습니다.]

유 회장은 눈을 깜박거렸다. 이게 무슨 기분 나쁜 칭호?

효과는 분명 좋은 칭호인데…….

'음. 낚시나 계속해야지.'

유 회장이야 유유자적하고 있었지만, 아란티스 왕국 내에서는 치열한 혈전이 계속되고 있었다. 바다 위에서도 싸웠는데 배를 타고 안으로 들어왔다고 싸우지 않을 이유가 없는 것이다. 게다가 아란티스 왕국은 중앙 대륙의 왕국과 다른 점이 한 가지 있었다.

"경비병님! 도와주세요! 저놈들이 절 공격해요!"

"야! 치사하게!"

싸우다가 밀린 플레이어가 도망쳐서 어인 전사에게 도움을 요청하자, 쫓고 있던 플레이어들이 욕했다.

치사하게 싸우다가 밀리니까 NPC를 부르다니!

보통 왕국 NPC들은 왕국 내에서 싸우는 걸 막았다. 반항할 경우 공격당하거나 감옥에 갇히거나 쫓겨날 수 있었다.

그렇지만…….

"힘내라!"

"??"

"힘내라, 인간!"

[아란티스 왕국 안에서는 플레이어들끼리 싸워도 페널티를 입지 않습니다. 푸른 꼬리 부족 어인 전사가 당신을 응원합니다.]

콰콰콰쾅!

아란티스 왕국은 점점 무법지대가 되어가고 있었다. 플레이어들은 각자 타고 온 배를 기지 삼아서 싸우기 시작했다.

일단 왕국 안에만 들어오면 죽어도 왕국 안에서 리스폰할 수 있었던 것이다. 왕관을 찾아서 아란티스 왕국의 새로운 왕이 되겠다고 찾아왔지만, 플레이어 중 일부는 점점 그 목적을 잊고 싸우는 데에 열중하기 시작했다.

일단 살고 보자! 아니, 적을 이기고 보자!

"나는 왕관을 찾으러 가는 거예요!"

"시끄럽다! 죽어라!"

"으아아아! 여기 진짜 미쳤어!"

탐험가 플레이어 한 명은 파티 전체가 그를 쫓아오자 기겁해서 밖으로 도망쳤다. 아란티스 왕국에서 떠나면 바다 위로 올라가게 되어 있었다.

첨벙!

"앗. 사람이다."

"한 명인데? 배도 없어 보이고. 그냥 잠깐 나온 거 아닐까?"

파워 워리어 길드원들은 탐험가 플레이어를 보고 고개를 갸웃거렸다. 그냥 심심해서 수영 좀 하러 나온 걸까?

그런 의문을 플레이어는 깔끔하게 날려주었다.

"살려줘요!"

"앗! 고객님이시다!"

"밧줄 갖고 와!"

후다닥 움직이는 파워 워리어 길드원들! 재빨리 밧줄을 던진 길드원들은 손바닥을 비비며 기대 어린 눈빛을 보냈다.

과연 얼마나 나올까?

첨벙, 첨벙, 첨벙!

"……!"

"어딜 도망가!"

"크흐흐…… 피를 내놔라!"

탐험가를 쫓아온 파티원들! 한번 싸운 이상 끝을 봐야 했다. 그들의 이름이 시뻘겋게 빛나는 걸 본 파워 워리어 길드원들은 기겁했다.

"어우, 뭐야. 저것들. PVP를 얼마나 했길래 저래?"

"완전 연쇄살인마네, 연쇄살인마. 사이코패스일지도 몰라."

"눈빛 봐 눈빛. 저게 사람의 눈빛이야?"

파워 워리어 길드원들이 떠드는 소리는 쫓아온 파티원에게도 그대로 들렸다. 그들은 사납게 외쳤다.

"내놔!"

"뭘? 골드를? 헉. 절대 못 줘!"

"……골드 말고! 지금 올라간 그놈!"

배 위로 올라간 탐험가 플레이어는 기겁해서 고개를 흔들었다. 내려가면 바로 사망할 게 분명했던 것이다.

길드원들은 궁금해져서 물었다.

"뭔 짓을 했길래 저렇게 쫓아오는 거지?"

"아니, 그냥 마을 돌아다니면서 정보 모으고, 혹시 왕관 관련해서 정보 얻은 거 있냐고 물었을 뿐인데……."

탐험가 플레이어는 정말 억울했다. 그는 PVP에 관심 없이 정말 퀘스트를 깨기 위해 왔던 것이다.

파워 워리어 길드원들은 고개를 끄덕이며 말했다.

"저놈들이 아주 나쁜 놈들이네."

"맞아! 선량한 일반인을 공격하다니! 너희 그러면 못 써!"

"……죽고 싶냐?!"

어디서 레벨 100도 안 되는 것 같은 플레이어들이 배 위에서 약을 올리자 파티원들은 분노했다.

"당장 안 내놓으면 너희도 공격한다!"

"해봐! 인마! 우리가 누군지 알아?"

"너희가 누군데?"

"<파워 워리어>다!"

"<파워 워리어>면……. 별거 아닌 놈들만 모인 길드잖아?"

날카롭게 가슴에 박히는 말! 파워 워리어 길드원들은 반박할 수가 없었다.

"크윽!"

"반박할 수가 없어……!"

"치사하게 사실만 가지고 말하다니……. 그렇지만 우리는 다른 게 있지!"

척척척-

갑자기 갑판 위에서 고개를 내미는 해적 전사들과 구출된 플레이어들! 그들은 빤히 파티원들을 내려다보았다. 수십 명이 넘는 숫자에 파티원들은 기가 죽었다.

떼거리로 다닌다고 듣긴 했는데 진짜 떼거리로 다니잖아!?

"다시 말해봐!"

"아…… 아니. 그놈은 그냥 가져. 우리는 갈 테니까."

바로 분노 조절이 된 파티원들은 다시 왕국으로 들어가려고 했다. 그러나 길드원들은 보내줄 생각이 없었다.

"내놔!"

아까 파티원들이 했던 소리를 그대로 돌려주는 그들!

"뭐…… 뭐를?"

"골드!"

그런 일이 벌어지는 동안, 유 회장은 여전히 낚시에 집중했다.

"저쪽은 언제나 시끄럽군. 좀 조용히……. 응?"

[<아란티스 왕이 키우던 애완 물고기>를 낚았습니다.]

[아름답고 똑똑한 이 물고기는 대륙의 모든 왕실에서 갖고 싶어 할 것입니다. 살려서 가져갈 경우 높은 보상을……]

번쩍번쩍!

황금빛으로 빛나는 물고기는 딱 봐도 비싸 보였다. 그러나 유 회장은 1초도 고민하지 않고 주머니칼로 물고기의 숨통을 끊었다.

푹푹!

'해체 스킬 올려야지.'

보상이고 뭐고 돈 많은 유 회장에게는 필요 없었다. 해체 스킬을 올려서 더 쾌적한 사냥을 하겠다는 마음뿐!

[<아란티스 왕이 키우던 애완 물고기>를 해체했습니다.]

[해체 스킬이 크게 오릅니다!]

[명성이 크게 오릅니다!]

[가차 없는 손속으로 칭호: 냉정한 낚시꾼을 얻습니다.]

[<아란티스 왕이 키우던 애완 물고기의 살점>을 얻었습니다.]
[<아란티스 왕이 키우던 애완 물고기의 아가미>를…….]
[<아란티스 왕이 숨겨놓은 편지>를 얻었습니다.]

"음?"
유 회장은 꼬깃꼬깃한 편지를 펴서 읽었다.

[이제 다 틀렸다! 놈은 바다 여신의 힘을 빌려 이 왕국으로 공격해 오고 있다. 얼마 버티지 못할 것이다. 그렇지만 놈에게 이 왕관을 넘겨줄 수는 없다! <아란티스 왕국의 왕관>은 절대 해적 놈 따위에게는 줄 수 없으니 말이다! 먼 훗날 이 편지를 발견한다면 <아란티스 왕국의 왕관>을 찾아 왕국의 원수를 갚아다오.]

〈잊혀진 아란티스 왕국의 왕관-아란티스 왕국의 국왕 퀘스트〉
사라진 왕관의 위치는 국왕이 키우던 애완 물고기의 뱃속에 들어 있었다. 해적왕에게 습격당해 가라앉은 아란티스 왕국의 원한을 풀기 위해서는 왕관의 위치를 찾아 정당한 왕이 되어야 한다.
편지에 나온 위치로 찾아가 왕관을 얻어내라!
보상: 아란티스 왕국의 국왕.

판온 역사에 관심 많은 플레이어들이 들었다면 펄쩍 뛰었을 정보였지만, 유 회장은 그가 들은 정보가 얼마나 대단한 정보인지 알지 못했다. 그냥 '해적한테 습격당해서 왕국이 멸망하다니, 거 참 잘못 걸렸구나' 정도?

'우리 회사도 예전에 해적 놈들 때문에 피를 본 적이 있었지…….'

아무도 공감 못 할 생각을 하면서 유 회장은 편지를 집어넣었다.

[아무도 잡아내지 못한 물고기를 행운과 끈기로 낚아 올리는데 성공합니다!]

[<행운의 신에게 축복받는 낚시꾼>으로 전직할 수 있습니다.]

〈영웅 직업-행운의 신에게 축복받는 낚시꾼 전직 퀘스트〉

행운을 위해서는 끈기가 있어야 한다. 당신은 아무도 잡아내지 못한 물고기를 잡아냄으로써 그것을 증명해 보였다. 당신이 믿고 있는 신도 거기에 감탄해 당신을 전직시켜 주려 한다.

보상: 행운의 신에게 축복받는 낚시꾼.

유 회장은 깜짝 놀라 멈칫했다. 뭔지도 모르는 왕관보다 더 좋은 낚시꾼으로 전직시켜 준다는 지금 퀘스트가 훨씬 더 중요했다. <세월을 낚는 낚시꾼>도 영웅 직업에 밝혀진 낚시꾼 직업 중에는 손꼽히는 직업이었는데, 여기서 더 좋은 걸로 전직한다고?

물론 전직 퀘스트는 무조건 더 좋은 직업으로 전직하는 건 아니었지만, 게임 경험이 적은 유 회장은 무심코 더 좋다고만 생각했다. 행운의 신이 누구인지 바로 떠올리지 못한 채!

수락! 수락! 잠깐, 행운의 신이면…….

[<행운의 신에게 축복받는 낚시꾼>으로 전직했습니다.]

[행운이 크게 오릅니다.]

[스킬 <행운의 미끼>…….]

[……아키서스 교단 내 공적치 포인트가 쌓입니다.]

아키서스 교단 내 공적치 포인트가 쌓였을 때 유 회장은 깨달았다. 행운의 신이 누구겠는가!

'후…….'

CHAPTER 5

"어? 왜 교단 명성이랑 세력이 오르지?"

"방금 사기 친 거 때문에 오른 거에?"

이다비는 믿을 수 없다는 표정으로 쳐다보았다. 아무리 그래도 그렇지!

"진짜 그런가? 아니, 아닌 것 같은데……."

태현도 자신 있게 말하지 못했다. 정말로 그런 이유로 올라도 이상하지 않은 교단이기 때문!

어쨌든 파이토스 교단에서 일 처리도 끝냈으니 다른 교단을 돌아야 했다. 먼저 타이란 교단!

"〈카르바노그의 창〉은 파이토스 교단에 바쳤습니다!"

"뭐라?!"

"파이토스 교단 후고 사제가 '우리 교단만큼 믿을 수 있는 교단은 없지. 다른 교단 놈들은 모두 머저리 같은 놈들이니까.

날 믿고 바치면 내가 김태현 백작은 아주 잘 봐주지 크헤헤'라고 말했습니다!"

"이, 이, 이 빌어먹을 놈이……! 같이 관리하기로 약속해놓고 감히?!"

타이란 교단의 고위 사제는 매우 분노했다. 옆에 있던 다른 사제들이 속삭이며 말했다.

"그런데 사제님, 저 말을 믿을 수 있습니까? 아키서스 교단의 교황이라면 아주 믿을 수 없는 사람이라고……."

"아키서스의 이름을 걸고 맹세할 수 있습니다!"

화술 스킬 버프에 아키서스의 이름까지 걸자 아무도 태현을 의심하지 않았다. 태현은 그런 식으로 야타 교단에 가서 똑같이 처리했다.

"파이토스 교단 후고 사제가 '야타 교단 놈들은 무식해서 냄새가 난다'고 말했습니다!"

"이, 이, 이, 무식한 갑옷이나 입고 다니는 개자식들이……!"

[악명, 신성이……]

'후, 이제 데메르 교단만 남았군.'

데메르 교단은 다른 교단과 달리 태현에게 친절하게 대해준 교단이었다. 그렇지만 이미 시작한 일! 한 교단만 빼놓으면 너무 억울하지 않겠는가!

"오셨군요, 김태현 백작님! 기다리고 있었습니다!"

태현은 고개를 갸웃거렸다. 기다리고 있었다니, 이게 무슨 소리?

"혹시 <카르바노그의 창>을……."

"예? 아, 그 성물 말입니까? 저희 교단에서는 별 관심이 없습니다. 다른 교단 분들이 관심을 가지고 있으니 알아서 해주시겠지요."

사기를 치려던 태현은 머쓱해져서 멈췄다.

'어라? 그러면 왜 기다리고 있었던 거지?'

"하론 사제님께서 기다리고 계십니다. 저번에 김태현 백작님과 같이 세운 공으로 교단에서 위치가 많이 올라가셨지요. 하론 사제님께서 얼마나 김태현 백작님 칭찬을 많이 하셨는지……."

"그거 잘됐습니다."

"하하. 다른 교단 사람들은 아키서스 교단이 수상쩍고 이상한 짓을 한다고 말하고 다니지만, 저는 믿지 않습니다. 백작님. 그건 다 음해겠죠?"

"음, 그렇죠."

"그럴 줄 알았습니다! 사디크 교단같이 나쁜 놈들이 퍼뜨리는 소문이 분명해요!"

슬슬 양심이 찔렸다. 그러나 사제는 멈추지 않았다.

"백작님 같은 영웅이 그런 짓을 하고 다닐 리 없지 않습니까?"

순진무구하고 초롱초롱한 눈빛을 보내는 데메르 교단 사제! 주현영 같은 사람을 만날 때 느끼는 기분을 느꼈다.

'크윽……. 눈부셔……!'

태현의 죄책감과는 별개로 데메르 사제는 계속해서 태현을 칭찬했다.

대륙의 영웅! 사디크의 토벌자!

괴물을 쓰러뜨리기 위해 스스로를 아끼지 않고 나서는 이 시대의 참 인격자!

'이 자식 일부러 이러는 건 아니겠지?'

살짝 의심이 들었지만, 데메르 사제에게 악의는 없었다. 그걸 깨달은 태현은 멈칫했다.

'잠깐……. 그러면 이렇게 칭찬한다는 건…….'

'대륙을 구하는 영웅!'처럼 대하는데, 기다리고 있었다는 건……. 뭔가 어려운 걸 시키려는 게 분명!

탁-

태현은 발걸음을 멈췄다.

"갑자기 급한 일이 생각나서……."

"?!"

"이만 가보겠습니다. 다음에 뵙죠! 하하!"

"앗, 김태현 백작님! 말씀만 듣고 가시죠!"

"정말 급한 일이라서요!"

"그러면 나가는 길에 말씀드리겠습니다! 하론 사제님! 여기 김태현 백작님 오셨습니다!"

고래고래 소리를 지르는 데메르 사제!

교단 건물 내 쩌렁쩌렁하게 울려 퍼졌다. 그러자 안에서 하론 사제가 호다닥 튀어나왔다.

"김태현 백작님! 백작님의 영웅다운 얼굴을 이렇게 뵙게 되니 기쁘기 그지 없……."

"……또 뭐 시키려고?"

자연스럽게 퉁명스러워지는 말투! 생각해 보니 데메르 교단이 저번에 불렀을 때도 <신 잡아먹는 괴물>을 쓰러뜨릴 때였다. 물론 태현은 그때 <권능 포식> 같은 강력한 사기 스킬을 얻는 등 쏠쏠하게 챙겼지만……. 보통 플레이어였다면 죽어도 몇 번은 죽었을 것이다. 신 잡아먹는 괴물에, 마계까지 끌려갔으니…….

"아, 아닙니다. 왜 꼭 그런 식으로 생각하시는 겁니까?"

"그러면 시키려고 부른 게 아니라 이거지?"

"……꼭, 꼭 그런 건 아니지만……. 그……. 대륙의 영웅인 백작님께 부탁드릴 일이……."

태현의 손을 붙잡으려고 하는 하론 사제. 태현은 매몰차게 밀어냈다.

"시키려는 거 맞구만! 아, 데메르 교단도 잘나가는데 알아서 좀 해! 요즘 아키서스 교단이 얼마나 힘든 줄 알아? 파이토스 교단이나 다른 교단들이 계속 쪼아댄다고. 안 그래도 지금 카르바노그의 성물도 뺏기고 왔는데!"

"예? 그런 짓을 했습니까? 이런 무례한 사람들 같으니!"

은근슬쩍, 자연스럽게 파이토스 교단 욕을 끼워 넣는 태현이었다.

"데메르 교단은 날 도와주지도 않으면서 이런 일은 시키냐? 응?"

"그, 그런……. 저희도 몰랐습니다. 다른 교단들이 하는 일을 저희가 어떻게 알겠습니까?"

데메르 교단을 제외하고 다들 뭉친 것 같았다.

'하긴, 데메르 교단들이야 다들 순한 놈들만 있으니 제안을 안 했나 보군.'

태현이 봐도 제안이 먹힐 만한 상대는 아니었다.

"그리고 이번에 부른 건 저희 욕심으로 하는 일이 아니라 대륙의 평화와 안정을 위해……."

"아, 됐어. 난 지금 내 영지와 교단의 안정이 필요해."

"그런! 마음에 없는 소리란 걸 압니다! 김태현 백작님 같은 영웅께서!"

[명성이 너무 높습니다. 쌓은 업적이 너무 많습니다. 하론 사제가 당신의 겸손한 말을 믿지 않습니다.]

아니, 가짜 성물로 사기 치는 건 믿으면서 이런 건 안 믿어?

"백작님. 이번 일은 아키서스의 성물과도 관련이 있는 일입니다!"

"응?"

"아키서스의 성물이 있다는 믿을 만한 기록이 있습니다!"

태현은 움찔했다. 데메르 교단이 이런 걸로 사기 칠 교단은 아니었다. 보통 사기 치는 교단은 아키서스 교단!

'진짜 성물이 있다고?'

안 그래도 요즘 태현을 공격하는 놈들 때문에 이리 뛰고 저리 뛰느라 정작 직업 퀘스트는 미뤄진 태현이었다. 그런 상황에서 권능 스킬을 얻을 수 있는 성물 퀘스트는 당연히 감지덕지였다. 문제는…….

'이놈들이 날 부른 걸 보니까 분명 더럽게 빡센 퀘스트 같은데…….'

태현은 입맛을 다셨다. 데메르도 어디 가서 꿀리는 교단은 아니었다. 그런데 태현을 불러 모은다는 것 자체가 엄청난 난이도의 퀘스트라는 걸 의미했다.

저번의 <신 잡아먹는 괴물>과 달리 이번에는 쓸 수 있는 수단도 훨씬 적었다.

'끙……. 폭딜 수단이 뭐가 남았지? 오리하르콘은 구하지도 못했고, <파이토스의 일격>은 아직 못 쓰고, 지금 5단계를 깨야 하나? 교단과 문제 처리되기 전에는 깨기 좀 그런데…….'

태현은 어려운 퀘스트를 무작정 깨러 가는 사람이 아니었다. 최소한의 계산은 서 있어야 한다! 그렇다면……?

"무슨 일인지 들어보기 전에……. 엄청나게 어려운 일이겠지?"

"앗. 어떻게 아셨습니까? 역시 대륙의 위험하고 어려운 일에 무조건 참여하시는 영웅……."

"시끄럽고. 어쨌든 그런 어려운 일에 데메르 교단과 아키서스 교단만 참가하는 건 너무 말이 안 되잖아. 다른 교단들도 부르자."

물귀신 작전! 저번 <신 잡아먹는 괴물> 때 썼던 방법을 다시 한번 재활용하는 태현이었다. 얄미운 다른 교단들도 괴롭히고, 튼튼한 방패도 만들고……. 교단의 사제나 성기사 NPC들은 튼튼한 탱커 역할로는 최적이었다. 안 그래도 단단하고 HP 많아서 질긴 성기사를 사제가 계속해서 회복시켜 주니까!

하론 사제는 망설이며 말했다.

"그렇지만……. 다른 교단 분들은 거절하셨……."

"아니, 내가 거절하면 무시하면서 다른 교단 놈들은 OK냐?!"

순간 울컥한 태현!

"백작님이야 영웅이지만 다른 교단 분들은……. 그게……. 좀……."

"치사하고 비열하고 이기적이라고?"

"그, 그렇게는 말 안 했습니다만."

"치사하고 비열하고 이기적이고 사악하고 더럽다는 거군. 잘 알겠다. 그래서 내가 생각한 방법이 있지."

"……그게 뭡니까?"

"국왕 폐하에게 가서 일을 키우자고. '좋은 일 하려는데 저 놈들이 협조를 안 해줘요~' 하면 폐하께서 돕지 않겠어?"

"아니……. 교단의 성스러운 임무에 왕국의 힘을 빌리는 그런 강제적인 짓은……."

"정말 좋다고? 그래. 알겠어."

"아, 아니. 그런 게 아니라……."

"그래그래. 네 마음을 잘 알겠다. 그런데 무슨 일이지? 정작 무슨 일인지는 못 들었는데?"

"<해적왕의 영원한 유배지>로 찾아가 저주를 푸는 일입니다."

"……대체 왜 그런 짓을 해야 하지?"

잊을 만하면 나오는 그 이름, 〈해적왕의 영원한 유배지〉!

태현이 정색하면서 떠나려고 하자 하론 사제는 필사적으로 설명을 시작했다.

"원래 대해적 갈르두 때문에 갈 수 없었던 〈해적왕의 영원한 유배지〉가, 갈르두가 쓰러지고 나서 길이 열려서 찾아갈 수 있게 되었습니다. 지금이 기회입니다! 〈해적왕의 영원한 유배지〉로 가서 저주받아 갇힌 사람들을 풀어줘야 합니다!"

〈해적왕의 영원한 유배지〉에는 멍청한 플레이어들만 갇힌 게 아니었다. 먼 예전에 갈르두와 싸웠던 교단 성기사들이나 사제들도 영혼이 그곳으로 끌려가 갇혀 있었던 것!

"아니, 그런 거면 더더욱 다른 놈들도 불러야지!"

덜컥!

"김태현 백작! 여기 있었나!"

신전 문이 벌컥 열리는 소리. 태현은 움찔했다. 설마 사기 친 게 벌써 들켰나? 생각보다 훨씬 더 빠른…….

그러나 문을 열고 들어온 건 다른 교단의 NPC들이 아닌, 브랑송 제독이었다.

"이야기는 들었네! 자네가 카르바노그의 성물을 파이토스 교단에 바쳤다고?!"

"……크흑! 그렇습니다! 제독님!"

태현은 쓰러지듯이 비틀거리며 원통해했다. 옆에 있던 하론 사제는 깜짝 놀랐다. 왜 갑자기 이러시지?

"자네 같이 책임감이 넘치고 자부심이 강한 귀족이 그냥 바칠 리 없지 않나! 파이토스 교단이 협박한 것이렷다?!"

"흑흑……. 아닙니다……. 제가 바친 겁니다. 흑흑! 대륙의 평화를 위해 흑흑!"

말은 바쳤다고 하지만 얼굴은 슬픔과 분노로 얼룩진 표정!

브랑송은 바닥을 발로 쾅하고 구르더니 말했다.

"교단 놈들, 봐줬더니 아주 끝까지 기어오르는군! 감히 귀족을 핍박해?! 절대로 가만히 넘어갈 수 없네."

"그런, 저 때문에 제독님께 어떻게 폐를 끼칠 수 있겠습니까? 귀족들의 기사단을 불러서 왕국 교단 건물을 공격하는 건 차마……."

"그, 그런 계획은 생각 안 했다만."

브랑송도 잠깐 당황할 정도의, 태현의 구체적인 계획!

"……이미 폐하께 말했네! 이 일을 내버려 두면 교단 놈들이 기세등등해질 걸세. 따끔하게 교훈을 내려야지! 왕국 어전 회의에서 놈들을 규탄할 걸세!"

"그런! 좀 더 폭력적인 방법이 낫지 않겠습니까?"

"……?"

"하하. 농담입니다."

쾅!

"김태현 백작-!!"

또 문을 열고 들어온 불청객들! 얼굴이 시뻘게진 파이토스 교단의 성기사들과 사제들이었다. 누가 봐도 진실을 깨달은 얼굴!

'이런. 들켰군.'

"감, 감, 감히 이런 짓을 하고도 무사할 줄……."

태현은 대답할 필요가 없었다. 대답해 줄 사람은 여기에 있었으니까.

"그건 내가 할 소리다, 이 사제 놈들!"

벌컥 화를 내는 브랑송!

"브랑송 제독?! 당신이 왜 여기에?!"

"남의 교단 신전에 멋대로 들어오다니. 파이토스 교단은 왕국의 법도 지키지 않을뿐더러 예의도 안 지키나?!"

"아니, 여기에는 허락을 받고 들어왔……."

"듣고 싶지 않네! 자네들이 김태현 백작을 겁박해 그 성물인가 뭔가를 뺏었다는 건 들었네! 당장 돌려주지 않는다면 이번 왕국 어전 회의에서 그대들을 용서하지 않을 걸세!"

"어떻게 돌려줍니까! 저희는 애초에……."

"……돌려줄 생각이 없으셨다?"

은근슬쩍 해명을 끊고 방해하는 태현! 브랑송 제독은 그 말을 듣고 더 분노했다.

"그랬다 이거지? 파이토스 교단의 무도함이 아주 하늘을 찌르는군! 당장 이곳에서 나가게!"

"아니, 브랑송 제독……."

"나가게!"

[파이토스 교단과의 관계가 최악으로 변합니다. 공적치 포인트

가 모조리 사라집니다. <원한의 적> 목록에 이름을 올립니다. 앞으로 파이토스 교단의 암살자들이 당신을 공격해 올 수 있습니다……]

화려하게 뜨는 메시지창! 그러나 태현은 시큰둥했다.

'뭐 암살자 덤벼오는 게 한두 번이라고.'

별로 안 무섭다! 올 테면 와봐라!

[왕국 내 파이토스 교단의 명성, 영향력이 매우 하락합니다.]

갑자기 왜 이래!? 뭘 한 거야?!

파이토스 교단 플레이어들만 피를 볼 뿐!

별로 공적치 포인트를 쌓지 못한 하위 플레이어들은 대거 이탈하기 시작했다.

-이거 심상치 않은데 그냥 다른 교단 가는 게 낫겠다. 다른 교단 추천 좀.

-데메르 교단 좋음 ㅇㅇ. 안정적임.

-아키서스 교단은 어떨까?

-거기는 좀…….

브랑송 때문에 어쩔 수 없이 물러났지만, 파이토스 교단은 분노 그 자체였다. 세상에 자기 신의 이름을 걸고 사기 치는 놈이 있다니! 저놈은 신도로서 자격이 없다! 정말 나쁜 놈이다!

……문제는 파이토스 교단의 말을 믿어주는 사람이 별로 없

다는 것이었다.

브랑송 제독이야 원래 귀족 편이었으니 그렇다 쳐도, 다른 교단들도 태도가 애매했다.

"으음……. 정말 창 받고 입 씻은 건 아닌가? 수상한데."

"창 받았다는 소문이 파다하던데……. 설마 곧 회의 열린다는 것 때문에 그런 얄팍한 수작을 부리는 건 아니지?"

"이런 저주받을 놈들!"

다 같이 성물을 뺏으려고 하던 처지다 보니, 서로를 못 믿는 사이였다. 데메르 교단은 좀 다른 방향으로 믿지 않았다.

"김태현 백작님 같은 영웅께서 그런 짓을 하실 리 없잖습니까?"

"뭐가 영웅입니까! 데메르 교단! 정신 차리십시오!"

"파이토스 교단이야말로 정신을 차리십시오! 김태현 백작님은 영웅이십니다! 여러분들이 거절한 〈해적왕의 영원한 유배지〉 토벌 성전도 김태현 백작님께서만 진지하게 들어주셨습니다!"

"그걸 믿으면 안 됩니다! 그놈의 속임수란 말입니다!"

'후후. 개판이군.'

태현은 코밑을 쓱 닦으며 흐뭇하게 쳐다보았다. 지금 왕궁 앞 교단 NPC들이 모인 장소는 개판 그 자체였다.

필사적으로 해명하는 파이토스 교단 NPC들과, '진짜야? 못 믿겠는데?' 하면서 반신반의하는 다른 교단 NPC들. 그리고 콩깍지가 제대로 낀 데메르 교단 NPC들까지!

원했던 그림보다 훨씬 더 좋은 효과였다.

"어휴, 저 흉한 꼴을 보세요."

"교단에서 일하는 성기사란 놈들이 어떻게 된 게 저렇게나 탐욕스럽다니……. 쯧쯧."

그런 교단 NPC들을 흉보는 귀족들!

귀족들은 태현을 보자 반갑게 인사했다.

"아니! '그' 김태현 백작이군!"

"이야기는 많이 들었어요. 김태현 백작!"

"대륙의 영웅! 이번에는 갈르두를 처치했다고 들었는데! 바라는 거 하나 없이 그런 일을 하다니 정말 영웅은 영웅이야!"

바라는 거 많은데 이런 소리를 들으니 떨떠름했지만, 태현은 표정을 관리했다. 지금은 친하게 지내야 할 사람들!

"저번에 반역자 안토니오를 토벌하고서도 영지를 거절했다지? 나는 그 말을 듣고 정말로 감탄했어!"

사디크 교단을 토벌하고 나서 추가로 받을 수 있는 영지를 거절한 일. 사실 아탈리 왕국 국왕이 줄 생각이 없어서 태현이 먼저 거절한 것이었지만……. 그래도 겉보기에는 좋아 보이는 모습이었다. 영지도 거절하면서 충성심을 보여주는 영웅!

"왕국에 김태현 백작 같은 사람들만 있으면 참 평안할 텐데 말이야."

"그래, 그래. 저런 시끄러운 놈들은 필요 없지!"

아주 호의적인 귀족들의 모습.

태현은 웃으면서 말을 꺼냈다. 지금이 바로 기회!

"여러분."

"……?"

"아키서스를 아십니까?"

"……??"

"님은 바로 아키서스 님을 말하는……."

[왕국 내 아키서스 교단의 영향력이 증가합니다. 베호 백작이 아키서스 교단에 관심을 가지기 시작합니다.]

[주르단 남작이 아키서스 교단을 믿기……]

"각 교단 사제들이 왕국의 영웅이자 머리부터 발끝까지 충성스러움으로 가득한 김태현 백작을 겁박했다는 고발이 있었다."

아탈리 국왕의 말에 각 교단 사제들의 얼굴이 썩어들어 갔다. 시작부터 느껴지는 편파 판정의 예감!

"나는 마음이 아프다. 어떻게 신을 믿는 이들이 이런 겁박을 할 수 있단 말인가?"

"폐하! 저희 말씀을 들어주십시오! 겁박을 한 게 아닙니다! 대륙에 얼마 남지 않은 신 카르바노그의 성물! 그 성물은 정말로 위험한 물건입니다. 이번 대륙을 휩쓴 토끼들의 광란도 그 성물의 힘입니다! 이런 위험한 성물은 믿을 수 있는 교단에서 관리를 해야 합니다!"

파이토스 교단은 필사적이었다. 여기서 밀리면 정말 위험하다!

"아키서스 교단만큼 믿을 수 있는 교단이 어디 있단 말인가? 사디크 교단이 나를 암살하려는 계획을 꾸몄을 때 막아낸 것은 김태현 백작이었고, 또한 그들이 도망가서 숨어 있을 때도 쫓아 해치운 건 김태현 백작이었다. 다른 교단들은 눈치만 보고 있지 않았는가!"

"아닙니다, 폐하! 저희도 전사들을 뽑아 보냈습니다! 그리고 그 공들은 김태현 백작의 공이지, 아키서스 교단의 힘이 아닙니다! 교단과 별개로 놓고 생각해 주십시오!"

'이런 예리한 녀석들 같으니.'

태현은 살짝 감탄했다. 확실히 말이야 맞는 말!

태현이 공을 많이 세우긴 했는데 그게 딱히 아키서스 교단과 상관있는 건 아니었다.

"흠흠. 폐하. 맞는 말씀입니다."

태현이 갑자기 끼어들자 다들 깜짝 놀랐다. 아니, 여기서 파이토스 교단 편을 들어준다고?

"아키서스 교단은 그런 성물을 관리하는 데 아직 부족합니다. 그래서 성물을 파이토스 교단에 뺏겼…… 아니, 맡겼습니다. 마음이 아프지만 이건 제 모자람 때문 아니겠습니까? 흑흑. 이 일로 더 이상 따질 생각은 없습니다."

파이토스 교단은 태현이 무슨 짓을 하려는지 깨달았다. 모두 앞에서 카르바노그의 성물(가짜)를 줬다는 걸 공식적으로 못 박기!

"아, 아니! 저 사람은 저희에게 성물을 주지 않았……."
"크흑! 김태현 백작이야말로 진정한 왕국의 충신이자 영웅이다. 들어라! 더 이상 백작에 대한 모함은 듣지 않겠다!"
'됐다!'

[아탈리 왕국 내 파이토스 교단의 세력이 최소한으로 줄어듭니다. 더 이상 파이토스 교단 직업은 왕국 내에서 보너스를 받지 못합니다.]

"이런 충신의 교단이 적다는 건 부끄러운 일이다. 아키서스 교단의 신전을 더 많이 세우는 걸 허락한다!"

[아탈리 왕국 내 아키서스 교단의 세력이 크게 증가합니다.]

"아, 아니……."
"그건……."
가만히 지켜보고 있던 다른 교단 NPC들이 당황해할 정도!
새로운 경쟁자의 등장은 좋은 게 아니었다.
"듣지 않겠다! 너희들이 하지 않은 일을 혼자서 묵묵히 도맡은 김태현 백작에게 이 정도 신뢰는 보여줘야 한다. 그렇지 않은가, 김태현 백작?"
"그렇습니다!"
"게다가 백작은 그 갈르두를 쓰러뜨리고 나서도 보상은 바라지 않고 또 저주를 풀기 위해 여행을 떠나려고 한다. 이 어찌 감동적이지 않은가!"

"네?"

아직 간다고 확정한 건 아닌데? 태현은 당황했다.

"김태현 백작에게는 어떤 보상도 아깝지 않다. 원하는 걸 더 말해보라!"

[대해적, 갈르두를 쓰러뜨린 업적으로 아탈리 국왕이 공적치 포인트에 상관없이 보상을 약속했습니다.]

[최고급 화술 스킬을 갖고 있습니다. 아탈리 국왕의 숨겨진 속마음을 읽어냅니다. 아탈리 국왕의 심기를 거스르는 보상을 달라고 할 경우 친밀도가 하락할 수 있습니다. 아탈리 국왕의 보물이나 영지는 요청할 경우 위험합니다.]

'에이, 쪼잔한 놈 같으니…….'

뭐든지 준다고 하면서 몇몇은 안 된다고 하다니.

'뭐, 상관없지.'

어차피 영지는 지금 상황에서 필요 없었고 국왕의 보물은 뭐가 있는지도 모르는 상황에서 챙길 수 있는 게 아니었다.

"폐하! 이번에 갈르두가 폐하의 땅을 침범하는 일이 있었습니다! 만약 제가 힘이 조금만 더 있었다면 이런 일이 없었을 겁니다. 폐하의 땅을 지키기 위해 힘을 빌려주십시오!"

"오오, 김태현 백작. 좋다! 짐의 군사를 내려주겠다!"

[아탈리 왕국 근위대를 받았습니다. 영지에 배치할 수 있습니다. 국왕과의 관계가 틀어질 경우 다시 뺏길 수 있습니다.]

'됐다!'

현재 플레이어 수준으로는 절대 상대할 수 없는 NPC 부대! 어지간한 플레이어들은 그냥 녹여 버릴 수 있었다. 이로써 불안한 영지의 방어도 완벽하게 해결되었다.

"김태현 백작에게 칭호, 왕국 근위기사를 내리겠다."

칭호: 왕국 근위기사

아탈리 왕국의 근위기사. 전통적으로 국왕이 가장 신뢰하는 사람에게만 내리는 칭호였다.

아탈리 왕가 관련 NPC들을 대할 때 보너스.

'이건 별 쓸모가 없겠군.'

이미 충분히 친해서 딱히 저런 보너스가 필요 없는 태현이었다.

"회의는 여기서 마치겠다. 앞으로 모든 귀족과 교단의 사람들은 김태현 백작을 본받도록 하라! 저 충성심과 희생정신! 귀족과 교단의 모범이로다!"

"예, 폐하!"

"폐하! 마지막으로 한 가지만 말씀드려도 되겠습니까?"

"……?"

"다름이 아니라 갈르두를 처치하고 나서 열린 유배지로 가 저주를 해결하려고 하는데, 다른 교단들과 힘을 합치고 싶습니다. 물론 다른 교단 분들도 이런 일에는 앞서서 나서리라 믿습니다만, 그래도 확실한 게 좋으니 폐하께서……."

"음. 맞는 말이로다. 혹시 여기서 김태현 백작이 이렇게 솔선수범하는데 빠질 사람 있는가?"

데메르 교단 NPC들을 제외하고 모두의 얼굴이 더더욱 썩어 들어갔다. 하론 사제는 박수를 쳤다.

"없습니다! 폐하! 아주 현명하신 생각이십니다!"

"흠. 그러면 그렇게 알도록 하겠다. 김태현 백작! 저들을 지휘해서 걸린 저주를 풀도록 하라!"

[<해적왕의 영원한 유배지>에 걸린 저주를 푸는 퀘스트에 각 교단 NPC들이 추가됩니다. 토벌대의 지휘관을 맡습니다. 명성이 크게 오릅니다!]

잘 키워놓은 국왕과의 관계, 열 NPC 안 부럽다.

이제까지 사디크 교단을 탈탈 털면서 친해진 보람을 톡톡히 봤다. 태현과 아탈리 국왕과의 관계를 얕본 교단들은 피를 봤지만!

'〈카르바노그의 성물〉 문제도 처리한 데다가 퀘스트를 위한 화살받이를 구하는 데도 성공했다. 완벽하군.'

"이럴 수는 없습니다, 이럴 수는 없어요! 오래전부터 왕국에 많은 공을 세운 우리 교단을 이렇게 핍박하다니!"

"교황님께서는 뭐라고 합니까?"

"별수가 있겠습니까! 여기는 아탈리 왕국인데!"

"다미아노 2세도 눈이 먼 게 분명하오! 그딴 사기꾼을 믿다니!"

파이토스 교단은 이제 확실하게 깨달았다. 김태현 백작은 사기꾼이라는 것을!

이제까지 '에이, 그래도 설마 교황이란 작자가 그런 사기를 치겠어?'란 생각을 한 대가를 너무 뼈저리게 치른 것이다.

"그렇지만 다미아노 2세가 그놈을 믿는 건 어떻게 할 수가 없을 것 같소. 목숨을 구해준 데다가 사디크 교단을 토벌하면서 아주 단단히 눈에 들었으니까."

"……다미아노 2세가 영원히 살지는 않을 거 아닌가?"

"……!"

"그게 무슨……."

"다미아노 2세를 노리는 사람이 있다고 들었네. 그의 삼촌, 안토니오가 반란을 일으켰다가 토벌됐지만 그의 아들은 아니지. 그는 아직도 살아 있다고 들었네."

"그, 그런! 아무리 그래도 사디크 교단은……."

"안토니오는 사디크 교단과 손을 잡았지만 그의 아들은 아니야! 그러니 문제 될 건 없네. 원래라면 이걸 다미아노 2세에게 알려야겠지만……. 우리가 왜 그래야 하나? 이런 대접을 받았는데!"

"……!!"

"만약 안토니오의 아들이 일을 성공시켜 왕위에 오른다면, 김태현 백작은 어떻게 되겠나?"

아무리 그래도 자기 아버지를 죽인 김태현 백작을 가만히 둘 리는 없었다.

"아주 통쾌하겠군요!"

"그래. 그놈은 아탈리 왕국에서 쫓겨나게 될 거다!"

사디크 교단과 손을 잡지는 않았지만, 사디크 교단과 손을 잡은 자의 아들이 멀쩡한 사람일 리는 없었다. 그러나 파이토스 교단은 복수심 때문에 그 사실을 일부러 무시했다.

[카르바노그가 사악한 신의 음모를 경고합니다.]

'응?'

기분 좋게 퀘스트 떠날 토벌대를 확인하고 있던 태현은 메시지창에 고개를 갸웃거렸다.

"사악한 신이면…… 카르바노그잖……."

[카르바노그가 분노합니다!]

"아닌가? 그러면 아키서스?"

[카르바노그가 어이없어합니다.]

"사디크?"

[카르바노그가 비웃습니다.]

"음. 확실히 사디크는 좀 많이 나사 빠진 놈들이지."

사디크 교단이 들으면 뒷목을 잡을 소리였다. 누구 때문에 이렇게 됐는데!

"그러면 내가 모르는 놈들인가? 하긴, 대륙에 다른 사악한 교단들도 많으니까……."

사디크 교단이 한때 기세등등했지만 그들이 토벌된 지금, 다른 사악한 교단이 나와도 이상할 건 없었다.

'가능하면 아탈리 왕국에서 먼 곳에서 나와줬으면 좋겠는데. 오스턴 왕국이라든가. 구체적으로 길드 동맹의 수도 같은 곳.'

요즘 매번 사이트를 보면 길드 동맹이 얼마나 잘나가고 있는지 보여주고 있었다. 단일 길드 규모로서는 최고의 길드!

길드 동맹 길드원 숫자가 개나 소나 다 받는 파워 워리어 길드원들 숫자를 뛰어넘었다는 점에서 길드 동맹의 저력을 알 수 있었다. 대부분의 중국인들이 길드 동맹으로 가입하면 역시 승부가 되지를 않았다.

덕분에 태현은 볼 때마다 불편했다. 지금이야 평화롭게 지내고 있지만, 원래 사람은 원한을 잊지 않는 법이었다. 게다가 원한을 잊을 때쯤 되면 한 대씩 때려서 원한을 더욱 깊게 만들어주지 않았던가?

'아, 견제를 해야 하는데 방법이 없네. 오스턴 왕국에 있는 놈들은 뭐 하나? 좀 더 열심히 싸우지.'

"왜 귀가 간지럽지?"

"저희 길드원 중 누가 길마님 칭찬을 하나 봅니다. 하하하!"

"그래? 크하하핫!"

호탕하게 웃던 김태산은 다시 표정을 되돌렸다.

지금 상황이 별로 좋지 않았기 때문이었다.

인해전술! 길드 동맹의 전략은 바로 인해전술이었다.

늘어나기 시작한 길드원의 숫자가 한번 눈덩이처럼 굴러가기 시작하니, 대부분의 중국인들이 길드 동맹에 가입했다.

그러자 정말 어마어마한 숫자의 길드원들이 덤벼 들어오기 시작했다. 아무리 일당백의 <최강지존무쌍>의 아저씨들이라도 위협을 느낄 정도!

얼마 전부터는 아예 밖에 나가서 필드전은 하지도 않고, 오로지 성벽 안에서 수성전만 하고 있었다.

"끙……."

김태산은 오스턴 왕국의 지도를 훑어보았다.

길드 동맹이 이렇게 잘 나갈지는 몰랐었다. 태현에게 맨날 깨지고 당하는 호구들 모임인 줄 알았는데, 한 번 세력을 불리기 시작하니 정말 끝도 없이 강해지고 있었다. 오스턴 왕국의 다른 길드들을 압도하는 건 물론이고 오스턴 왕국까지 압도하고 있었다. 어떻게 할 방법이 보이지 않았다.

'차라리……. 지금 떠나야 하나?'

김태산은 최근 한 가지 고민을 하고 있었다.

그것은 바로 대탈출! 오스턴 왕국에서 영지 몇 개를 잡고 엄청나게 돈을 투자한 입장.

보통 사람이라면 절대 생각할 수 없는 발상이었다.

그렇지만 김태산은 이런 부분에서 계산이 정확했다.

이대로 계속 가면 결국 길드 동맹한테 밀려서 있는 것도 다 빼앗길 수 있다! 어차피 다 빼앗기게 된다면 차라리 지금 있는 걸 가지고 후퇴하는 게 낫지 않을까? 최소한 NPC들과 각종 설치 아이템들은 갖고 나올 수 있을 테니까!

"……이사를 할까 생각 중인데 어떻게 생각하냐?"

풉!

태현은 먹고 있던 국밥을 잠시 뿜었다. 아니, 갑자기 웬 이사?

"이사요? 집에 뭐 문제 있어요?"

"아니. 판온 이야기인데."

"……판온 이야기라고 먼저 말 하시죠, 좀."

"아니, 인마! 당연히 판온 이야기지 내가 집에서 왜 이사를 가?!"

"아, 그걸 제가 어떻게 알아요!"

정말 쓸데없는 걸로 싸우는 두 부자! 주변에서 밥 먹고 있던 손님들이 쳐다보자 둘은 빠르게 진정했다.

"근데 웬 이사요?"

"길드 동맹 놈들이 너무 세력이 커져서 안 되겠더라. 게네 숫자가 너무 많아."

"이야……. 세월은 못 이기신다고……."

김태산은 태현을 노려보았다. 이노무쉬키가…….

"리×지에서는 군주셨으면서……."

"목소리 줄여, 인마. 그리고 그때랑 지금이랑 같냐? 시대가 다른데."

"에이, 핑계는. 그때도 중국인들은 있었잖아요."

"그때는 작업장 돌리던 애들이고! 게네들은 전혀 다른 애들이잖아!"

게임 내 판도에 관심 없이 현금만 관심 있던 사람들과, 게임 내 판도에 관심을 가지고 적극적으로 참여하는 사람들은 차원이 달랐다. 김태산은 화제를 돌렸다.

"흥. 너도 남 이야기할 때가 아닐 텐데. 게네 더 커지면 당장 너부터 골치가 아플걸."

"전 게네들이랑 화해했는데요."

"말 같지도 않은 소리 하지 마라. 퍽이나 화해가 되겠다. 그리고 꼭 길드 동맹에 있는 애들만 널 노리는 줄 아냐? 길드 동맹 아닌 놈들도 널 싫어해."

태현이 '무슨 소리세요?' 하는 표정으로 쳐다보자 김태산은 당황했다.

"너 몰라?"

"뭘 몰라요. 아버지가 길드 동맹한테 진 거요?"

"야, 아직 안 졌어! 그리고 그거 말하는 거 아니다. 게임단 애들 있잖아."

김태산은 말과 동시에 인터넷 사이트를 켜서 기사 몇 개를 띄웠다.

[야심 찬 탄생, 〈베이징 파이터즈〉……. 압도적 지원 속에 1군 팀원 선발 완료……. 목표는 '우승', 주목해야 할 상대로는 '김태현'을 꼽아. '절대 방심하지 않고 최선을 다해 상대하겠다'고 밝혀……]

[〈상하이 팬더즈〉의 주축 선수들과 김태현과의 악연? 〈상하이 팬더즈〉와의 단독 인터뷰. '우린 김태현이 싫어요'.]

확실한 적대감!

중국 쪽 게임단들은 대부분 태현을 노린다거나, 태현을 목표로 삼는다거나, 태현한테는 절대 질 수 없다고 발표하고 있었다. 이들 중 태현에게 당한 사람들도 분명 있긴 했지만, 전체 비율로 봤을 때 당하지 않은 사람들이 더 많았다. 그런데도 이렇게 대놓고 태현의 이름을 언급한다는 건……. 일종의 유행!

태현이 워낙 첫 대회 때 활약하기도 한 데다가 중국 팀에 한 짓이 있어서, 중국 쪽에서는 거의 악당 이미지였던 것이다. 그러니 당연히 주목을 받아야 하는 게임단 입장에서는 '김태현, 우리가 쓰러뜨린다!', '김태현을 상대할 방법이 있다!' 같은 식으로 말하게 됐다.

한 게임단이 '김태현을 주목하고 있다'고 하면 다른 게임단은 '김태현을 상대할 방법을 연습하고 있다'라고 하고, 또 다른 게임단은 질 수 없으니 '김태현, 우리가 쓰러뜨린다!'라고 발표하고…….

'얘네는 뭐 이런 걸로 경쟁을 하냐?'

어이가 없을 뿐!

"기분이 어떠냐? 응?"

"<상하이 팬더즈>라는 이름이 귀엽네요."

"……그런 거 말고!"

"아니 뭐……. 저한테 당한 놈들이 저 싫어하는 게 어제오늘 일도 아니고……. 중국 애들이야 저 뭐 싫어할 수도 있죠. 저한테 안 당한 놈들도 저러는 건 왜 저러나 싶긴 한데 같은 친구들이 당했으니……."

"중국 애들만 너 노리는 거 아니다."

김태산은 다른 기사를 띄웠다. 일부러 처음에는 중국 쪽 기사만 보여줬던 것이다. 받아라, 시간차 공격!

[〈뉴욕 라이온즈〉, 로스터 발표, 대회 포부 밝혀……. '신생팀들과는 역사와 격이 다르다'.]

"애네 너희 저격한 거 아니냐?"

"에이, 설마 스카우트 제안 거절했다고 사업하는 사람들이 저렇게 쪼잔하게 굴…… 것 같긴 하네요."

"……너 왜 내 얼굴 보고 납득을 하지?"

"착각이겠죠."

태현은 계속해서 기사를 읽었다.

[〈보스턴 타이거즈〉의 주장은 가장 주목해야 할 상대로 이세연 선수를……. '김태현? 아무리 김태현이라고 해도 초짜 여럿을 데리고 이길 수는 없다. 신생 팀은 김태현이 실수한 것'.]

"이야. 노골적이네."

"화 안 나냐?"

"저 무시한 게 아니라 저 말고 다른 놈들 무시한 거라 별로 화는 안 나네요."

김태산은 어처구니없다는 듯이 태현을 쳐다보았다.

확실히 보스턴 타이거즈 주장의 지적은 그럴듯했다. 게임은 혼자 하는 게 아니고, 게다가 태현은 직접 게임단을 만들어서 대회에 참가하려고 하고 있었다. 다른 게임단들은 코치와 감독들의 도움을 받아가면서 하는데 태현의 게임단은…….

'음. 구체적으로 놓고 보니 구체적으로 불안해지는군.'

태현도 솔직히 슬슬 걱정되기 시작!

"넌 근데 진짜 이런 거 올라오는 거 하나도 몰랐냐?"

"굳이 기사 안 찾아보니 몰랐죠."

"얌마. 시대는 언플의 시대야, 언플."

"홍보의 시대겠죠……. 하다못해 PR이라고……."

좋은 말 놔두고 언플이 뭐란 말인가. 그렇지만 언플이 좋다는 건 태현도 잘 알고 있었다. 파워 워리어 길드가 몇 번이고 활약해 주지 않았는가.

태현이 기사를 보고서 별 반응이 없자, 김태산은 재미없어졌다.

'에이, 재미없는 놈.'

"그래서, 내가 이사하려고 하는데 어떻게 생각하냐?"

"오스턴 왕국에서요? 최대한 버티면서 끝까지 장렬하게 싸우시는 게 어떨까요?"

"……너 지금 길드 동맹이란 나랑 손잡고 망하라고 이러는 거지?"

"네!"

"이 자식이 진짜!"

"아, 알 만한 분이 왜 물어놓고 이러세요?!"

또 한바탕 말싸움을 한 후 둘은 빠르게 진정했다. 옆 테이블의 손님들은 둘을 보더니 슬슬 거리를 벌렸다.

"이사…… 를 할 거면 나쁘지 않다고 봅니다."

"그렇지?!"

태현이 동의를 하자, 김태산은 솔직히 기뻤다. 이런 판단은 믿어도 될 놈이었으니까.

"괜히 자존심 부리다가 다 잃는 사람들이 많은데, 도망칠 때는 도망쳐야죠."

"그렇지. 나도 그렇게 생각했어. 그런데 어디로 도망칠지가 문제야."

"저희 영지에 오시는 건?"

태현은 히죽히죽 웃으며 물었다. 김태산이 당연히 거절하리라 알고 있었기 때문이었다.

"내가 미쳤냐! 네 신세를 지게!"

"세금 좀 걷으려고 했는데……."

"……."

"그래서, 정하셨습니까?"

"아직……."

김태산은 우물거렸다. 그냥 이동하는 것도 아니라, NPC들과 아이템들을 다 들고 이동해서 새로 영지를 꾸릴 곳을 찾는 것이었다. 찾기 쉬울 리 없었다.

태현은 문득 생각이 나서 말했다.

"우르크 지역 어떠십니까?"

"……거긴 왕국이 없잖아, 인마!"

"왕국이 없으니까 추천하는 거죠. 왕국이 있으시면 아버지가 새로 들어가실 수 있겠습니까? 게다가 거기는 지형이 험해서 수비하기도 좋고, 주변에 사냥할 곳도 많으니 레벨 업 하기도 좋고, 오크 부족들도 많아서 아버지하고 아버지 친구들이 지내기 좋고……."

오크 대족장이 그 꼴이 난 후 오크 부족들은 뿔뿔이 흩어져서 움직이고 있었다. 오크 종족을 고른 김태산이라면 그들을 비교적 손쉽게 영지 주민으로 받아들일 수 있을 것이다.

"음……."

김태산은 신음을 내며 생각에 잠겼다. 우르크 지역은 생각도 안 해본 것이다.

보통 플레이어들이 말하는 영지라는 건, 멀쩡한 왕국에 있는 성, 도시, 요새, 마을 같은 걸 말하는 거였다. 우르크 지역처럼 왕국도 없고 야생 그 자체인 곳에 영지를 만들려는 사람은 없었다. 무에서 유를 창조하는 일이니까!

"……너무 어렵지 않나?"

"뭐 어렵기야 하겠는데 오스턴 왕국에서 튀려면 거기밖에 없잖아요. 남쪽은 아탈리 왕국이고 서쪽은 에랑스 왕국인데 거기 갔다가는 당장 왕국군 올 거고. 북쪽은 바다니까 동쪽인 우르크로 가야죠. 그리고 어차피 영지 만들고 꾸미는 건 다 골드로 해결되는데 아버지는 현질도 물 쏟아붓듯이 하시니……."

"……꼭 그런 표현을 써야겠냐?"

말은 그렇게 했지만 김태산은 태현의 제안에 끌리는 걸 느꼈다.

'우르크라?'

처음부터 다시 쌓아 올려야 하니 어렵기는 하겠지만, 다른 플레이어들의 방해 없는 곳에서 새롭게 시작할 수 있다는 게 솔깃했다. 게다가 우르크 지역은 그 많은 오크들이 있는 곳 아닌가. 김태산은 눈을 감고, 수많은 오크 전사 NPC들을 이끌고 길드 동맹과 맞붙는 모습을 상상했다.

'좋군!'

"좋아! 우르크로 가서 오크들을 포섭해야지."

"아, 거기 오크들 원래 살던 요새 쪽으로는 가지 마세요. 미친놈 있으니까."

"……."

"그리고 높은 산 쪽으로도 가지 마세요. 비행형 몬스터 있는데 거기 지형이 안 좋아서 한 대 잘못 맞으면 싸우기도 전에 떨어져서 죽으니까."

"……."

"거기에 가끔가다가 땅굴 같은 거 보이는데 거기도 들어가시면 안 되는……."

"아예 그냥 가지 말라고 해라!"

기껏 추천해 놓은 다음에 단점을 말하는 태현이었다.

"우르크 지역으로 가신다고요?"

잠깐 나온 주현영이 둘의 대화를 듣고 흥미를 보였다.

"그러려고 하는데 이놈의 자식이 사기를 쳐서……."

"거 말씀 이상하게 하시네. 진실만 말했을 뿐인데."

"우르크 지역으로 가시는 거면 영지나 길드에 있던 플레이어들도 다 같이 가시는 건가요? 그런 거라면 저도 같이 가도 될까요? 우르크 지역 쪽 요리에 흥미가 있어서……."

"……?!"

"아니, 왜 저런 우르크 지역에 가서 고생을? 에랑스 왕국에서 일하고 있지 않으셨나요?"

"야……."

"계속 똑같은 것만 하니까 성장도 더디고 좀 질려서요. 요즘은 왕도 잘 안 보이고요."

"물론 환영입니다. 실력 좋은 요리사는 언제든지 좋죠. 저희 길드 요리사들도 많이 배우고 싶어 할……."

김태산이 신이 나서 떠드는 동안 태현은 생각했다.

'내 영지에는 스타우 놈이 요리하는데 왜 아버지 영지에는 주현영이…….'

어떻게든 방해하고 싶다!

"아버지. 우르크 지역을 잘 아는 요리사 NPC 한 명 보내 드릴까요?"

"그거 좋은 생각…… 아니, 됐다."

순간 넘어갈 뻔한 김태산은 정신을 차렸다. 함정이 있다!

"쳇."

"너 방금 혀 찼냐?"

스타우를 보내려는 계획은 결국 실패했다. 김태산은 가기 전에 우르크 지역에 대해 이것저것 물어왔다. 현재 우르크 지역에 대해 가장 잘 아는 플레이어 중 하나가 태현이었으니까!

하나하나 대답해 주던 태현은 귀찮아져서 말했다.

"그냥 돈 주고 정보 사시죠? 파는 놈들 많잖아요."

"인마. 너한테 물은 다음에 그것도 살 거야. 다 일장일단이 있는 법인데……."

그렇게 말하면서 김태산은 사이트를 켜 판온 정보 판매자 리스트를 훑어보았다. 태현은 그 리스트 가장 위에서 <파워 워리어>를 본 것 같았지만 아무 말 하지 않았다.

꾹-

김태산은 예약 구매 신청을 눌렀다.

"뭐 더 주의할 건 없겠지?"

"아. 거기서 잘 지내시려면 아키서스 교단 믿으시는 게 좋으실 것 같은데요."

"뭐? 크하하하!"

김태산은 태현이 농담하는 줄 알았다.

"인마. 나랑 내 친구들이 아키서스 교단 믿게 하려면 '아버지 부탁드립니다'하고 말해라. 그러면 생각해 볼게."

"아니, 믿으시는 게 좋을 텐데."

"됐다. 요즘 파이토스 교단이 유행이라던데."

"……?"

"왜?"

"아무것도 아닙니다."

김태산은 정말 몰랐다. 우르크 지역에 그렇게 아키서스 교단이 흥하고 있을 줄은!

"정말 하기 싫다."

"농담이지? 이렇게 신나는……. 미안."

케인은 태현이 농담하는 줄 알았다가 눈을 마주치고 조용히 입을 다물었다. 지금 그들의 숙소에는 <혼자 사는 인간들> 촬영팀이 와 있었던 것이다.

"이 시간에 게임을 하고 연습을 해야지……. 투덜투덜……. 다른 팀들은 날 노린다고 공개 발표를 하는데 케인 같은 놈은 방송 나간다고 좋아나 하고……."

분명 혼자 중얼거리는 건데 이상하게 케인 귀에만 쏙쏙 들어오는 중얼거림!

"아, 아니. 나도 요즘 열심히 연습하는데……."

"연습한다고 말은 하면서 합은 안 맞추고 스킬 연습할 시간에 놀기나 하고……. 투덜투덜……."

"야! 그냥 차라리 직접 말해!"

케인은 울컥해서 외쳤다. 저렇게 말하니까 더 괴로웠던 것이다. 그러는 사이 PD가 다가와서 말을 걸었다.

"하하, 두 분 참 사이좋으시네요."

"이게요?!"

케인이 어이가 없어서 되물었다. 눈은 장식으로 두고 다니나?! 그러나 PD는 가볍게 무시하고 말했다.

"부담 가지지 마시고, 여러분들의 일상을 아주 자연스럽게 보여주시면 됩니다."

"케인이 코 파는 것 같은 일상?"

"내, 내가 언제?!"

PD는 다시 한번 무시했다. 방송계에서 잔뼈가 굵은 PD인 만큼, 쓸데없는 말은 무시하는 재주가 있었다.

"재미는 저희가 뽑아낼 테니 여러분은 부담 가지실 필요 없습니다! 아주 자연스럽게! 그게 핵심이에요! 여러분들이 뭘 하는지 궁금해하는 팬분들이 엄청 많으니 말입니다!"

열정으로 뜨겁게 타오르는 PD의 눈빛!

태현은 속으로 생각했다.

'눈빛이 좀 변태 같군.'

PD는 자신이 있었다. 어떤 일상이든 간에 그걸 재미있게 만들 자신이!

<혼자 사는 인간들>에 출연하는 사람들은 많은 걸 해줄 필요가 없었다. 그저 자연스럽게, 사람들이 궁금해하는 일상을 보여주면 됐다. 그것도 아무나 하는 게 아니었다. 모두가 관심을 가질 만한 사람이 해야 하는 것이다.

"좋아. 한번 봐볼까?"

PD는 손바닥을 비비면서 영상을 확인하기 시작했다.

그리고 30분 후, PD의 얼굴이 심각하게 변했다.

'이건 정말…….'

재미가 없다! 일단 아침에 일어나면 태현이 침대에서 어슬렁 어슬렁 기어 나와서 샤워를 하러 갔다.

여기까지는 좋았다. 체육관의 프로 선수를 두들겨 팬…… 아니, 운동 좀 한다는 말이 괜히 있는 게 아니듯이, 태현의 몸매는 완벽 그 자체였다.

시청률 좀 나오겠구나! 싶었는데…….

그다음부터가 문제였다. 태현이 밥을 하고 요리를 한 다음 케인을 쥐잡듯이 흔들어서 깨우고, 다른 사람들을 깨워서 밥을 먹고…… 아니, 사실 여기까지도 괜찮았다.

요리하는 남자도 잘 먹히는 소재였으니까!

그다음부터 이 인간들은 캡슐에 들어가서 나오질 않았다.

정말 밤이 될 때까지 나오질 않는 것!

-아니, 밖에 안 나가세요?

-약속 없는데…….

-…….

-태, 태현 씨는 운동 가시지 않습니까?

-어제 갔다 왔는데요.

-그래도 또 가시죠! 체육관, 체육관 좋지 않습니까?

-여기 단지 내 시설 좋아서 거기서 운동하는데요.

'밖에 좀 나가!'라는 말이 목구멍까지 차오르는 영상!

건질 건 초반의 멋진 숙소 소개와 태현이 옷 벗는 모습밖에 없었다.

'이건……. 아무리 부풀리고 부풀려도 분량 절반밖에 안 되는데……. 으으으……'

경험 많은 PD는 분량에 대한 감이 왔다. 숙소 소개, 샤워, 요리까지 해서 아무리 부풀려도 절반까지가 한계!

결국 PD는 다시 나섰다.

"여러분! 뭐라도 합시다!"

"아니, 자연스럽게 하면 된다면서요?"

"세상 사람들은 자연스럽게 밖에 나간다고요!"

"아니……. 우리는 일이 게임인데……."

"프로게이머 분들도 몇 번 방송에 나왔는데 여러분들처럼 안 나가는 사람은 없어요!"

태현이 협조를 안 해주자 PD는 방향을 돌렸다.

"케인 씨! 뭐라도 합시다. 나갈 일 없어요? 약속은? 계획은? 친구라도 불러요! 프로게이머 친구 없나요?"

"어……. 친구 없는데요……."

순간 어색한 침묵이 자리를 맴돌았다. 최상윤과 정수혁도 차마 케인을 쳐다보지 못했다.

"왜, 왜 그런 눈으로 쳐다봐?"

"아냐. 아무것도."

사실 케인은 판온을 종종 같이하는 파이브 걸스의 하연을 부르면 됐다. PD도 원하는 그럴듯한 장면이 나올 테니까!

그렇지만 케인은 떠올리지를 못했다. PD가 알았다면 '이런 답답한 양반아!' 하면서 가슴을 쳤을 상황!

최상윤도, 정수혁도 마땅히 떠오르질 않자 PD는 필사적으로 고민했다. 이런 기회를 그냥 날려 버릴 수는 없다.

두뇌 풀가동!

"아!!"

"……?"

"이세연 씨 불러오죠!"

왜 이제까지 생각 못 했나 싶을 정도로 기막힌 아이디어!

PD는 스스로가 기특해서 무릎을 쳤다.

물론 태현 입장에서는 기막힌 아이디어가 아니라 기가 막히는 소리였다.

-내가?

"어."

-왜??

"그러게 말이야."

-……같은 소속사니까 도와주는 거야.

"그래……."

뚝-

태현은 전화를 끊고 괴로워했다.

젠장, 내가 왜 이세연한테 부탁을 해야 하지!

"아니, 그냥 체육관 가겠습니다! 체육관 가서 거기 있는 선수들 다 패면 방송 분량이 나올 겁니다! 가죠! 패러 갑시다!"

양성규의 체육관 선수들이 들으면 기겁할 소리를 아무렇지도 않게 하는 태현!

"그것도 좋네요! 그것도 하고 이세연 씨도 부르죠!"

"아니 왜! 이세연을 왜 불러요! 걔 성격 더러워서 부르면 싸운다고요!"

"싸우면 더 좋죠! 태현 씨! 평생의 소원입니다! 저랑 같이 판온한다고 하셔놓고 안 하려고 도망친 것도 잊어드릴게요!"

"그거 눈치채고 있었어요? 이런……."

PD부터 시작해서 촬영팀 스태프 전원이 태현을 붙잡고 늘어지자 태현도 더 이상 버티지 못했다.

"끄응……. 끄으응……. 끄으으응……."

"아니, 이세연 오면 좋은 거지 왜 그래?"

"죽을래?"

"힝……."

케인은 괜히 말 걸었다가 살기 넘치는 눈빛에 조용히 찌그러졌다.

최상윤은 고개를 저으며 말했다.

"이세연한테는 당한 게 많으니까 빚을 지고 싶지 않은 거겠지."

"이세연한테 당한 게 많다고?"

케인은 고개를 갸웃거렸다. 아무리 생각해도 이세연이 태현한테 맺힌 게 많을 것 같은데…….

"왔다!"

"그래서, 뭘 하면 되는 건데?"

문을 열고 들어온 이세연은 주변을 빙 둘러보았다.

잘사는 건 알고 있었지만 정말 잘사는구나! 이런 곳을 숙소로 쓰고 있다니!

'앗. 이거 경쟁 상대를 염탐할 기회인가? 약간 양심에 찔리는데…….'

이세연은 살짝 고민했다. 게임단 관련된 걸 지금 밝혀야 하나? 다른 상대였다면 정정당당이고 비겁이고 뭐고 신경 안 쓰고 자기 길을 갔겠지만, 태현이 상대라면 이야기가 조금 달랐다. 꼭 정정당당하게 짓밟…… 아니, 이기고 싶었던 것!

"잘 왔다……."

이세연은 떨떠름한 표정으로 태현을 쳐다보았다. 기껏 사람 불렀는데 '아 정말 하기 싫다'가 표정에 다 나와 있는 태현!

'음. 그냥 말하지 말고 염탐해야겠다.'

이 자식은 잘해줄 필요가 없어! 이세연은 깔끔하게 포기하고 화사하게 웃었다. 방송용 스마일!

그러자 태현이 한걸음 뒤로 물러서며 움찔했다.

"뭐야, 그 사악한 웃음은?"

프로게이머들이 모이면 할 이야기는 사실 그리 많지 않았다. 그 프로게이머들 대부분이 밖에 안 나가는 사람들이라면 더더욱!

"……아니, 게임 이야기만 해도 괜찮은 거야?"

이세연은 카메라를 의식하며 작게 물었다. 아까부터 모여서 계속 판온 이야기만 하고 있었던 것이다. 앞으로 길드 동맹이 어쩌니, 이번에 새로 열린 해저 왕국이 어쩌니, 대회가 어쩌니…….

'진짜 이래도 되나?'

"괜찮다잖아. 괜찮으니 저런 거겠지."

"방송을 하면 책임감을 가져야지!"

"날 부른 사람이 책임감을 가져야 하는 거 아닐까?"

"그걸 말이라고……!"

아웅다웅하는 이세연과 태현을 보며, PD는 흐뭇하게 고개를 끄덕였다. 알아서 분량이 나와주는구나!

"이렇게 떠든 다음에는 뭐 하려고?"

"체육관에 가서 거기 있는 사람들을 패면 되지 않을까 생각했는데……."

이세연은 순간 태현이 무슨 소리를 하나 싶었다.

얘가 대체 무슨 소리를?

"그보다 판온 이야기나 다시 해보자고. 맞다. 넌 그러고 보니 대회 준비 안 해? 어디 들어갔다고 했지?"

태현은 은근슬쩍 이세연에게 물었다. 목표는 다른 게임단의 훈련 방식!

'요즘 깨달은 거지만, 나 혼자 잘해서는 의미가 없잖아? 케인도 끌고 가야…….'

물론 이세연은 냉정했다.

"비밀이다."

"그게 뭐 비밀이라고……. 어차피 너 데려갈 만한 게임단은 한정되어 있지 않나? 대형 게임단 중 몇 군데겠지."

'대형이긴 하지…….'

지원하는 모기업 규모만 봤을 때 유성 게임단은 절대 다른 게임단에 밀리지 않았다.

"벌써 대회 준비하고 있지?"

"비밀이라니까. 흥."

"준비하고 있는 거 맞군."

태현이 계속 묻자 이세연은 어깨를 으쓱거리며 대답했다. 이건 사실 별로 숨길 것도 아니었으니까.

"당연하지. 지금 다들 합 맞춰서 연습하고 있잖아. 초에 있을 던전 공략 대회를 노리고……."

태현은 조용히 입을 다물었다. 저번에 던전에서 합 한번 맞추려다가 별 이상한 일만 일어났던 걸 깨달았기 때문이었다.

"〈뉴욕 라이온즈〉 연습 영상 봤지? 길드 전용 던전을 구해서 계속해서 타임어택으로 뚫더라. 정도에 차이는 있겠지만 그게 기본이겠지."

대형 게임단 정도면 게임 내 길드 정도는 당연히 갖고 있었다. 길드 내 사냥터나 던전은 자연스럽게 대회 대비용 연습장이 되는 형식!

"너도 그렇게 하나?"

"당연하지. 나도 내 길드가 아는 던전들이 있으니까."

이세연은 소수 정예 길드의 길마, 그 길드만 아는 비밀 던전이 몇 개 있었다.

"빌려줄래?"

"미쳤니?"

"쳇."

"애초에 넌 영지도 있으면서 뭘 빌려달라는 거야? 영지 근처의 던전을 돌면 되잖아."

"으음……."

<절망과 슬픔의 골짜기>는 점점 좋아지고 있는 영지였지만, 엄청 어려운 던전이 있지는 않았다. 물론 지금 계속해서 플레이어들이 근처에서 퀘스트를 깨고 영지에서 활동하고 있으니 나중에 추가로 발견될 수는 있겠지만, 일단 중요한 건 지금!

"남의 던전을 빌릴까……."

"……어떻게 이야기가 거기로 흘러가지?"

"아니 왜. 빌릴 수도 있지."

"네가 '빌린다'고 하는 건 빌리는 게 아니잖아!"

이세연은 판온 1을 했었기에 태현이 어떤 의미로 말하는지 알았다. 저 빌린다는 건 강제로 빌린다는 것!

이세연이 옆에서 그러거나 말거나 태현은 무시하고 계획을 짜기 시작했다.

"누구 던전을 빌려야 할지 모르겠는데. 제비뽑기할까?"

"그냥 빌려달라고 하면 안 됩니까?"

정수혁이 당연한 질문을 던졌다. 이세연은 안도했다. 그래도 멀쩡한 사람이 한 명은 있구나!

"안 돼. 빌려달라고 하면 그쪽에서 쑥스러워서 거절할 거라고."

"……."

"음. 길드 동맹은 지금 건드리기 좀 그렇지?"

평화 협정을 맺은 상태에서 괜히 태현이 먼저 깨뜨릴 필요는 없었다. 지금 시간이 필요한 건 태현이었으니까.

"좋아. 아주 공평한 방법으로 정해야겠다."

태현은 말과 함께 핸드폰을 꺼냈다. 이세연은 고개를 갸웃거렸다. 뭔 짓을 하려는 거지?

태현은 기사 목록을 켜고 전 세계의 게임단 중 가장 태현의 이름을 많이 언급한 게임단을 찾았다.

[김태현, 우리가 무너뜨린다!]

[김태현의 활약은 우연일 뿐!]

[김태현 개×끼! 저주할 테다!]

'응?'

태현은 순간 잘못 봤나 싶었다. 다시 보니 마지막 건 기사가 아니라 태현을 욕하는 게시판 글이었다.

"좋아. <베이징 파이터즈>군. 내 이름 많이 썼으니 나도 던전 좀 써도 되겠지."

"……."

"뭐야, 불만 있는 사람 있어?"

"아니!"

"없어!"

"없습니다!"

바로 튀어나오는 대답들! 태현은 흐뭇하게 고개를 끄덕이며 이세연에게 말했다.

"우리 팀 참 호흡 잘 맞지 않아?"

"……그, 그래."

"좋아. 이번 퀘스트만 끝내면 〈베이징 파이터즈〉 전용 던전 가봐야겠다. 이다비한테 어디 있나 물어봐야지."

"응? 〈파워 워리어〉 길마?"

"어."

"상인 직업이지? 팀에 넣어도 괜찮겠어?"

"뭐 어때. 다 쓸모가 있는 법이지."

게임단에 소속된 플레이어 중 전투 직업이 아닌 플레이어는 매우 드물었다. 대회에서 비전투 직업은 너무 불리했던 것이다.

"그렇게 말하는 거 보니까 계산한 게 있는 모양이네."

"……물, 물론이지."

이세연은 태현이 살짝 말을 더듬는 걸 보고 '설마 아무 생각 없이 넣은 건 아니겠지?'라고 의심했다가 멈췄다. 아무리 그래도 '그' 김태현이 저런 계산 하나 하지 못했겠는가.

"근데 그 길마는 어디 있어? 다른 숙소에서 지내나?"

"어……. 음……. 어. 그렇지."

"뭐야, 너희들만 이런 좋은 숙소에서 지내는 거야?"

"아, 아니. 거기도 좋다고."

"너 오늘 좀 이상해."

태현과 이세연의 대화를 흐뭇하게 듣던 PD.

옆의 스태프가 말을 걸었다.

"PD님. 그러고 보니 게임단 훈련하는 것도 방송에 넣고 싶다고 하지 않으셨나요?"

"아. 그렇지."

여기 게임단 사람들이 다 캡슐에 들어가서 하루 종일 나오지 않는 바람에 잊고 있었다.

"……설마 또 캡슐에 들어가서 안 나오는 거 아니겠지?"

"그렇게 되면 그냥 게임 내 훈련 영상을 올리는 것도 나쁘지 않을 것 같은데요."

"그것도 그렇겠군. 좋아."

PD는 태현에게 문자 하나를 보냈다.

-훈련 방식도 좀 말해주세요!

"어……."

"왜?"

"훈련하는 것도 담고 싶다는데……."

"보여주면 되잖아?"

"……비밀이거든."

이세연 앞에서 '우리 사실 훈련 같은 거 안 하고 있었어'라고 말할 수는 없었다. 자존심 문제!

"아, 확실히 그것도 그렇겠네. 너희 팀 정도면 안 그래도 견제하려는 팀 많으니까."

그러나 이세연은 다른 의미로 이해한 것 같았다. 태현은 바로 고개를 끄덕였다.

"그래! 내가 그래서 안 보여주려는 거야."

"……너 오늘 진짜 좀 이상한데……."

어쨌든 이세연 덕분에 PD는 만족스러워하며 돌아갈 수 있었다. 억지로 체육관에 가서 선수들을 잡고 팰 필요도 없었고. 덕분에 선수들은 그들도 모르는 사이에 위험을 피할 수 있었다.

"그러면 다음에 연락드릴 테니 스튜디오로 나와주시죠."

"네? 왜요?"

"예? 스튜디오에서 이거 찍은 거 보면서 얘기는 하셔야죠."

"……끝난 거 아니었습니까?"

"태현 씨, 설마 저희 프로그램을 한 번도 안 본 건……."

이세연이 재빨리 태현의 옆구리를 찌르며 수습에 들어갔다.

"그냥 잊고 있었던 거겠죠. 얘도 알고 있으니 걱정하지 마세요."

"하하. 그런 거였습니까? 어쨌든 잘 부탁드리겠습니다. 태현 씨. 방송 기대하셔도 좋을 거 같아요!"

PD는 유쾌한 얼굴로 돌아갔다. 태현은 지친 한숨을 내쉬었다.

"그러고 보니 퀘스트……."

"응? 넌 왜 같이 안 갔냐?"

이세연이 옆에 있는 물병을 들어서 태현을 후려치려고 하자, 최상윤과 정수혁이 급히 말렸다.

"도와준 거 물어내."

"하하, 연예인이 방송 출연하면 좋은 거지. 왜 그래?"

"아. 그래?"

이세연은 상냥하게 웃었다. 태현은 그 웃음에서 뭔가 불길함을 느꼈다.

"네가 그렇게 생각하는지는 몰랐네. 잘 알겠어. 삼촌한테 전달해 줄게."

"참고로 난 연예인이 아닌……."

"너 정도면 충분해. 겸손해할 필요 없어."

"삼촌한테 이르는 건 너무 치사하지 않냐?"

"안 치사한데? 억울하면 너도 이르던가."

"알겠어. 뭐가 궁금한데? 퀘스트 뭐?"

"이번에 해저 왕국 열렸는데 거기 관심 없냐고 물으려고 했지."

"관심 없어. 지금 다른 걸로도 충분히 바쁘거든."

"아. 아탈리 왕국에서 퀘스트 깨고 있었다고 했나?"

"잠깐. 네가 어떻게 아는 거지?"

"네가 당당하게 돌아다니면 사람들이 알아서 글 올리거든? 김태현 봤다고."

교단들을 이간질하고 다닐 때는 가면을 쓰고 다니지 않았었다. 당연한 일이었다. 그걸 본 플레이어들이 게시판에 '나 오늘 김태현 봤다!'고 올린 것!

"네가 해저 왕국 안 간다니 아쉽게 됐네. 길드 동맹이 너무 유리하려나……."

이세연은 아쉽다는 듯이 말끝을 흐렸다. 길드 동맹이 잘나가는 건 그녀도 바라지 않았던 것이다.

"네가 가는 건?"

"나도 지금 퀘스트 깨고 있는 게 있어서 무리야. 어려운 퀘스트여서 도중에 다른 거 할 여유가 없어."

"무슨 퀘스트길래?"

"악신 믿는 교단 추적해서 토벌하는 퀘스트인데……. 등장하는 적들이 다 만만치가 않더라고. 너는 무슨 퀘스트 하고 있어?"

"비밀인데."

자기 궁금한 건 다 물어봐 놓고 입을 싹 닦는 태현에게 이세연은 살의를 느꼈다.

"농담이야. <해적왕의 영원한 유배지> 갔다 오려고."

"거기는 왜?"

"갇혀 있는 플레이어들이 있잖아. 구해줘야지."

"그래서 거기는 왜?"

전혀 안 믿는 이세연!

"퀘스트가 나와서."

"아, 그렇다면 말이 되네."

"이 짐은 여기에 놓도록."

"아니야. 생각해 보니까 저기가 좋은 거 같아."

"다시 생각해 보니까 저기 망루 위가 더 좋은 것 같기도 하고?"

"이도 저도 아니군. 갑판 밑에 집어넣어라. 내가 이런 지시를 내리는 동안 왜 아무도 조언을 안 해준 거야? 파이토스 교단은 정말 형편없군!"

원정대의 지휘권을 맡은 태현. 태현은 각 교단이 내놓은 함선 중 굳이 파이토스 교단의 함선에 탔다. 데메르 교단 함선에 타는 게 가장 평화롭고 좋았겠지만…….

[파이토스 교단 성기사가 당신을 매우 싫어합니다.]

[파이토스 교단 사제가 당신을 매우…….]

그러거나 말거나 태현은 파이토스 교단을 갈구는 것을 멈추지 않았다. 이미 사기 친 것 때문에 관계는 최악이었다. 여기서 좀 더 괴롭힌다고 달라지는 건 없었다.

촤아악-

[<동풍의 가호> 스킬을 사용했습니다. 배의 속도가 빨라집니다.]

교단의 함선들은 플레이어들이 구할 수 있는 배보다 한 수 위였다. 게다가 사제들이 달라붙어 각종 신성 스킬들을 써주니 속도나 방어력 면에서는 더더욱 뛰어났다.

"주변에 배들이 왜 이렇게 많지?"

"해저 왕국 가는 거 아닙니까?"

"우리도 해저 왕국 가면 안 되냐? 여기 전력 이끌고 가면 대박일 텐데."

"퍽이나 먹히겠다. 안 돼."

교단 NPC들 중 갑자기 '해저 왕국 가서 왕위를 얻자!'이러면 받아들일 NPC들이 별로 없었다. 옳다구나 하고 반대하면 반대했지!

태현이 일행과 떠드는 사이, 파이토스 교단 고위 사제인 후고가 못마땅한 얼굴로 다가왔다.

"김태현 백작. 지금 뭐 하는지는 모르겠지만……."

"아니! 후고 사제! 이번 원정대 지휘를 맡은 나한테 무례하게 말하는 건가?! 설마 아니겠지?!"

태현은 너무 깜짝 놀랐다는 듯이 말했다. 후고 사제는 이를 빠드득 갈며 말했다.

"김태현 백작님. 지금…… 뭐 하시는 건지는 모르겠지만, 저주를 풀기 위해 유배지로 가려면……. 빠득빠득……. 지도가 필요합니다."

"유배지로 가려면 지도가 필요하다니. 너무 뛰어난 의견이군. 아무도 생각지 못한 의견 같……."

"지도가 필요하다 이겁니다! 지도를 구하실 방법은 있으십니까!"

"음. 후고 사제는 있나?"

"지금 시중에 돌아다니는 유배지 지도들이 있다고 들었습니다."

태현은 순간 움찔했다. 그 가짜 지도들이 어디서 나왔는지 알고 있었던 것이다.

"그 지도들을 구해서 어디 있는지를 확인해야 합니다."

"……별로 효과 없을 것 같은데."

"원정대의 지휘를 맡으신 분이 그런 무책임한 소리를 하시다니. 그러면 어떻게 하면 좋겠습니까?"

"적어도 그 지도들을 구하는 건 아닌 것 같은데. 가짜일 수도 있잖아."

"보지도 않고 그걸 어떻게 압니까! 그러면 이렇게 합시다. 저는 저희 성기사들을 불러 모아 지도를 확인할 테니 백작님은 가만히 기다리기만 하십시오!"

"그렇게 할까?"

후고 사제는 깜짝 놀랐다. 김태현 백작이 미쳤나?

그러나 후고 사제는 금방 표정을 수습했다. 그의 눈빛에는 교활한 빛이 맴돌았다.

"그러면 그렇게 하도록 하겠습니다."

돌아간 후고 사제는 부하들을 불러놓고 외쳤다.

"기회다! 김태현 백작이 무슨 생각을 하는지는 모르겠지만 이건 명백한 실수다. 원정대의 지휘를 맡은 지 얼마 안 되는 상황에서 저렇게 안일하게 굴다니. 다른 교단들이 다 데메르 교단처럼 자기한테 꼬리를 치는지 아는 게 분명하다. 너희들은 최대한 빠르게 움직여서 지도를 갖고 와라. 지도만 얻으면 데메르 교단을 제외한 다른 교단들을 불러 김태현 백작의 지휘권을 뺏을 수 있다. 무능한 지휘관은 필요 없으니까!"

"예!"

뒤에서 살벌한 대화가 벌어지는 걸 본 최상윤이 중얼거렸다.

"야, 재네들이 너 쫓아내려고 하는 거 같은데?"

"내버려 둬. 어차피 못 할 테니까."

태현은 품속에 있는 진짜 지도를 꺼냈다. 가짜 지도를 만들게 할 때만 해도 일이 이렇게 흘러갈 거라고는 생각지도 못했는데…….

-태현 님! 태현 님!

-……?

-저, 파워 워리어 길드의 최민수라는 플레이업니다!

-어……. 근데? 왜 이다비가 아니라 나한테 귓속말을?

보통 파워 워리어 길드원들은 이다비에게 보고하거나 말했지 태현에게 직접 말을 걸지는 않았다.

-정말 급한 상황이라서 어쩔 수가 없었습니다! 크흑!

-……?

-드래곤……. 드래곤이 나타났습니다!

-??

정말 밑도 끝도 없는 말에, 태현은 당황했다. 뭔 드래곤?

[<아란티스 왕이 숨겨놓은 편지>를 얻었습니다.]

[퀘스트 정보가 추가되었습니다.]

생각지도 못한 편지를 얻은 유 회장. 그렇지만 새로 전직한 직업의 스킬들이나 확인해 보며 낚시를 하려고 했다. 그러나 파워 워리어 길드원들은 대성통곡을 하며 서럽게 매달렸다.

"으헝헝! 어르신! 이런 기회를 놓치면 저희는 평생 후회할 겁니다!"

"그 편지가 얼마나 대단한 아이템인지 아십니까!"

"제발 한 번만 가서 확인해 봅시다! 어르신! 낚시는 거기서 해도 되잖습니까!"

한 시간 동안 서럽게 매달리자 귀찮아진 유 회장은 결국 허락했다.

"아, 가서 보면 되잖느냐! 가라!"

"만세!"

허락을 받은 파워 워리어 길드원들은 호다닥 움직였다.

혹시라도 유 회장이 마음을 바꿀까 봐 재빠르게!

촤아악-

"어? 뭡니까?"

"이 배 어디 가는 거죠?"

해저 왕국 위에서 싸우다가 배를 잃고 구출된 플레이어들은 고개를 갸웃거렸다. 파워 워리어 길드원들과 달리, 그들은 이 배가 어디로 가는지 몰랐던 것이다.

"보물 찾으러 간다!"

"아니, 보물은 저기 해저 왕국에 있는데……."

"보물은 거기에만 있는 게 아냐!"

[<고대 해룡의 숨겨진 던전>을 발견했습니다. 명성이 크게 오릅니다. 항구 도시에 가서 이 사실을 이야기할 경우 대접받을 수 있습니다.]

"오옷!"

지도를 따라 나아가니, 해저 던전의 입구가 나왔다. 파워 워리어 길드원들은 신이 나서 바로 뛰어들려고 했다.

"잠, 잠깐만요. 이거 깰 수 있는 거 맞아요?"

"이름이 너무 강해 보이는데?"

아직 이성을 잃지 않은 플레이어들은 경계심 넘치는 얼굴로 말했다. 물론 던전의 이름 가지고 던전의 수준을 완벽하게 판단할 수는 없었다. 그렇지만 대충은 가능!

〈토끼들이 뛰노는 훈훈한 던전〉은 쉬울 가능성이 높았지만, 〈고대 해룡의 숨겨진 던전〉은 어려울 가능성이 높았다.

그러나 욕망에 눈이 먼 파워 워리어 길드원들은 아랑곳하지 않았다.

"걱정 마! 우리가 언제 던전을 실력으로 깼다고 그래!"

"가서 힘들면 그냥 나오면 되지! 보고만 나올 거야! 안 되면 도망친다!"

"아, 네."

당당하게 도망친다고 말하는 파워 워리어 길드원들의 기세에, 다른 플레이어들은 한 걸음 물러섰다.

풍덩, 풍덩, 풍덩!

파워 워리어 길드원들은 단체로 뛰어들어 던전에 들어가기 시작했다.

[<고대 해룡의 숨겨진 던전>에 입장하셨습니다.]

[처음으로 입장하셨습니다.]

'추가 보너스를 주겠지?'

'역시 추가 보너스겠지.'

파워 워리어 길드원들은 서로 쳐다보며 흐뭇하게 웃었다.

최초로 던전에 입장한 사람에게 주는 추가 보너스!

그것만 챙겨도 쏠쏠한…….

[처음으로 입장하셨습니다. 자격이 없습니다. <해룡의 저주> 페널티를 받습니다. 전체 스탯이 50% 하락합니다.]

"뭐여?!"

보너스를 줘도 모자랄 판에 뭔 페널티!?

"일단 빨리 움직이자!"

"여기 빨리 움직일 수가 없어……!"

해저 던전이라고 무조건 물이 들어차 있는 건 아니었지만, 여기 해룡의 던전은 완전히 물로 가득 차 있었다.

이동하는 것도 헤엄쳐서 이동해야 하는 것!

[오랫동안 잠수해 있을 경우 공기가 필요합니다. 공기를 마시지 않을 경우 지속적으로 HP가 감소합니다.]

-이 던전은 뭐 이러냐!? 보통 물이 차 있으면 호흡할 수 있도록 버프 같은 거 걸어주지 않아?

-일단 포션 꺼내!

파워 워리어 길드원들은 급한 대로 〈수중 호흡 포션〉을 꺼내 마셨다. 물속에서도 숨을 쉴 수 있게 만들어주는 포션!

아까웠지만 일단 써야 될 하지 않겠는가.

-근데 몬스터가 없다?

-그러게? 앗. 여기 광석이다. 광석 좀 캐고 갈…….

-포션 제한 시간 봐라, 멍청아! 그럴 시간 없어!

-안 돼! 광석! 광석! 저거 비싸 보인다고!

파워 워리어 길드원들은 급하게 움직였다. 수중 호흡 포션은 시간 제한이 있었다. 최대한 빠르게 움직여서 이 던전을 파악해야 했다. 급하게 움직이는 탓에, 길드원들은 '왜 몬스터가 이렇게 없지?' 하고 의심하지 못했다.

이 정도 던전이면 몬스터가 없는 게 이상한데!

-갈림길이다. 나눠서 길 찾자.

-오케이. 난 이쪽으로.

-앗. 치사하게……!

새 던전을 공략하는 방법은 수도 없이 많았지만, 파워 워리어 길드원들은 단순한 방법을 사용했다. 인해전술!

갈림길이 있다면 나뉘어 들어간다. 나중에 정보를 합치면 지도가 완성되는 것이다. 애초에 몬스터와 싸우는 것보다는 던전에 있는 걸 갖고 튀려는 게 목표인 그들에게 어울리는 방식! 물론 재수 없으면 각자 나뉘어서 전멸하는 경우도 많았지만, 그러면 다음 길드원들이 바로 들어왔다. 죽는 걸 그렇게 아쉬워하지 않는 그들이기에 가능했다.

갈림길에서 왼쪽으로 간 파워 워리어 길드원들은 벽을 짚고 헤엄쳐 앞으로 나아갔다.

탁-

뭔가 걸리는 소리!

콰아아아아아앙!

[HP가 0으로 내려가 사망합니다.]

-야! 우리 죽었어!

-간 지 얼마나 됐다고 죽어? 뭐 있는데? 무슨 몬스터야?

-아니, 몬스터도 아니라 그냥……. 뭔가 확 터지던데? 함정인가?

-그쪽 길은 절대 가면 안 되겠다. 알겠어.

-혼자 먹기 없기다! 다 보고 있어! 나중에 같이 나눠 먹어야 해!

서로에 대한 신뢰라고는 조금도 없는 길드원들! 로그아웃 당했어도 나중에 나오는 보상은 같이 나눠야 했다. 그것이 규칙이었다.

-칫.

-근데 진짜 뭐에 당한 거지? 저런 함정도 있나? 뭔지도 못 보고 즉사할 정도면…….

남은 길드원들은 의아해했다. 지금 원정대에 따라온 길드원들은 레벨은 좀 낮아도 경험은 많은 이들이었다.
다른 건 몰라도 살아남는 재주 하나는 뛰어난 이들!
그런 그들이 반응도 못 하고 바로 로그아웃 당했다는 건 잘 이해가 가지 않았다.

-대체 뭐에 당…….

콰아아아아아아아아앙!

-으허억?!
-뭐야!

그들은 곧바로 알게 되었다. 통로 벽을 뚫고 거대한 앞발이 튀어나온 것이다. 1초만 더 빨랐어도 전원이 즉사했을 것! 너무 덩치가 커다란 탓에 몬스터인 걸 눈치채지 못한 것이다.
-너희는 누구냐…….
"잠, 잠깐! 누구신지는 모르겠지만 저희는 적이 아닙니다! 나가시라면 바로 나가겠습니다!"
바로 납죽 엎드리는 길드원들! 꽤 잘 먹히는 방법 중 하나였다. 물론 이성이 없는 몬스터에게는 안 통했지만…….
상대가 멈칫하자 길드원들은 혹했다. 통하나?!

[화술 스킬이 너무 낮습니다. 고대 해룡, 오케노아스를 설득할 수 없습니다. 오케노아스가 귀찮아하며 당신들의 말을 듣기를 거부합니다.]

-자격이 없는 자들은 여기에 들어올 수 없다……. 떠나라…….

"네, 네! 지금 바로 떠나겠습니다!"

그래도 살아 나간다는 게 어디냐.

길드원들은 바로 나가서 정보를 공유하려고 했다. 그러나 오케노아스는 그렇게 친절한 드래곤이 아니었다.

콰아아아아앙!

[HP가 0으로 내려가 사망합니다.]

다시 휘둘러진 앞발에, 길드원 전원이 로그아웃당했다.

CHAPTER 6

"당신 때문이잖아!"

"뭔 일만 일어나면 나 때문이냐?!"

추하게 멱살을 잡고 싸우는 파워 워리어 길드원들!

"쯧쯧……."

유 회장은 고개를 저으며 낚싯대를 드리웠다.

[<해룡을 섬기는 푸른 물고기>를 낚았습니다. 아무도 잡지 못한 물고기를 처음으로 잡았습니다!]

'오옷!'

그러는 동안 파워 워리어 길드원들은 대책을 고민했다.

"대화 자체가 안 되더라. 우리 화술 스킬로는 쨉도 안 돼."

"걔가 그래도 화술 스킬이 중급인데, 걔 말이 안 통했다는 건 대화 자체가 불가능한 거겠지…….”

화술 스킬이 중급만 되어도 판온에서는 매우 높은 축에 속했다.

“자격이 없다는 게 힌트 같은데.”

“자격……. 자격……. 레벨인가?”

“아냐, 레벨은 아닌 거 같아.”

길드원들은 머리를 맞대고 고민했지만, 딱히 답이 나오지는 않았다. 그러자 최민수가 말했다.

“좋은 방법이 있다.”

“……?”

“태현 님한테 부탁하자.”

저렇게 당당하게 부탁하자고 말하기도 힘들었다. 길드원들은 차가운 눈빛으로 최민수를 쳐다보았다.

“아니……. 그건 좋은 방법이 아닌 것 같…….”

“괜히 민폐 끼쳤다가 길마님한테 혼난다고요.”

“저 저번에도 혼나서 이번에는 안 돼요.”

“아냐, 잘 들어봐! 이 퀘스트 보상을 보라고. 태현 님도 들으면 솔깃하실지도 몰라! 그리고 누가 억지로 데려온대!? 억지로 데리고 오려고 해도 데려와질 사람이냐?!”

“그건 그렇긴 해.”

“확실히…….”

모두가 고개를 끄덕였다. 태현이 거절하면 거절했지 억지로 끌려올 사람은 아니었던 것이다.

"좋아! 그러면 지금 연락한다!"

상황 설명을 들은 태현은 떨떠름한 표정을 지었다.

판온에서 드래곤은 보통 잡는 게 불가능한 몬스터였다.

'판온 1에서 드래곤들 평균 레벨이 몇이었더라? 500은 넘겼던 것 같은데…….'

판온 2에서도 아직 드래곤을 잡은 플레이어는 아무도 없었고, 이제 막 레벨 200을 넘기는 플레이어들의 수준을 봤을 때 한동안도 없을 것 같았다.

'드래곤……. 드래곤이랑은 엮여서 좋을 게 없는데…….'

안 그래도 번호표를 뽑아줘야 할 정도로 적을 많이 만든 태현이었다. 그렇지만 태현에게는 파워 워리어 길드원들과 다른 점이 한 가지 있었다. 모든 판온 플레이어들과도 다른 점!

"용용아. 흑흑아."

"혹시 오케노아스라는 드래곤 아니?"

진짜로 드래곤 두 마리를 데리고 다닌다는 것!

-잘 모르겠습니다?

"저런 쓸모없는 녀석. 누구를 닮았나 몰라."

흑흑이는 시무룩해져서 꼬리를 내렸다. 그러나 용용이는 달랐다.

-주인이여. 오케노아스는……. 혹시 바다 밑에 사는 고룡,

오케노아스를 말하는 건가?

"……!"

용용이는 흑흑이와 달리 오케노아스가 뭐 하는 드래곤인지 알아맞혔다. 흑흑이는 다급하게 변명을 시작했다.

-아니, 주인님. 저희 블랙 드래곤 종족은 골드 드래곤 종족과 달리 친목질에 능숙하지 않아서…….

"추한 변명은 그만하자. 흑흑아."

-흑흑……. 진짜입니다…….

블랙 드래곤은 대부분 성격 더럽고, 사악한 축에 들어갔다. 괜히 사디크 신과 계약을 맺었겠는가. 그에 비해 골드 드래곤은 대부분 정의롭고, 선하고, 호구…… 아니, 착한 축에 들어갔다.

아키서스와 신수의 계약을 맺은 것만 봐도 알 수 있었다. 당연히 골드 드래곤인 용용이가 블랙 드래곤인 흑흑이보다 발이 넓을 수밖에 없었다.

"장하다, 용용아. 널 믿고 있었어!"

-주인이여…….

"어쨌든 그래서 그 오케노아스가 뭐 하는 놈인데?"

-기억이 맞다면, 바다 밑의 둥지에서 은거하고 있는 드래곤이다. 거기서 안 나온 지 몇천 년은 됐다고 들었는데…….

"그래? 뭐 특별한 약속 같은 걸 해서 그런 건가?"

특별한 약속을 한 드래곤은 그 약속을 지키기 위해 전력을 다했다. 신수 계약을 한 용용이나 흑흑이까지 가지 않더라도, '어떤 던전을 지키겠다'라고 약속을 하면 계속 그 던전을 지키는 것이다. 오케노아스도 그런 부류라면…….

-아닐 거다. 그냥 오케노아스는 게으르기로 소문난 드래곤이다. 게을러서 안 나왔을 가능성이 크다.

"……그, 그래."

태현은 살짝 당황했다.

"그 오케노아스가 있는 곳에 왕관인가 뭔가가 있는 모양인데, 거기 있는 걸 가지고 나올 수 있나?"

-무리일 것 같습니다. 주인님.

흑흑이가 잽싸게 끼어들었다. 용용이한테 계속 밀린 탓에 위험을 느낀 것이다. 계속 이렇게 밀리다가는 정말 찬밥 신세가 될지도 모른다!

"흑흑아."

-네?

"'내가 갖고 나올 수 있냐?'라고 물은 건 있는지 없는지 물어본 게 아니라 방법을 찾아내라고 물어본 거야."

-네…….

-그렇지만 주인이여, 흑흑이의 말이 틀린 건 아니다. 오케노아스는 게으른 만큼 자기 둥지에서 누군가 돌아다니는 걸 싫어한다.

"너희들은?"

-음?

"너희들은 같은 드래곤이니까 좀 낫지 않을까?"

-아, 아니. 나는 오케노아스와 만나본 적도 없고……. 오케

노아스는 나이도 많아서 성질도 더러울 거고…….

-저, 저는 블랙 드래곤이라 오케노아스가 더 싫어할 겁니다!

-아니다, 주인이여! 오케노아스는 나 같이 참견 많은 골드 드래곤을 더 싫어할 거다!

"흠. 뭐 누가 들어갈지는 도착해서 생각하고……. 일단 거기 어떻게 갈지나 고민해 볼까."

오케노아스든, 왕관이든, 결국 그 해저 던전에 가야 해결할 수 있었다. 그렇지만 지금 태현은 태현을 싫어하는 놈들이 절반 넘게 있는 원정대를 이끄는 상황!

이유가 없으면 끌고 갈 수 없었다.

"김태현 백작!"

"어허."

"……님! 여기…… 지도를……. 빠득……. 갖고 왔으니 확인해 보십시오."

후고 사제는 노려보며 지도들을 내밀었다.

[지도를 확인했습니다. 정보가 갱신됩니다.]

"응?"

후고 사제가 내민 지도들을 읽고 맵을 켠 태현은 고개를 갸웃거렸다. 다 위치가 조금씩 달랐던 것이다.

'파워 워리어 놈들……. 지도를 얼마나 대충 만든 거야…….'

그렇지만 태현은 내색하지 않고 감탄한 얼굴로 고개를 끄덕였다.

"대단하군, 후고 사제! 지도를 갖고 오는 일을 이렇게 잘 해내다니. 앞으로 심부름은 후고 사제를 시켜야겠어!"

칭찬이지만 욕처럼 들리는 칭찬!

후고 사제는 빠득빠득 이를 갈았다. 그러는 사이 태현은 지도에 나온 위치 중 하나를 발견했다.

'아, 여기 있군.'

해저 왕국이 발견된 위치를 그린 지도! 파워 워리어 길드원들이 그린 지도다 보니 위치가 비슷한 지도가 제법 많았다. 태현은 이 지도를 핑계로 해저 왕국 근처로 갈 생각이었다. <해적왕의 영원한 유배지>에 가서 저주를 풀고 고귀한 영혼들을 구출해 주는 것도 좋겠지만, 이렇게 기껏 모인 교단 NPC들을 안 써먹을 수는 없었다.

일단 해저 왕국까지 가서 써먹을 수 있는 만큼 써먹은 다음 유배지로 가자!

어떻게 끌고 갈까 고민하고 있었는데, 후고 사제가 알아서 이렇게 가짜 지도를 갖고 와주니 일이 쉬워졌다.

"후고 사제, 그러면 이 지도에 나온 위치로 가야겠군. 음, 나는 근데 이 지도를 못 믿겠는데……. 후고 사제가 구해온 거라……."

"무슨 허튼소리를! 제 부하들이 갖고 온 것에 불만이라도 있습니까!"

"아니, 이게 가짜면 어떻게 하겠어."

"말도 안 되는 트집 잡지 마십시오, 김태현 백작! ……님!"

"그래? 그러면 만약 이 지도가 잘못된 지도여도 내 책임은 없는 거다?"

"물론입니다! 어서 명령이나 내리시죠!"

[후고 사제를 완벽하게 속이는 데 성공합니다. 화술 스킬이 오릅니다.]

'쉽군.'

후고 사제를 요리하는 건 손쉬운 일이었다. 이대로 해저 왕국 근처까지 간 다음 은근슬쩍 드래곤이 있는 곳까지 가면…….

'잠깐, 간다고 달라지는 게 없잖아?'

생각해 보니 교단 전력을 이용하고 싶어도 이용하기가 좀 애매한 상황이었다. 괜히 잘못했다가는 아까운 교단 NPC들을 드래곤에게 들이붓고 끝나는 상황이 올 수도 있는 것!

'음……. 파이토스 교단만 들여보내고 간을 좀 볼까…….'

태현은 질 좋은 미끼를 보는 눈빛으로 파이토스 교단을 쳐다보았다. 튼튼하고 잘 버티는 성기사들이야말로 좋은 미끼 아니겠는가!

오싹! 파이토스 교단 NPC들은 이유도 모른 채 등골이 오싹해지는 기분을 느꼈다.

유 회장은 낚싯대를 휘둘렀다. 짜릿한 손맛에 유 회장은 만족한 얼굴로 고개를 끄덕였다.

'여기가 해저 왕국보다 더 낫군!'

나오는 물고기들도 그렇고, 무엇보다 시끄러운 플레이어들이 없었다. 파워 워리어 길드원들이 '앗! 저기 골드가 떠다닌다! 구해주러 가자!' 하는 소리를 들을 필요가 없는 것이다.

"그러니까……. 여기 놈들은 다 만만해 보이잖아……."

"그렇지? ……그러니까 배 한 척 뺏어서……."

배 선실 뒤에서 들리는 흉흉한 소리! 유 회장은 눈썹을 찌푸렸다. 지금 저놈들은 분명 파워 워리어 길드원들이 건져 올린 놈들!

'물에 빠진 놈 건져놨더니 보따리가 아니라 배까지 내놓으라고 하는군.'

유 회장은 몰래 파워 워리어 길드원들을 불렀다.

"너희들, 지금 저런 꿍꿍이를 꾸미고 있는 걸 알고 있었냐?"

유 회장의 말을 들은 길드원들은 충격받은 얼굴이었다.

"말도 안 됩니다!"

"플레이어들한테 거의 반강제로 골드 받아서 구해줬는데 뒤통수 맞는 게 말이 안 된다는 거냐?"

"……듣고 보니 말이 되네요!"

"우리라도 뒤통수 노릴 거 같다. 그치?"

파워 워리어 길드원들은 서로 마주 보며 헤헤 웃었다.

"그러면 어떻게 하지?"
"배째로 가라앉힐까?"
"봐줄 테니 골드를 뜯어내는 건……."
"……됐다. 그냥 내가 지시를 내리마."
이것들 믿고 낚시하다가는 속 터지겠다! 유 회장은 깔끔하게 포기하고 결정을 내렸다. 그러나 이미 너무 늦었다.
촤아악-
"?!"
갑자기 함대에서 배 하나가 튀어나오더니 전속력으로 달리기 시작했다.
"됐다!"
"밟아! 밟으라고!"
플레이어들이 배 하나를 뺏는 데 성공한 것이다.

"됐다! 내가 뭐라고 했냐, 된다니까! 저것들 다 호구라고!"
"그래도 우리 구해줬는데 너무……."
"뭐? 내릴래?"
"아, 아니야."
"이대로 끝낼 수는 없어! 다시 해저 왕국으로 가서 싸워야지!"
"저기 함대가 쫓아오면 어떡하지?"
"저거 배만 많지, 다루는 놈들은 다 호구들이라니까. 그리고 함대 끌고 쫓아와 봤자 해저 왕국 안으로 들어가면 어쩔 건데. 자기들끼리 쫓아올 거야?"

파워 워리어가 구출한 플레이어들이 모두 선량한 플레이어들은 아니었다. 그들 중에는 뻔뻔하고 욕심 많은 플레이어들도 당연히 있었다. 처음에는 함대의 크기에 질려 있던 그들도, 시간이 지나자 파워 워리어 길드원들이 어떤 사람들인지 파악한 것이다.

만만하다!

그걸 깨닫자 재빨리 계획을 세워 배를 뺏고 탈출했다. 붉은 바다 해적 NPC들이 좀 걱정되긴 했지만, 그들이 적게 탄 배를 노리니 의외로 쉽게 풀렸다.

"가자! 다시 해저 왕국으로!"

"어……."

"저, 저 앞에 뭐냐?"

순간 그들은 방향을 착각한 줄 알았다. 뒤에도 해적 함대가 있는데 앞에도 함대가 나타난 것이다.

"아니! 하론 사제! 여기 유배지가 대체 어디 있는 거지?! 내 눈이 나쁜 건가? 응?"

"저, 저기. 김태현 백작님. 그런 조롱은 좀……."

데메르 교단 사제들이 조마조마한 얼굴로 나섰지만, 태현은 멈추지 않았다.

"여긴 유배지가 아닌 것 같은데?!"

"크으으윽……."

후고 사제는 분하다는 얼굴로 무릎을 꿇고 있었다. 도저히 영문을 알 수 없는 상황!

지도에 나온 대로 왔는데 왜 이상한 곳으로 왔지?

태현은 슬픈 표정으로 말했다.

"후고 사제를 믿고 왔는데 이런 곳이라니. 자네들도 뭐 할 말 있나? 후고 사제랑 의견을 같이 한 사람?"

"……없, 없습니다."

"애초에 저 의견은 후고 사제가 독단적으로 낸 거라……. 하하……."

재빨리 손을 끊는 다른 교단 사제들! 태현은 흐뭇하게 고개를 끄덕였다. 저렇게 서로 물고 뜯어야 갖고 놀기 좋았다.

"그래. 그러면 이 근처를 좀 더 확인해 보도록 하지."

"그러실 필요까지 있겠습니까?"

"어허! 후고 사제의 명예를 생각해 줘야지 않겠나! 이렇게 왔는데 그냥 돌아가면 후고 사제가 뭐가 되나! 이상한 지도를 찾아온 멍청이가 되지 않겠어!"

손쉽게 제압을 끝낸 태현은 산뜻한 기분으로 움직였다.

파워 워리어 길드원들이 가르쳐 준 장소로!

촤아아악-

그런데 목적지에 거의 도착하니, 웬 배 한 척만 따로 앞에 튀어나와서 전속력으로 달려오고 있었다. 깃발을 보니 붉은 바다 해적들의 배는 맞는 것 같은데…….

"뭐 하냐? 속도 줄이라고 전해라."

"예!"

성기사들이 고함을 쳤지만 배는 멈추지 않았다. 태현은 간단하게 대응했다.

"파이토스 교단, 앞으로!"

배로 배를 막는다면 파이토스 교단이 제격이지! 교단 NPC들은 불만 가득한 얼굴이었지만 태현의 명령을 따랐다.

"으허억!"

도망치던 플레이어들은 아예 길을 가로막자 기겁하며 배의 방향을 틀려고 했다. 그러나 이미 늦은 상태!

"올라타라!"

태현과 함께 파이토스 성기사들이 배 위로 우르르 달려들자 플레이어들은 더더욱 기겁했다.

"파워 워리어 길드원 놈들 불러놓고 왜 무시를……. 응? 너희들은 누구냐?"

"저…… 저, 저희들도 파워 워리어 길드원인데……."

"거짓말하지 마라."

태현은 단칼에 말을 잘랐다. 플레이어들은 깜짝 놀랐다.

'어떻게 눈치챈 거지?'

파워 워리어 길드원들은 워낙 숫자가 많고 제각각이어서 그들이 우겨도 바로는 눈치 못 챌 줄 알았는데…….

"파워 워리어 길드원들은 그렇게 좋은 장비를 입고 있지 않아."

저런 이유로 들키다니! 플레이어들은 기가 막혔다.

'야, 어떻게 할 거야?'

'조용히 해봐. 지금 생각 중이잖아.'

뭐라고 변명을 해야 지금 상황에서 도망칠 수 있을까?

"음. 파워 워리어 길드원들도 아닌데 파워 워리어 길드원인 척하고, 게네들 배도 타고 있으면……. 그냥 도둑놈들이군."

간단하게 결론을 내린 태현!

'들켰다!'

'젠장, 그러면 공격해! 뚫고 나가야지!'

"모두 공……."

"김태현 백작님! 저쪽에 다른 함대가 있습니다!"

성기사 한 명이 달려와서 보고했다. 플레이어들은 그 말을 듣고 멈칫했다.

'김태현?'

'……김, 김태현?'

태현은 그들을 쳐다보며 물었다.

"모두 공?"

"공…… 공손히 무기를 내리고 예의를 지켜서……. 태현님을……."

"이야. 말 바꾸는 솜씨가 케인보다 나은데?"

"뭔가 오해가 있었던……."

"그래, 알아, 알아."

"그게 아니라……."

"안다니까? 왜 자꾸 귀찮게 질척거려? 너 나 못 믿냐?"

태현이 정색하자 플레이어는 그대로 쭈그러들었다. 아무리 변명을 해도 웃으면서 '알아, 알아'로 대응하는 태현! 오히려 더 무서웠다.

"너희들은 여기 파이토스 애들이랑 같이 있자."

"이유를……. 물어봐도 되겠습니까……?"

"같이 미끼로 쓸 놈들은…… 아니, 같이 움직일 놈들은 묶어놔야 편하거든."

"방금 미끼라고 하셨……."

"너 왜 자꾸 내 말에 토 다냐. 나한테 원한 있냐? 너 길드 동맹 출신이냐?"

"네? 아닙니다!"

"아니면 잘됐네. 앞으로 조심해. 오해 살 짓 하지 말고."

태현이 플레이어들을 끌고 오자 파워 워리어 길드원들은 신발도 신지 않고 달려 나왔다. 사실 신발을 안 신고 다니는 플레이어들이 더 많았지만!

"으헝헝! 기다리고 있었습니다! 태현 님!"

"저 못된 놈들을 혼내주세요!"

"아냐. 이야기해 보니까 사정이 있더라고. 이해해 주기로 했어."

"태현 님 맞아?"

"아닌 것 같은데……."

순식간에 수군거리기 시작한 파워 워리어 길드원들! 복수의 화신 그 자체인 태현이 '이야기'와 '이해'를 꺼내니 당혹스럽기 그지없었다.

"흠……. 그러니까 낚시를 하다 건진 것 때문에 여기까지 왔다……."

상황 설명을 다시 한번 듣고 유 회장을 쳐다보았다.

"어르신 운이 참……."

"네가 할 소리냐?!"

"전 노력과 실력이고요. 어쨌든 일단 기껏 발견한 던전, 못 써먹는 것도 아까우니까 선발대를 다시 보내봅시다."

"저, 저희가 가나요?"

"아니. 너희보다 더 좋은 인재들이 저기 있잖아."

태현은 뒤를 가리켰다. 파이토스 성기사들과 어정쩡한 자세로 서 있는 플레이어들이 있었다.

"김태현 백작님. 여기는……. 그…… 유배지가 아닌 것 같은데요?"

"후고 사제가 갖고 온 지도에는 여기라고 나와 있었다. 분명 이 던전에 단서가 있는 거겠지. 설마 너……. 후고 사제를 못 믿는 거냐? 너희 교단의 사제인데?"

"그, 그런 게 아니라……."

"빨리 들어가!"

[파이토스 교단의 성기사를 설득…… 화술 스킬이……]

튀려다 잡힌 플레이어들이 눈치를 보며 물었다.

"저희도 들어가야 합니까?"

"안 들어가도 돼."

"휴……."

"죽고 싶으면."

"……들어가겠습니다."

"난 분명 강요 안 했다?"

"크흑……."

플레이어들은 눈물을 머금고 파이토스 교단 성기사들과 함께 던전으로 향했다. 케인은 그 뒷모습을 보며 생각했다.

'게시판에 김태현 욕하는 글이 또 하나 올라올 것 같은 기분이…….'

그러거나 말거나 태현은 일행을 이끄는 성기사에게 편지를 맡겼다.

"맞다. 던전 들어가서 뭔가 덤벼오면 이 편지를 바치러 왔다고 말해봐. 통할지는 모르겠지만."

"이, 이게 뭡니까? 잠깐. 던전에 뭐가 있는지 아시는 겁니까?"

"아냐. 나도 모르는데 원래 진심은 통하는 법이라잖아. 웬만하면 싸우지 말고 이거 잘 전달해 보라고."

개발새발로 써놓은 것 같은 편지! 성기사들은 '이게 뭔 이상한 편지냐' 했지만, 나름 두 드래곤들이 정성 들여 써놓은 편지였다. 글씨체는 어쩔 수 없는 것!

신수가 정성을 담아 쓴 편지:

정성을 담아 썼다고 글씨가 예쁘다는 보장은 없습니다. 중요한 건 내용입니다.

파이토스 사제 한 명이 탐색 마법을 편지에 사용했다.

"음……. 신성함과 사악함이 동시에 느껴지는……."

"뭐야. 지금 나 못 믿고 편지 확인한 거냐?"

"아, 아닙니다. 그게 아니라, 혹시 몰라서……."

파이토스 사제는 땀을 삘삘 흘리며 손을 내저었다. 덕분에 왜 편지에서 사악함이 느껴지는지는 물어볼 수도 없었다.

"자! 빨리 들어가서 죽…… 아니, 안에 뭐가 있는지 알아보고 오라고."

"방금 '죽'이라고 하셨……."

태현과 일행들이 중앙 대륙에서 멀리 떨어진 바다에서 사투를 벌이고 있는 동안, 이세연도 그녀의 퀘스트를 진행하고 있었다.

중앙 대륙의 남쪽에 있는 프리카 대륙! 중앙 대륙보다 비교적 밝혀진 게 적고, 아직 탐험할 게 무궁무진한 곳이었다.

판온의 랭커들을 크게 나누면 길드 동맹처럼 중앙 대륙에서 세력 다툼을 하거나, 중앙 대륙이 아닌 다른 곳에서 퀘스트를 하는 부류로 나눌 수 있었다. 이세연은 전형적인 후자!

중앙 대륙의 왕국 안에서 움직이는 게 아닌, 밖에서 미지의 퀘스트를 찾아내고 보상을 받는 게 훨씬 더 재미있고 보람 있었던 것이다. 그녀뿐만 아니라 소수 정예 길드에 소속된 랭커들은 대부분 그런 식으로 움직였다.

"캬아아악! 죽어라, 침입자!"

-주인님에게 손가락 하나라도 닿을 수 없을 것이다!

어두컴컴한 숲. 나무 사이에서 뱀파이어 전사들이 튀어나와 이세연의 언데드 군대들을 공격했다. 숫자는 적었지만 이세연이 불러낸 언데드들은 정예 중의 정예.

다른 네크로맨서들이 스켈레톤 전사나 궁수, 구울 전사나 궁수를 몰고 다닐 때 이세연은 데스 나이트는 기본이고 온갖 강화 골렘까지 데리고 다녔다. 덕분에 적은 숫자만 보고 덤벼든 뱀파이어 전사들은 그대로 박살이 났다.

콰직, 콰직!

-고대 피의 저주, 혼란의 눈!

불러낸 언데드 부하들이 싸우는 사이 뒤에서 저주를 날리는 이세연. 전술 자체는 평범한 네크로맨서의 정석이었다.

그렇지만 평범한 전술도 이세연 같은 최상위권 랭커가 펼치면 결과가 달라졌다. 가장 단순한 방법이 가장 강력하다!

별다른 꼼수도 쓰지 않고, 이세연은 〈저주받은 피의 숲〉에 있던 뱀파이어 전사들을 모두 몰아내는 데 성공했다.

"언니, 대단해요!"

"뒤, 현아야, 뒤!"

"보고 있어요!"

김현아는 재빨리 돌아서서 뱀파이어 암살자를 후려갈겼다. 은신 상태에서 뒤를 노리던 뱀파이어는 그대로 튕겨 나갔다.

"방심 안 했어요."

"그래. 잘했어."

이세연은 숲 가운데에 있는, 칙칙한 붉은색의 제단을 쳐다보았다. 제단 위에 꽂혀 있는 불길한 모양새의 검! 퀘스트의 최종 목표였다.

〈저주받은 네크로맨서의 영혼이 담긴 검을 찾아라-네크로맨서 퀘스트〉

저주받은 피의 숲에는 불길한 검에 대한 소문이 떠돈다.

그 검을 가질 수 있다면 강력한 원혼들을 부릴 수 있을지 모른다. 물론 그 검을 욕심 내는 건 당신 혼자뿐만이 아니겠지만…….

보상: ?, ??, ??

이 검이 있는 숲을 찾기 위해 몇 단계의 퀘스트를 거쳤는지 몰랐다. 게다가 도중부터는 이상한 뱀파이어 교단까지 나타나, 이세연도 길드원들을 불러야 할 정도였다.

"좋아. 뽑는다?"

끄덕-

길드원들은 고개를 끄덕였다. 저것만 뽑으면 퀘스트의 끝!

[<저주받은 네크로맨서의 영혼이 담긴 검>을 뽑았습니다. 타락한 흡혈귀들의 교단, 살라비안 교단이 이 사실을 깨닫습니다. 도망치십시오!]

이세연은 다급하게 물었다.

"살라비안 교단이 뭐 하는 교단이지?!"

"어……. 거기……."

길드원 중 판온 역사와 지식에 대해 빠삭한 길드원이 인상을 찌푸리며 생각해 내려고 노력했다.

"거기 사라진 교단 중 하나인데?! 흡혈귀들 위주에, 악신 교단이고. 중앙 대륙에서 쫓겨난……."

-캬아아아아악!

-캬아아아아아아아악!

[분노한 뱀파이어의 포효를 들었습니다! 상태 이상……]

-진정한 어둠의 가호!

[<진정한 어둠의 가호>로 모든 상태 이상에서 풀려납니다.]

이세연은 재빨리 저주를 카운터치고 길드원들을 모았다.
"빠져나가자!"
-감히 우리의 물건을 건드리다니, 용서할 수 없다!
-오로지 죽어서만 나갈 수 있을 것이다!
콰콰콰쾅!
숲의 한쪽이 폭발하더니, 순간이동 포탈이 생겨났다.
그리고 거기서 우르르 튀어나오는 뱀파이어 전사들!
이제까지 나온 적들과는 숫자가 차원이 달랐다.

-불타오르는 해골의 저주!

[살라비안의 축복을 받은 뱀파이어 전사가 화염을 견뎌냅니다.]
[살라비안의 축복을 받은 뱀파이어 암살자들이 순간이동을 시도합니다!]

"이런……. 튀어!"
이세연은 재빨리 언데드 군대들을 앞으로 보내서 벽을 만든 다음, 길드원들을 데리고 후퇴하기 시작했다. 메시지창이 '도망쳐라!'라고 말할 때는 다 이유가 있는 법!
-여기는 못 지나간다!
-비켜라, 이 시체들아!

콰콰쾅!

숲 한가운데에서 언데드 군대들과 뱀파이어 전사들이 격돌! 데스 나이트들을 위주로 한 언데드 군대들이 각종 버프 스킬을 받고 뱀파이어 전사들을 찢어발겼지만, 뱀파이어 전사들도 만만치 않았다. 살라비안 신의 축복을 받고 오히려 데스 나이트들을 숫자로 몰아붙였다. 그나마 다행인 건 언데드라 뱀파이어의 흡혈 저주가 잘 안 통한다는 것!

콰직, 콰직!

데스 나이트의 목덜미를 물어뜯어도 데스 나이트는 멀쩡히 움직였다.

-이 썩어 빠진 시체들이 감히!

-살라비안의 저주를 받아라!

"으, 검은 챙겼는데 뭔가 잘못 건드린 기분이……."

뒤에서 살벌하게 외쳐 오는 목소리에 이세연은 찜찜한 표정을 지었다. 저런 종류의 적은 한 번 잘못 건드리면 계속해서 성가시게 굴었다. 어디를 갈 때 암살자를 보낸다던가, 아예 대놓고 습격을 한다던가…….

퍼퍼퍽!

그러는 사이 언데드 군대의 가운데가 뚫리고, 뱀파이어 전사들이 그 사이로 나와 우르르 달리기 시작했다.

-절대 도망치지 못…….

-언데드 폭발, 골렘 폭발!

콰콰콰콰콰콰콰콰쾅!

엄청난 폭발과 함께 숲의 절반이 날아갔다. 이세연은 한숨을 쉬며 탈것을 불러내 길드원들과 함께 빠르게 거리를 벌렸다.

'저 골렘 다시 만들려면 귀찮겠는데…….'

안 그래도 태현이 부숴 먹은 다음에 기껏 다시 재료를 구해서 만들었는데, 또 부숴 먹다니.

-모험가! 중앙 대륙으로 도망쳐도 찾아낼 것이다. 어차피 중앙 대륙은 곧 우리의 손아귀에 들어올 테니까!

"쟤가 뭔가 악당 같은 대사를 하는데?"

"걱정 마세요. 길마님. 제가 찾아본 결과 모든 악신 교단들은 다 저런 대사를 합니다. 실제로 저런 교단 중에서 중앙 대륙에서 뭘 하는 데 성공한 교단은 별로 없습니다."

"별로 위로는 안 된다……."

"히익! 물고기다!"

"……모험가, 아무리 그래도 그렇지 물고기에 놀라는 건 좀 아니지 않나?"

파이토스 성기사가 플레이어를 경멸하는 눈으로 쳐다보았다. 지나가는 물고기를 보고 기겁을 하다니!

그렇지만 플레이어들의 두려움에는 이유가 있었다.

'김태현이 우리를 여기에 왜 보낸 거지?'

'우리를 죽이려고 보낸 게 분명해! 흑흑!'

사실 태현이 이 플레이어들에게 무슨 원한이 있는 건 아니었다. 해적선 한 척 뺏어서 튀려는 것 정도는 태현에게는 장난 수준! 물론 그렇다고 그냥 넘어갈 수는 없어서 이렇게 겸사겸사 같이 처리하는 것이었지만…….

플레이어들 입장에서는 무서울 수밖에 없었다.

"밖으로 나오면 다시 공격하는 거 아냐?"

"아, 아닐 걸. 김태현이 그런 사람은……."

말하던 플레이어는 멈칫했다. 게시판에 돌아다니던 김태현에 관한 소문들이 떠오른 것이다.

-만약 네가 10골드가 있고 김태현도 10골드가 있으면, 이제 김태현은 20골드를 가지고 있다.

-김태현은 골드 드래곤의 브레스를 담배에 불 붙이는 용도로 쓴다.

-〈절망과 슬픔의 골짜기〉의 이름이 그렇게 붙은 이유는 김태현이 거기를 지나갔기 때문이다.

보통은 '너희 김태현한테 당한 놈들이지?' 하고 무시당하게 마련이었지만, 지금은 이상하게 그럴듯하게 느껴졌다.

-내가……. 떠나라고 했을 텐데…….

쾅!

말과 함께 선빵부터 때리고 보는 오케노아스! 드래곤 입장에서는 앞발을 한 번 휘두른 것이겠지만, 플레이어는 그걸로 바로 로그아웃을 당해야 했다.

"드…… 드래곤이잖아!"

"고룡의 던전이라고 해서 설마 했는데 진짜 드래곤이 있는 곳에 우리를 보낸 거야?!"

"미친 거 아냐!"

패닉에 빠진 플레이어들과 달리, 파이토스 교단의 성기사들은 정신줄을 꽉 붙잡고 외쳤다.

"편지를 갖고 왔습니다!"

-……뭐라고?

"여기, 편, 편지입니다! 위대한 대륙의 영웅이신……. 김태현 백작님이……."

목숨의 위기에 빠진 파이토스 교단 NPC들은 평소라면 절대 하지 않을 칭찬까지 해서 편지를 내밀었다.

-나는 놈이……. 누군지 모른다…….

"그, 아키서스 교단의 교황이신……."

-아키서스……. 아…… 그……. 사기꾼……. 내가 제안을 받지 않아서 골드 드래곤한테 갔던 걸로 기억하는데…….

"……맞, 맞습니다! 아키서스! 그 사기꾼!"

-한낱 인간이 감히 신을 모욕하는 거냐…….

"죄송합니다!"

괜히 맞장구쳤다가 죽을 뻔한 파이토스 교단 NPC들은 재빨리 말을 바꾸었다.

-좋다……. 그…… 교황을 들어오라고 해라. 아키서스의 전인이라면 만나보고 싶군…….

옆에서 벌벌 떨며 듣고 있던 플레이어들이 더 깜짝 놀랐다. 드래곤이 들어오라고 허락해 주다니! 대체 김태현은 뭔 편지를 썼길래?

오케노아스는 편지를 받더니 뜯고 읽기 시작했다. 자리에 있는 모두가 긴장한 채로 침을 삼켰다.

-흠…….

"어, 어떠십니까?"

-너무 못 써서 못 알아보겠군…….

[드래곤을 만나고서도 살아 돌아왔습니다. 심지어 그의 심부름까지 받고서! 명성이 크게 오릅니다.]

[칭호: 드래곤과 만나 살아 돌아온 자를…….]

몬스터는 잡지도 않고, 단순히 살아 돌아오기만 했는데도 어중간한 던전 깬 것만큼 보상이 쏟아졌다.

"저, 저희 살아 돌아왔습니다!"

"오해해서 죄송했습니다, 태현 님! 저희를 죽이려고 밀어 넣은 줄 알았는데……."

케인과 최상윤은 고개를 갸웃거렸다. 죽이려고 밀어 넣은 거 맞을 텐데?

"저희한테 잘못을 바로잡을 기회를 주신 거군요! 흑흑!"

"너희들이 그렇다면 그런 거겠지. 그래서 편지는 주고 왔냐?"

"네! 드래곤이 태현 님을 직접 뵙고 싶다고……."

태현이 조용해지자 플레이어들은 당황했다.

좋아하실 줄 알았는데?

"거짓말 아니야?"

태현은 불신의 눈길을 보냈다. 그러자 파이토스 교단 성기사와 사제들이 나서서 해명했다.

"아닙니다! 김태현 백작님. 정말로 드래곤이 백작님을 뵙고 싶어 하십니다!"

"음……. 이것들이 서로 짜고서 날 엿 먹이는 걸지도……."

플레이어들은 태현이 농담하는 게 아니라는 걸 깨달았다.

"저희가 왜 그러겠습니까!"

"죽이려고 보냈는데 당연히……."

"어? 죽이려고 보낸 거라고요?"

플레이어들과의 대화를 듣던 파이토스 교단 사제가 답답하다는 듯이 끼어들었다.

"아닙니다, 백작님! 믿어주십시오. 파이토스 님의 이름을 걸 수도 있습니다!"

"……그거 솔직히 그냥 걸어도 되는 거라 믿기 좀……."

교단의 교황으로서는 정말 믿을 수 없는 발언! 30분 정도 떠들고 나서야 태현은 일단 그들의 말을 믿어주기로 했다.

"상윤아. 여기 있다가 나 안 나오면 얘네 다 바닷속으로 밀어버려."

"다, 다 들리는데요."

"들리라고 한 소리야."

그 말과 함께 태현은 던전에 입장했다.

-들어왔군…….
들어오자마자 바로 들리는 느릿느릿한 목소리!

[오케노아스가 당신을 앞으로 이동시킵니다.]

파앗!
갑자기 강제로 순간이동하자, 태현은 긴장한 상태로 주변을 확인했다. 설마 진짜 함정인가?
다행히도 그런 일은 없었다.
-그대가……. 아키서스의……. 전인이군. 골드 드래곤이 쓴 편지 때문에 아키서스라고 생각했지…….

[오케노아스를 직접 대면했습니다. 오케노아스가 호의를 가지고 당신을 대합니다. 명성이 크게 오릅니다.]

오케노아스가 엎드려 있는 곳은 물이 차 있는 거대한 반구 형태의 둥지였다. 바닷속에서도 압도적인 오케노아스의 덩치! 과장 좀 보태서 말하면 몸통만으로도 배 몇 척을 그냥 쪼개버릴 수 있을 것 같은 덩치였다. 과한 브레스를 쓰느라 레벨이 엄청나게 깎이고 시작한 용용이나 흑흑이랑 다른, 진짜 드래곤!
'정말 드래곤이군!'

-주인이여. 뭔가 기분 나쁜 생각을 하고 있는 것 같은데.

-아무 생각도 안 했는데? 오케노아스는 정말 드래곤 같다는 생각 정도밖에 안 했어.

-그게 기분 나쁜 생각이 아니면 무슨 생각이란 말인가!

둘이 무슨 대화를 하고 있는지 모르는 채, 오케노아스는 다시 입을 열었다.

-그런데……. 저 블랙 드래곤도 아키서스의 신수인가?

"아, 저건 사디크의 마수인데요."

[아주 오랫동안 살아온 고룡 오케노아스를 놀라게 만들었습니다. 명성이……]

-사디크의 마수를……. 다룬단 말인가……?

"어쩌다 보니……."

-음……. 아키서스라면 놀라울 것도 없지…….

왜 아키서스라면 놀라울 것도 없는 거냐고 묻고 싶었지만 태현은 참았다. 지금은 그걸 물을 때가 아니었으니까!

-저 두 드래곤은 너무 약하군……. 힘을 많이 써서 그런 것 같은데…….

[오케노아스에게 아이템을 받았습니다.]

드래곤 회복의 비약:

오케노아스의 힘이 담긴 회복의 비약입니다. 드래곤 종족에 특화된 약입니다.

이런 아이템을 그냥 공짜로 주다니!

태현은 오케노아스에 대한 평가를 바꾸었다.

약간 게을러 보이지만 마음은 참 착한 드래곤!

"감사합니다!"

-참고로 저 블랙 드래곤 건 없다……. 난 블랙 드래곤을 싫어하거든…….

흑흑이는 입을 삐죽거렸다. 나도 너 싫어!

태현을 요리조리 쳐다보던 오케노아스는 금세 흥미를 잃었는지 본론을 꺼냈다.

-그보다 아키서스의 전인을 만나보고 싶어서 불렀지만……. 내가 말했을 텐데……. 자격이 없다면 여기 들어오지 말라고……. 밖에 있는 것들에게 말 좀 전해줬으면 좋겠군……. 자꾸 귀찮게 굴면 나가서 치워야 하니…….

"그 자격이란 게 뭡니까?"

-편지를 찾은 자가 있을 텐데……. 편지가 없었다면 내가 쉬는 이곳의 문도 열리지 않았을 테고…….

태현은 무슨 소리를 하는지 금세 알아차렸다. 즉, 편지를 얻은 당사자인 유 회장이 직접 왔어야 했다는 것!

"어르신 때문에 괜히 다른 사람들이 죽었네요!"

"……내 탓이라는 거냐?"

"아뇨, 그냥 그렇다고요."

해맑게 말하는 태현의 말에 유 회장은 투덜거렸다.

밖에서 낚시를 하다가 갑자기 태현이 귓속말을 보내는 바람에 여기 오게 되었다.

-편지를……. 갖고 와라…….

오케노아스의 웅장한 목소리.

그러나 유 회장은 다른 부분에 주목했다.

"아니, 저놈은 짐승 주제에 왜 나한테 반말을 하는 거지?"

"어르신. 저놈이 어르신보다 나이 많을걸요. ……설정상."

"판온 열린 시점부터 나이를 따져야 하지 않나……."

"아, 그런 소리 하지 말고 일단 편지나 줘요."

태현이 구박하자 유 회장은 일단 편지를 건넸다. 오케노아스는 고개를 끄덕였다.

-아란티스 국왕은……. 내게 왕관을 맡아달라고 부탁했었다……. 이제 이걸 줄 때가 온 것 같군…….

'어? 그냥 주는 건가?'

태현은 살짝 놀랐다. 보통 왕관 정도 되면 한 열 단계 되는 장대한 퀘스트를 거쳐야 '후후……. 네게는 자격이 있다…….' 하면서 주는 게 정상 아닌가?

바다에서 물고기 낚다가 위치를 찾은 것도 그렇고, 여러모로 특이한 퀘스트였다.

-그렇지만 인간……. 이 왕관은 아무나 받을 수 있는 게 아니다.

'그러면 그렇지.'

-이 왕관을 받는다는 건 그……. 아란티스 왕국에 대한 책임감을 가지고 영혼의 끝까지 묶여서 헌신한다는 걸 의미한다……. 너는 그럴 각오가 되어 있느냐?

'어? 수상한데?'

뭔가 그냥 주는 게 아니라, '이거 받는 순간 넌 끝까지 이 왕국이랑 엮이게 되어 있다'라고 말하는 것 같은 기분! 유 회장은 아직 눈치를 못 챘지만, 태현은 예민하게 위험을 눈치챘다.

"아니……. 그런 각오 없는데……."

태현은 놀라서 유 회장을 쳐다보았다. 뭔가 눈치챈 건가?

다행히 그런 건 아니었다.

"낚시도 해야 하고 다른 곳도 가봐야 하고 관광할 곳이 얼마나 많은데……. 골치 아픈 건 밖의 회사로 족하지. 암."

유 회장은 고개를 끄덕이며 말했다. 다른 플레이어들이야 왕국의 왕 시켜준다니 미친 듯이 덤비고 있었지만, 유 회장은 애초에 욕심이 없었다.

그러자 오케노아스가 눈썹을 찌푸리며 태현을 쳐다보았다.

-그러면……. 너라도…….

"저도 각오가 없습니다!"

재빨리 거절하는 태현!

-……둘 중 한 명은 받아야 한다……. 안 그러면 나는 또 여기서 계속 기다려야 하는…….

오케노아스는 정말 귀찮았는지 어떻게든 이번 대에서 일을 끝내려고 했다. 전신에서 느껴지는 귀찮음!

-편지를 찾은 너……. 너는……. 욕망에 휘둘리지 않고 초연한 마음을 갖고 있구나…….

'지금 귀찮아서 이유 대충 갖다 붙이는 것 같은데…….'

태현은 속으로만 생각했다. 그러거나 말거나 오케노아스는 계속해서 말했다.

-그런 너라면……. 믿고 왕관을 맡길 수 있겠…….

"아니, 싫다고 말했잖아 이 뱀 같은 놈아!"

-안 들린다……. 인간…….

유 회장의 말 따위는 가볍게 무시하고, 오케노아스는 허공에서 왕관을 꺼냈다. 찬란하게 빛나는 <잊혀진 아란티스 왕국의 왕관>!

"아니! 싫다니까!"

-움직이지 마라.

[오케노아스가 언령 마법을 사용합니다. 움직일 수 없습니다.]

옆에서 보던 태현에게는 다른 메시지창이 떴다.

[위대한 존재의 언령 스킬을 보았습니다. 언령 스킬의 레벨이 오릅니다.]

-오……. 언령을 할 줄 아느냐? 하긴……. 아키서스의 전인

이니…….

대체 오케노아스에게 아키서스는 어떤 신이길래 저러는 거지?

그러는 사이 유 회장은 태현에게 도움을 요청했다.

"야! 이놈아! 지켜만 보지 말고 도와줘야지!"

"아니, 상대가 상대야 도와드리죠. 그리고 해로운 짓도 아니고 왕관 씌워준다는데 좋은 거 아닙니까?"

"나는 왕 하고 싶지 않다! 자유로운 낚시꾼이 좋단 말이다!"

"거 배부른 소리 하지 마시고."

-조용히 해라. 인간.

"읍읍!"

유 회장의 입까지 다물게 만든 오케노아스가 왕관을 움직여 천천히 유 회장의 머리 위에 씌웠다.

[<잊혀진 아란티스 왕국의 왕관>을 착용했습니다. 아란티스 왕국의 국왕으로 인정받았습니다. <왕관의 무게>, <왕관의 숙명> 저주에 걸립니다.]

<왕관의 무게>

이 왕관은 벗을 수 없습니다.

<왕관의 숙명>

국왕은 왕국에 계속 머물러야 합니다. 이 왕관을 쓰고 있는 동안, 1년에 3일만 바다를 떠날 수 있습니다.

아니 이게 뭔……. 1년에 3일만 바다를 떠날 수 있다니?

한 마디로 판온 접속하는 시간 대부분을 바다 위에서 보내라는 것 아닌가!

유 회장은 황당한 눈으로 태현과 오케노아스를 쳐다보았다. 그러나 둘은 약속이라도 한 것처럼 유 회장의 시선을 외면했다.

"야, 이 사기꾼 같은 놈들아!"

-인간……. 축하한다…….

"축하는 무슨 축하!"

"어르신 축하드립니다!"

"너 이놈……. 알고 있었지!"

"아니, 그 왕관 저주를 제가 어떻게 압니까?"

태현은 시치미를 뗐지만 유 회장의 눈에는 매우 수상해 보였다.

[레벨 업 하셨습니다.]

[레벨 업…….]

[아란티스 왕국의 현재 상태는 다음과 같습니다.]

[…….]

[왕국 전역에 명령을 내릴 수 있습니다. 현재 왕국 내 모험가들의 싸움으로 치안이 많이 내려간 상황입니다. 치안을 바로 잡아

야 합니다.]

[왕국 어인 수비대에게 명령을 내리시겠습니까?]

-……일단 왕국 내에서 싸우는 걸 금지시켜라.

유 회장은 일단 명령을 내리고 다시 오케노아스에게 따지려 들었다. 그러나 오케노아스가 한발 빨랐다.

-인간……. 이제 가라……. 가서 너의 왕국을 잘 다스리도록…….

"야 이 뱀 같은……."

-감사 인사는 필요 없다…….

파앗!

[던전에서 추방됩니다!]

쾅!

유 회장은 배의 갑판 위에 그대로 떨어졌다. 근처에 있던 길드원들은 깜짝 놀라 달려왔다.

"어르신?!"

"머리에 그건 뭡니까?"

던전 들어간 사람이 갑자기 허공에서 왕관을 쓰고 나타나니 놀랄 수밖에 없었다. 유 회장은 분통이 터지는 듯이 바닥을 발로 구르며 말했다.

"안에서 무슨 일이 있었는지 아나?!"

"무, 무슨 일이 있었길래요?"

"저 안에 있던 드래곤 놈이 날 강제로 왕으로 만들었어!"

진심을 다한 유 회장의 분노! 길드원들은 그 분노에 공감…… 하려다가 멈칫했다. 뭔가 이상했던 것이다.

"……그, 그게 화낼 일인가요?"

"잠깐만. 뭐? 왕? 어르신, 왕 되셨습니까?"

"저거……. 왕관이잖아!"

그제야 상황을 깨달은 길드원들!

그들은 환호성을 지르며 유 회장에게 달려들었다.

"어르신 만세! 어르신 만세!"

"우리한테도 뭐 좀 떨어지겠죠?!"

헹가래를 쳐주는 그들! 유 회장은 공중에서 올라갔다 내려오며, 울컥한 목소리로 외쳤다.

"야, 이놈들아! 내가 바다를 못 떠난다는데 그게 지금 좋아할 일이냐!"

"아니, 왕 시켜준다는데 그 정도는 감수해야 하지 않겠습니까!"

"맞아요!"

"근데 육지에 못 올라오는 건 좀 짜증 나긴 하겠다."

"괜찮아. 우리가 못 올라오는 거 아니잖아."

작게 속삭이는 길드원들의 목소리를 들은 유 회장은 주먹을 불끈 쥐었다. 네 이놈들을 폭압과 폭정으로 다스릴 테다!

-……너는……. 왜 안 나가나……?

[오케노아스가 다시 잠에 빠져들려고 합니다.]

벌써 반쯤 감긴 눈! 그렇지만 태현은 이번 기회를 놓치고 싶지 않았다. 대륙에서 드래곤과 대화할 수 있는 기회는 흔치 않았다. 보통 만나기만 하면 드래곤은 '꺼져라' 하면서 브레스부터 날리는 존재인 것이다.

오케노아스처럼 태현에게 호감을 가진 드래곤을 또 언제 만날 수 있을지 알 수 없는 것!

"여쭤보고 싶은 게 있습니다!"

-나중에……. 물어봐라……. 한 오천 년쯤 후에…….

"안 됩니다!"

-으으……. 왜 날 괴롭히는 거냐……. 아키서스의 전인이여…….

오케노아스는 귀찮다는 듯이 몸을 뒤척이며 말했다.

-안 그래도 귀찮은 약속을 방금 해결해서 밀렸던 잠을 치러야 하는데…….

"위대한 오케노아스 님을 뵐 일이 또 언제 있겠습니까! 제가 대륙의 평화를 위해 움직이려고 하는데 도움을 받고 싶습니다!"

-……아키서스의 전인이……. 대륙의 평화를……. 위한다고……?

"……."

-그건 말이 안 되는데……. 아키서스가 대륙의 평화를 망치

면 망쳤지…….

오케노아스가 고개를 갸웃거리며 말하는 모습에 태현은 속이 찔렸다.

-좋다……. 아키서스에게는 빚진 게 있으니……. 들어보도록 하지……. 한 가지만 말하도록…….

[오케노아스가 임시 공적치 포인트를 빌려줍니다. 한 가지에만 사용할 수 있고, 기회를 놓치면 그대로 사라집니다.]

태현은 재빨리 대답했다. 당장에라도 오케노아스가 잠에 빠질 것 같았기 때문이었다.

"아키서스에 대해 잘 아시는 것 같은데, 혹시 대륙에 퍼진 아키서스의 권능에 대해 아시는 것 있습니까?"

드래곤한테 원하는 건 사실 많았다. 골드 좀 빌려줄 수 있냐, 드래곤이면 보석이나 아티팩트 많이 갖고 있을 텐데 뭐 갖고 있는 거 없냐, 대륙에 오스턴 왕국이라고 리치가 돌아다닐 정도로 아주 사악하고 타락한 곳이 있는데 거기를 무너뜨려줄 수 있냐…….

그렇지만 이런 부탁들은 지금 쓰기 아쉽거나, 아니면 드래곤이 안 들어줄 가능성이 높았다. 지금 가장 필요한 건 아키서스에 관한 정보! 잊기 쉬웠지만 태현의 직업은 〈아키서스의 화신〉이었고, 캐릭터의 성장은 직업의 성장과 동일했다.

오케노아스는 대륙에서 가장 많은 걸 알고 있는 NPC 중 하나일 테고, 다른 교단의 도움을 받기 힘든 태현은 이럴 때 도움을 받아둬야 했다.

-미안하군……. 아키서스의 흩어진 권능은 나도 모른다……. 그건 아키서스가 직접 한 일이라…….

'이런.'

태현은 아쉬워했다. 오케노아스도 모른다니.

-신의 일에는 대륙의 존재가 끼어들면 안 되는 법……. 게다가 아키서스는 교활하고 영리한 신이라 마음먹고 했다면 내가 알 수가 없다…….

"아키서스와 무슨 일 있었습니까?"

-무슨 일은 없었고……. 아키서스가 다른 신들을 속인 것에 관한 이야기는 들었지…….

"……."

-그리고 다른 드래곤들이 아키서스를 믿지 말라고……. 아키서스가 무슨 계약을 하자고 제안해도 믿지 말라고 하는 말 정도…….

'악담이잖아?!'

말만 들으면 아키서스를 좋게 생각하는 게 이해가 안 갈 정도!

"아키서스한테 원한 있으신 건 아니시죠?"

-내가……? 내가 안 당했는데 왜…….

논리적인 사고방식! 태현은 안도의 한숨을 내쉬었다.

-대륙에 신들이 있었을 때의 일들을 기억하는 드래곤은 많

지 않다……. 대륙에 신들이 있었을 때도 드래곤은 신들과 부딪히는 일을 피했지……. 그래도 신은 신이니까……. 드래곤은 강하지만 신을 이길 수는 없는 법…….

아주 예전에는 대륙에 신들이 직접 내려와 있었다고 들었다. 이제는 몇몇 소수의 신들을 제외하고 전부 떠났지만!

그래서 카르바노그 같은 약한 신도 나타났을 때 그런 소란을 일으킨 것이다.

-아키서스가 아니었다면 신들은 싸우지 않았을 거고……. 떠나지도 않았겠지……. 덕분에 우리 드래곤들은……. 편하게 대륙에서 지낼 수 있었다…….

아키서스가 신들을 싸우게 해서, 결과적으로 대륙에서 신들이 떠났단 말인가?

'이건 절대 말하지 말아야겠군.'

다른 교단들이 안다면 아키서스 교단을 당장 악신 교단으로 지정해도 이상하지 않을 비화!

-아키서스의 권능은 도와줄 수 없지만……. 다른 건 도와줄 수 있다……. 너는 언령 마법을 쓸 줄 알더군…….

"……!"

-인간치고는 드문 힘인데…….

화술 스킬을 최고급까지 찍는 사람은 없었으니, 오케노아스의 반응도 당연했다.

-언령 마법을 가르쳐 줄 사람을 만나는 건 불가능할 테니, 내가 가르쳐 줄 수 있다…….

[오케노아스가 <언령> 스킬의 지도를 맡습니다.]

[훈련장으로 이동합니다. 훈련하는 동안 거둔 결과에 따라 스킬 경험치가 달라집니다.]

[얼마든지 훈련을 그만두고 나갈 수 있습니다.]

파아앗!

오케노아스는 그대로 있었지만, 태현 주변의 바닷물이 사라지고 공간이 생겨났다.

-언령은……. 말의 힘……. 말하는 대로 힘을 불러내는 마법이다……. 네 수준으로는 한 소절로도 벅차겠지만……. 해봐라…….

파파팍!

마법 훈련용 허수아비들이 튀어나왔다.

[언령 스킬을 사용해서 허수아비를 제압하십시오!]

현재 태현의 언령 스킬은 딱 한 소절만 가능한 레벨.

그걸로 허수아비를 제압하는 건 쉽지 않았다.

-<파이어>, <파이어>, <파이어>!

화르륵!

허공에서 불이 피어오르더니 허수아비에게 작렬했다. 그렇지만 허수아비는 보통 튼튼한 게 아니었는지 꿈쩍도 하지 않았다.

[MP가 10% 미만입니다. 스킬 사용에 주의하십시오.]

-회복해야겠군.

[MP가 전부 회복됩니다!]

보면 볼수록 탐나는 드래곤의 힘!
오케노아스가 반쯤 감긴 눈을 뜨며 물었다.
-그거 사디크의 화염 아닌가……? 어떻게 쓰는 거지……?
"뺏었습니다."
-역시……. 아키서스…….
"……."
-계속하도록…….

-<타격>, <타격>!

허수아비들이 불에 버티자 태현은 방식을 바꾸었다. 언령 스킬을 한 번 쓸 때마다 퍽퍽 소리가 나며 허수아비들이 비틀거렸다. 그러나 여전히 쓰러지지는 않았다.
그걸 본 오케노아스가 은근하게 말했다.

-지루한 것 같은데……. 그만두고 나가도 된다…….

"하하, 무슨 소리를."

태현은 오랜만에 의욕이 솟아오르는 걸 느꼈다. 이런 식으로 보통 깰 수 없는 문제에 부딪히면 태현은 오히려 더 힘이 솟구치는 타입이었다. 어디 한번 해보자!

-아…… 아니……. 그렇게 열심히 할 필요는 없고……. 적당히 포기해도…….

To Be Continued